KB165918

ryuoh no oshigoto!

# 용왕이
## 하는 일!9

일러스트 ■ 시라비
감수 ■ 사이유키

© shirabii

# 나니와의 백설공주

소라 긴코 GINKO SORA

여왕전

코베의 신데렐라
AI YASHAJIN 야샤진 아이

오반승부 개막!

히나츠루 아이,

용왕
쿠즈류 야이치
YAICHI KUZURYU

「○○○○○□.」

「네 앞에 앉은 사람이 눈군지 까먹은 거냐?」

휘젓기의 마에스트로
오이시 미츠루
MITSURU OISHI

# 목 차

| 저 자 | 시라토리 시로 | 작품명 | 용왕이 하는 일! |
|---|---|---|---|
| 일러스트 | 시라비 | 감 수 | 사이유키 |

| | | 제 0 보 | 4P |
|---|---|---|---|
| | | 제 1 보 | 9P |
| | | 제 2 보 | 71P |
| | | 제 3 보 | 119P |
| | | 제 4 보 | 175P |
| | | 제 5 보 | 235P |
| | | 후 기 | 322P |
| | | 감 상 전 | 329P |

| 페 이 지 | 발 행 | 발행연월일 |
|---|---|---|
| 344페이지 | 노블엔진 | 2019년 7월 1일 |

이상 344페이지로
용왕이 하는 일! 제9권 전부

© shirabii

ryuoh no oshigoto!

용왕이 하는 일!

9

# 시라토리 시로

일러스트 🔹 시라비

감수 🔹 사이유키

# 등장인물 소개

## 쿠즈류 야이치

용왕. 좋아하는 동화가 '엄지공주'라고 했다가 로리콤으로 찍힌 경험이 있다.

## 히나츠루 아이

야이치의 첫째 제자. 여류기사. 열 살이면서도 '겐지 이야기'를 탐독해 국어 성적이 좋다.

## 야샤진 아이

야이치의 둘째 제자. '코베의 신데렐라'라는 별명이 있지만, 유치원 학예회 때는 신데렐라의 계모를 잘 연기한 경험이 있다.

## 소라 킨코

야이치의 누이 제자(샤저). '나니와의
백설공주'. 내제자 시절에는 '독을
확인'한다며 야이치에게 처음 먹인
뒤에 식사를 했다.

## 이케다 아키라

야샤진 아이의 보디가드. 동물이 나오는
영화는 예고편만 봐도 울어버리기 때문에
영화관에서도 선글라스를 쓴다.

## 키요타키 케이카

야이치의 스승의 딸. 여류기사. 대국에서
지고 무심코 편의점에서 '젝시(결혼
정보지)'를 샀다가 스스로 상처를 후볐다.

## 오이시 미츠루

옥장. '휘젓기의 마에스트로'라는
별명을 갖는 몰이비차 파. 전법서를
썼는데 그 내용은 대부분 재즈와
대중탕 이야기. 그런데 팔렸다.

## ♜ 프롤로그

……뭐야. 또 온 거냐?

나도 바쁘니까, 이렇게 느닷없이 찾아와도 곤란한데…….

아, 농담이다.

나도 두 분에게 보고할 게 있으니까 말이지. 같이 가자.

그건 그렇고, 거기 같이 가는 게 몇 번째지?

저택에서도 화제가 되고 있어. 내가 누군가와 자주 단둘이서 외출한다고 말이야.

저기…… 애, 애인이 생겼다는 소문…… 같은 게 말이지.

바바바, 바보 같은 소리 하지 마!! 나도 그럴 생각은 없어!!

어, 어른을 놀리지 마!!

……물론 아가씨에게 들키지는 않았으니 안심해라.


자, 도착했어. 역시 이곳에 부는 바람은 기분이 좋은걸.

나는 이 근처를 청소하고 있을 테니까………… 아, 내 말이 안 들리나 보네.

하아. 집중하면 자기만의 세계에 빠져버리는 건 아가씨와 똑같은걸. 오늘은 몇 시간이나 이러고 있을까.


…………끝났어?

뭐, 그대로 둬. 내가 나중에 치우지.

그런데 무슨 이야기를 한 거야? 평소보다 길던데 말이야.

나? 나는 평소와 똑같은 부탁을 했어. 너도 알잖아?

호오……? 오늘은 자기 일도 상의한 거야?

신기한 일도 다 있네.

하지만…… 응. 그래. 이해가 안 되는 건 아니야.

남한테 하기 힘든 이야기라도, 저 두 사람에게는 이야기할 수 있겠지.

남들 앞에서는 못할 푸념을 늘어놓거나, 혹은 남들이 들으면 비웃을 꿈을 이야기한다거나…….

그런데, 어떻게 됐지? 두 사람에게 이야기하고 답을 얻었어?

뭐? 덕분에 새로운 전법이 생각났다고?

훗…… 대단하네.

내가 왜 웃냐고? 그야 들은 적도 없거든.


성묘를 와서, 장기 전법이 생각났다는 이야기는 말이지.

## △ 인어공주

동화라는 것을 싫어한다.

기본적으로 누군가가 지어낸 이야기가 질색이다. 생산성이 없다. 읽고도 얻을 수 있는 게 거의 없기에, 시간 낭비라는 생각만 든다.

하지만 어른들은 여자애가 동화를 좋아한다고 착각하는지, 그런 그림책을 계속 권한다.

케이크처럼 달콤한 이야기를, 화려한 일러스트로 꾸민, 바닥이 보이는 책을 말이다.

공주님이 나오고, 왕자님과 사랑에 빠지고, 나쁜 마법사에게 방해를 받지만 결국 그 역경을 극복한 끝에 맺어지는, 뻔하디 뻔한 스토리다.

여자애가 좋아할 것들이 그야말로 가득 들어 있다.

왕궁, 마차, 반지, 유리 구두, 독사과, 난쟁이나 늑대, 결혼식……키스 같은 것 말이다.

나는 그런 것에 관심이 없다.

오히려 반발한다.

애초에 나는 어린애 취급을 당하는 게 싫다. 나는 애가 아니다.

하지만 그런 나도 좋아하는 이야기가 있다.

『인어공주』.

다들 내용을 알겠지만, 대략적인 줄거리는 이러하다.

인간 왕자님을 사랑하게 된 인어공주가 그 사랑을 이루기 위해 마법사의 힘을 빌려 인간이 되려 한다.

하지만 마법사는 인어공주를 인간으로 만들어주는 대신, 대가를 요구한다.

마법사가 요구한 대가…….

그것은 「목소리」였다.

인어공주는 인간이 되지만, 목소리를 잃고 말았기에 자신의 마음을 왕자님에게 전하지 못한다.

그리고 이런저런 일이 벌어진다.

그 이야기의 결말은…… 원작에서는 배드엔딩을 맞이하지만, 애니메이션에서는 해피엔딩으로 끝나기도 한다.

내가 처음 읽은 아동용 그림책에서도 해피엔딩으로 바뀌어 있었다.

아이들이 읽기에는 너무 무거운 이야기라 생각했으리라. 그것도 그럴 것이, 인어공주는 실연했을 뿐만 아니라 물거품이 되어 사라진다고 하는 완전 우울 엔딩이었으니까 말이다. 전 세계의 동화를 통틀어도 손꼽힐 정도로 우울한 이야기다.

하지만 결말 같은 건 아무래도 상관없다.

중요한 것은 이 이야기가 가르쳐 주는 바이다. 그것이 훨씬 무겁다.

「무언가를 얻으려면, 무언가를 잃어야만 한다.」

이것은 정말 리얼한 교훈이라고 생각한다.

인어공주는 목소리를 잃은 대신, 인간의 몸을 얻었다.

인간이 되지 못하면 왕자와 맺어질 수 없기 때문에(가능할지도 모르지만, 그렇다면 그 남자는 로리콤을 능가하는 특수한 성적 취향의 소유자이리라) 인간이 될 필요가 있었다.

하지만 자신의 마음을 전할 수단을 잃는다면, 목적을 이룰 수 없다.

장기에 비유하자면, 장군을 막기 위해 가진 말을 썼지만, 그 탓에 공격할 수단을 잃은 것과 비슷할까. 결국, 그래서는 이길 수 없는 것이다.

그렇다면 인어공주는 어떻게 하면 좋았을까?

그것은 나도 알 수 없고, 알고 싶지도 않다.

내가 왕자님을 좋아하게 될 리가 없으니까.

나에게는 장기밖에 없다. 그러니 이제부터 할 이야기 또한 장기에 관한 이야기다.

그림책 속 이야기처럼 달콤하고 눈부시지는 않다. 후덥지근하고 촌스러운, 그런 승부 이야기다. 백설공주와 신데렐라가 맨손으로 서로를 죽이려 드는 듯한, 그런 피비린내 나는 참극이다.

그리고 지켜봐 줬으면 한다.


이 이야기의 끝에——— 누가 무엇을 얻으려 하고, 누가 무엇을 버리는지를…….

제1보

# 코베의 신데렐라

*Cinderella*

i Yashajin 야샤진 아이

## ♠ 봄과 수라(修羅)

"……이 정도면 됐겠지."

오이시 미츠루 옥장(玉將)이 고개를 숙인 채 그렇게 중얼거리자…….

"동의."

오키토 요우 제위(帝位)도 짤막하게 대답했다.

이 순간—— 옥장전 제5국은 두 번째 *지장기가 성립했다.

오전 2시. 2일제 대국이 3일차에 돌입할 때까지 계속 장기를 둔 두 사람에게서는 지친 기색이 역력했다.

""………….""

지장기의 성립을 지켜본 입회인과 기록 담당도 대국자가 자아낸 분위기에 압도당한 채, 아무 말도 못하며 그저 두 타이틀 보유자를 지켜보고 있었다.

면도를 안 해서 꺼끌꺼끌하게 수염이 자란 두 사람의 얼굴은 핼쑥했지만, 눈만이 찬란히 빛나고 있었다.

서로의 옥(玉)이 적진 구석에 돌입한 장기판 위에는 비정상적일 정도로 많은 『토금(と金)』이 존재했으며, 두 사람이 둔 수는 300을 가볍게 넘겼다.

지장기 특유의, 선악을 초월한 국면이 펼쳐지고 있었다.

"…………또 지장기인가……."

---

\* 지장기(持將棋) : 서로의 옥이 입옥을 해서 잡을 방법이 없을 때, 특별 룰로서 장기말을 점수로 환산해 승패를 결정하는 것.

발소리를 죽이며 입실을 한 관계자가 중얼거렸다.

"게다가 두 대국 다 400수가량 두고도 결판이 나지 않았지……. 한 대국에서 승리하기 위해 1000수가량이나 두게 되는 거야. 믿기지 않아."

"이 타이틀전은 대체 언제까지 계속되는 걸까……."

"특히 오이시 씨의 기백이 엄청나. 《휘젓기의 마에스트로》가 지닌 또 하나의 얼굴이 처음으로 모습을 드러냈어. 《끈질김의 마에스트로》의 얼굴이……."

"3연패를 했을 때는 그대로 오키토 제위의 옥장 탈취로 결판이 날 줄 알았는데, 그때부터 끈질기게 물고 늘어졌지. 하지만──."

"그래. 하지만──."

관계자들이 입을 모아 말했다.

장기계를 뒤흔든 것은, 다른 사실 때문이었던 것이다.


""오이시 미츠루가…… 《휘젓기의 마에스트로》가…… 앉은 비차를 둘 줄이야!!""


그렇다.

3연패를 하면서 물러설 곳이 없어진 오이시가 마지막 대국이 될지도 모르는 제4국에서 꺼내든 비책이 바로 앉은비차였다.

그리고 예상치 못한 서로 앉은비차 전황이 펼쳐지면서, 오이시는 서반부터 국면을 리드했다.

그리고 그 제4국에서 첫 승리를 거뒀다.

"그때는 우리뿐만 아니라 오키토 씨도 한 방 먹었을 거야……."

"컴퓨터 같던 제위가 서반부터 밀리기 시작하더니, 2일차 오전에 그대로 졌으니까 말이야……."

"그리고 제5국에서도 오이시 씨는 앉은비차를 두면서 지장기가 됐고, 이 재대국에서도 오이시 씨는 또 앉은비차를 채용했어……. 오이시 씨는 몰이비차를 버리기로 작정한 걸까?"

"그럴 리가 없어! ……그저, 몰이비차로는 오키토 씨에게 이길 수 없다고 생각한 걸지도 몰라……."

"오키토 씨, 아니, 컴퓨터 소프트 장기에…… 말이지?"

"오이시 씨가 자신의 연구에 컴퓨터 소프트를 채용했다는 정보는 진짜인 걸까……?"

"인정할 수밖에 없겠지……."

"서반의 전개에서 소프트의 영향을 받은 게 확연하게 드러났으니까……."

"쿠즈류 야이치는 '망루는 끝났다'고 말했다던데, 오이시 미츠루는 '몰이비차는 끝났다'고 생각하는 걸까……?"

"아이러니하게도 오이시 씨는 몰이비차를 버린 후로 다른 기전에서의 승률도 올라갔으니까……. 진짜로 몰이비차는 끝난 걸지도 몰라……."

"인간과의 연구회마저 부정하던, 저 자존심 덩어리가……."

"자존심을 버리고서라도 타이틀을 지키고 싶은 거겠지……."

"하지만 오이시 씨가 끈질기게 물고 늘어진 덕분에, 오키토 씨도 다른 기전에서의 승률이 떨어졌지? 명인전도 놓쳤고……."

"다른 타이틀을 포기하는 한이 있더라도, 옥장을 탈취해야 직성이 풀리는 게 아닐까⋯⋯?"

"자존심⋯⋯ 때문이겠지."

원래라면 최종국인 제7국 때 쓰일 예정이었던 대국장은 제5국의 채대국의 채대국을 위해 쓰이게 됐다.

비상사태가 벌어진 것이다.

스케줄 조정 때문에 기전 주최 측의 담당자와 연맹 직원이 골머리를 앓는 가운데, 오이시와 오키토는 감상전조차 하지 않으며 그저 아무 말 없이 장기판 앞에 앉아 있었다————.

그 사투의 이면에서는, 또 하나의 승부가 역사적인 종국을 맞이하고 있었다.

"졌습니대이."

기모노 차림의 미녀가 그렇게 말하며 고개를 숙였다. 그 순간, 도쿄 센다가야에 있는 장기회관의 특별대국실에 기자들이 눈사태처럼 몰려들었다.

그리고 일제히 하석을 향해 카메라를 들며 셔터를 눌렀다.

『마이나비 여자 오픈』 본선 토너먼트 도전자 결정전.

여류기전에서 가장 격식 있는 이 대국에서 승리를 거둔 건 하석에 앉아 있는, 소녀라고 부르기에는 어린 여자아이였다.

열 살.

곧 초등학교 5학년이 되는 이 어린아이는 등을 꼿꼿이 펴며 턱을 살며시 들더니, 쿠구이 마치 산성앵화(山城櫻花)의 투료를 받아들였다.

충격적인 그 광경을 본 기자들은 무심코 숨을 삼켰다.

"영세위를 갓 획득한 최정상 여류기사에게, 초등학생이 이기다니……!"

기모노 차림으로 등장한 것만 봐도, 쿠구이 마치는 타이틀 보유자로서의 자존심을 걸고 전력을 다해 싸운 것이 틀림없다.

사람들은 전율에 사로잡힌 채 낮은 목소리로 이야기했다.

"저 아이, 넉 달 전만 해도 아마추어였지……?!"

"쿠구이 씨는 산성앵화전을 치른 후로 얼마 지나지 않았으니까, 그 피로가 남아 있는 것 아닐까?"

"그래도 최연소 타이틀전 도전 기록이잖아?! 게다가 마이나비의 도전자가 되기만 해도 여류 2단이 될 수 있으니까——."

"겨우 열 살에 여류 2단…… 진짜 신데렐라 스토리야!"

"사상 최연소 여류 타이틀 획득 기록을 지닌 소라 긴코에게, 사상 최연소 여류기사가 도전한다…… 이건 그야말로 드라마군!!"

"《코베의 신데렐라》와 《나니와의 백설공주》의 싸움이 실현되는 건가……."

"그야말로 동화 속 세계인걸……. 현실 같지가 않아……."

다들 흥분을 감추지 못하며 셔터를 눌러댔다.

이윽고 인파를 헤치며 이동한 관전기자가 장기판 옆에 앉더니, 대국자 인터뷰가 시작됐다.

그리고 규정에 따라 여류 2단으로 단숨에 승단한 야샤진 아이에게, 어떤 심정으로 이번 대국에 임했는지 물어보자…….

"…………이기지 못할, 거라고는…… 생각하지 않았어요."

그렇게 대답했다. 목이 약간 쉬어 있었다.

하지만 점점 목소리를 가다듬더니, 초등학생답지 않은 어른스러운 대답으로 기자들을 또 한 번 놀라게 했다.

누군가에게 지시를 받은 게 아니다.

자신의 의지로, 자신이 하고 싶은 말을 하고 있었다.

그 증거로, 오늘 인솔은 스승인 쿠즈류 야이치 용왕이 아니라 장기연맹의 직원이 맡았다.

야이치가 공식전 때문에 도쿄에 오지 못했기 때문이지만, 야샤진 아이는 차라리 잘됐다고 생각했다. 가까운 이가 곁에 있으면 의지하게 되며, 그 바람에 빈틈이 생긴다는 것을 열 살밖에 안 됐으면서 알고 있는 것이다.

"쿠구이 씨! 산성앵화님! 질문 하나 드려도 되겠습니까?!"

화제성에 이끌려 취재를 하러 온 TV 방송국의 여성 리포터가 대국실에 어울리지 않는 새된 목소리와 과장스러운 어조로 쿠구이에게 인터뷰를 감행했다.

"솔직하게 묻겠습니다. 맞은편에 앉은 상대의 겉모습을 보고 방심하지는 않으셨나요?!"

"……그러지 않게, 마음을 단단히 먹고 대국에 임했지예."

"하지만 상대는 열 살이잖아요?! 보통은 열 살밖에 안 된 여자애한테 질 거라고는 생각하지 않을 텐데요?!"

"야샤진 여류 2단은 이미 여류기사 중에서 최정상의 실력자입니더. 그것은 기보를 보면 일목요연하지예. 실력에 걸맞은 결과입니대이."

"그렇군요. 그럼――."

여성 리포터는 자신이 원하는 대답을 얻지 못하자, 방침을 바꿨다.

"쿠구이 씨는 소라 긴코 여왕과 공식전에서 대국을 한 적이 있으신데, 야샤진 양과 소라 여왕 중 누가 더 강하다고 생각하나요?!"

"글쎄예."

쿠구이는 들고 있던 부채로 입을 가렸다.

"소라 여류 2관은 장려회 3단입니더. 그 기력은 여류기사가 상상도 할 수 없을 정도겠지예. 상상조차 할 수 없는 것에 대해 어떻게 이야기하겠습니꺼…… 안 그렇습니꺼?"

마지막 그 말을 한 순간, 쿠구이 마치의 눈에는 형용할 수 없는 빛이 어렸다.

"히익……."

《유린의 마치》라는 별명을 지닌 여자의 안광을 본 순간, 리포터는 그제야 자기가 육식동물의 꼬리를 밟았다는 사실을 깨닫고 뒷걸음질 쳤다.

깔끔하게 패배를 인정하고 있는 것처럼 보이지만, 열 살 밖에 안 먹은 초등학생에게 지고 분하지 않을 리가 없다.

『헛소리 작작 지껄이그라. 확 죽이삔다.』

쿠구이 마치의 눈빛은 그렇게 말하고 있었다.

"코베 산노미야 신문입니다. 야샤진 양의 대답을 듣고 싶은 질문이 있습니다만——."

시끄럽게 떠들던 기자들이 입을 다문 가운데, 아이의 고향 신문사에서 파견된 기자가 마지막으로 질문을 던졌다.

"타이틀전이라는 큰 무대에서 싸우게 된 소라 여왕은 야샤진 양의 스승인 쿠즈류 용왕의 사저입니다. 같은 키요타키 일문에 속한 이와 싸우게 되어서 불편하지는 않으신지요?"

"상관없어요. 일문 같은 걸 의식한 적은 없으니까요."

주저 없이 대답했다.

"그리고 정 싸우기 불편하다면, 스승을 바꾸면 되는 문제잖아요?"

"""……!!"""

『스승을 바꾼다』는 장기계의 금기에 가까운 발언을 듣고 어른들이 동요했지만, 그 발언을 한 당사자는 지극히 냉정했다. 그 사실이 방금 한 말이 진심이라는 점을 밝히고 있었다.

그리고 《코베의 신데렐라》는 같은 어조로 말을 이었다.

"그 어떤 방법을 써서라도, 그 어떤 희생을 치르더라도, 반드시 타이틀을 쟁취할 뿐이에요."


△ 할아버지와 손자


제자가 여왕전의 도전자가 됐다.

그 소식에 기뻐할 사이도 없이, 나——쿠즈류 야이치는 믿기지 않는 연락을 받았다.

"아키라 씨!!"

코베, 나다구.

롯코산 기슭에 존재하는 요새 같은 저택으로 뛰어간 나는 현관에서 기다리고 있던 검은색 양복 차림의 여성의 이름을 외쳤다.

여성——이케다 아키라 씨는 미안하다는 듯이 고개를 숙였다.

"······미안하다, 쿠즈류 선생. 대국 때문에 바쁜 시기에 이렇게 불러서——."

"그런 건 상관없어요! 아니, 대체 왜 지금까지 감추고 있었던 거죠?!"

"············본인께서 희망하셨어."

아키라 씨는 저택 안으로······ 이 집의 주인이 있는 장소를 향해 걸음을 옮겼다.

나는 그 뒤를 따르면서 낮은 목소리로 물었다.

"그런데······ 용태는 어떠신가요······?"

"좋지 않아."

"윽······!!"

내 얼굴에서 핏기가 사라지는 게 느껴졌다. 이곳에 오면서 각오를 다졌지만, 동요하지 않을 수는 없었다.

"······아이는 그걸 알고 있나요?"

"알릴 수 있을 리가 없잖아!!"

아키라 씨는 고함을 지르더니, '아차!' 하는 듯한 표정을 지으며 손으로 입을 가렸다.

나와 아키라 씨는 허둥지둥 주위를 둘러보았지만, 다행히 야샤진 아이는 없었다. 아직 도쿄에서 돌아오지 않은 것 같았다.

아키라 씨는 작은 목소리로 말을 이었다.

"……안 그래도 아가씨는 어리고, 지금은 중요한 타이틀전을 앞두고 계셔. 세간의 주목도 엄청나지. 그런 아가씨에게 부담을 줄 수는 없어."

"죄송해요. 맞는 말이에요."

나는…… 나 자신이 한심했다. 용왕이니, 천재니 같은 말을 듣고 있지만, 이럴 때는 장기가 아무런 도움도 안 된다. 장기판 앞에 앉아 있을 때의 전지전능한 느낌이 환상에 불과하다는 것을 처절하게 깨닫고 마는 것이다…….

"잘 들어. 절대 동요한 모습을 보이지 마라."

"예."

자신이 모시는 분이 있는 방 앞에 선 아키라 씨가 다짐을 받듯 그렇게 말했다. 그래서 나도 각오를 다지며 고개를 끄덕였다.

"쿠즈류 선생님을 모셔왔습니다."

그리고 아키라 씨가 장지문을 열자——.

"쿠, 쿠즈류…… 선생님……."

……몸 곳곳에 튜브가 연결된 채 침대에 누워 다 죽어가는 노인의 모습이 눈에 들어왔다.

눈가는 해골처럼 핼쑥해졌고, 얼굴은 흙빛이며, 예전에 SM소설가인 오니자와 단 선생님의 집에서 만났을 때의 느꼈던 그 살벌한 위압감 또한 느껴지지 않았다.

이제…… 틀리신 건가…….

"오래간만에 뵙습니다."

나는 대국 직전처럼 감정을 억누르며 표정을 싹 지운 후, 그 위에 미소의 가면을 쓰고서 눈앞에 누워 있는 노인에게 인사했다.

제대로 미소를 지었을지, 솔직히 자신이 없었다.

"이…… 이런, 모습……으로…… 시, 실례……."

아이의 할아버지는 하아하아 하고 거친 호흡을 필사적으로 가다듬으면서 옆에 있는 방을 손가락으로 가리켰다.

"아, 아키라…… 그, 그, 그것……을……."

"예."

아키라 씨는 무릎을 바닥에 대고 옆방으로 이어진 장지문을 열었다.

그러자──.

"윽……?! 아, 아이?!"

아이가 왜 여기 있는 거지?! 할아버지의 이런 모습을 보고 충격을 받지 않을까?!

나는 동요했지만, 아키라 씨는 차분한 어조로 말했다.

"선생, 진정해라. 이건 인형이야."

"아, 아하…… 인형이군요. …………인형?"

놀라울 정도로 정교한 인형이었다. 피부의 질감이 정말 엄청났다. 진짜와 똑같을 정도였다. 뭐로 만든 거지? 실리콘?

볼을 손가락으로 눌러보며 감촉을 확인하고 있을 때, 아키라 씨가 말했다.

"선생. 봐 줬으면 하는 건 인형이 아니라 인형이 걸친 드레스야."

"드레스……라고요? 이 순백의 드레스 말인가요?"

항상 상복처럼 검은 드레스만 입던 아이가 새하얀 드레스를 입은 모습을 보니, 인형이라는 걸 아는데도 신기한 느낌이 들었다. ……그리고 언뜻 봐도 알 수 있었다.

최고의 소재를 가지고 일류 장인이 만든, 정말 아름다운 드레스였다.

아이의 할아버지가 이부자리에서 상반신만 일으키더니, 떨리는 목소리로 설명했다.

"시, 실은, 좀 더 큰 옷을…… 손녀가 다 큰 후에 입을 옷을 만들고 싶었습니다만…… 콜록! 콜록!! ……아, 아무래도…… 그때까지, 제, 제가, 살 수 있을 것…… 같지…….'"

아이의 할아버지는 그렇게 말한 후, 다시 격하게 기침했다.

"의사! 의사를 불러!!"

아키라 씨가 필사적인 표정을 지으며 그렇게 외치자, 옆방에서 커다란 가방을 안아 든 흰색 가운 차림의 남성과 간호사복 차림의 젊은 여성이 들어왔다. 그리고 할아버지의 맥을 재며 다시 이부자리에 뉘었다.

나는 아무것도 할 수 없기에, 그저 지켜보고 있을 수밖에 없었지만——.

"보…………."

"보?"

아이의 할아버지는 나를 향해 필사적으로 무슨 말을 하려 했기에, 나는 귀를 가까이 가져갔다.

"보고…… 싶어……."

"뭘 말이죠?! 뭐가 보고 싶죠?! 아이가 타이틀을 딴 모습이 보고 싶으신 거라면, 제가 반드시——."

"저, 저 드레스를 입은………… 아이와………… 쿠즈류 선생님이, 호…… 혼례……를, 올리는, 모습을……."

"혼례?"

그런 타이틀도 있었나?

"혼례다, 선생. 결혼식 말이야."

결혼식? 나와…… 아이의?!

아이의 할아버지는 허공을 쳐다보며, 금방이라도 끊어질 듯한 어조로 말을 이었다.

"아, 아이…… 잘됐구나……. 잘됐어……. 쿠, 쿠즈류 선생님이…… 너를 받아주신, 다면………… 나도…… 여한이…… 없을 거다……."

"의식이 혼탁해지셨습니다."

의사 선생님이 긴박한 어조로 그렇게 말하자, 아키라 씨는 입술을 깨물며 나에게 재촉을 했다.

"쿠즈류 선생!! 시간이 없다!!"

"아, 알았어요! 내가 뭘 하면 되죠?!"

"옆방에 혼례용 흰색 의상을 준비해 뒀다! 그걸 입으면 돼!"

"예!!"

나는 허둥지둥 상의를 벗으면서 옆방으로 뛰어간 후, 흰색 정장을 입고 아이와 똑같이 생긴 인형 옆에 섰다.

감사하게도 그 옷의 사이즈는 나에게 딱 맞았다. 우연이겠지만, 신에게 감사해야겠다.

"오오……! 오오오……!!"

눈에 약간의 생기가 돌아온 아이의 할아버지가 눈물을 뚝뚝 흘렸다.

다행이야……. 이대로 기운을 차리실지도 모르고, 설령 그렇지 않더라도 마음 편히 눈을 감으실 수 있겠지……!

"그럼 이제부터 신성한 결혼식을 올리겠습니다."

의사 선생님이 기지를 발휘하며 그런 연기를 했다.

정말 냉정하고 적절한 판단력이야!! 확실히 흰색 가운을 걸치고 있으니 신부처럼 보이긴 하네! 자기 코스튬을 검은색 페인트로 물들여서 목사로 변장한 후, 강도의 허를 노린 근육맨 솔저도 울고 갈 것 같군!!

"쿠즈류 야이치. 당신은 여기 있는 야샤진 아이를 아내로 삼고, 평생 사랑할 것을 맹세합니까?"

"매, 맹세합니다!"

"그럼 이 서약서에 사인을 해 주세요."

이번에는 간호사가 안고 있던 카르테를 서약서라는 듯이 펜과 함께 나에게 내밀었다.

나는 딱히 의문을 품지 않고 간호사가 가리킨 곳에 사인했다.

아키라 씨가 나에게 물었다.

"선생. 인감도장은 가지고 왔지?"

"아…… 죄송해요. 인감도장을 가지고 오라는 문자 메시지는 읽었지만, 연맹에서 바로 오느라 집에 두고 왔어요."

"쳇! 뭐, 좋아. 그럼 낙관이라도 찍자. 그건 가지고 있지?"

"아, 예."

장기 기사는 언제 사인 요청을 받을지 모르기 때문에 낙관을 가지고 다닌다. 나는 세컨드 백에서 낙관을 꺼내 인주를 잔뜩 묻힌 후, 서약서에——.

어, 어라?

엉겁결에 시키는 대로 하고 있지만…… 뭔가 이상하지 않아?

나는 다시 그 서약서? 아니, 카르테? 를 읽어보았다.

---

서약서

나, 쿠즈류 야이치는 야샤진 아이 양이 만 18세 생일을 맞이한 날에, 아이 양과 결혼할 것을 서약합니다. 그때까지 아이 양을 약혼자로서 누구보다 소중히 여길 것이며, 바람을 피우거나 다른 초등학생에게 눈길을 주지 않겠습니다. 이 맹세를 어길 경우, 목숨으로 사죄하겠습니다. 땅에 묻히든, 바다에 잠기든, 절대 불평하지 않겠습니다.

쿠즈류 야이치　印

---

…………응? 으응~?

이 문장은 좀 이상한데?

단순한 연기치고는 묘하게 구체적…….

"자아, 선생. 빨리 낙관을 찍어."

"자, 잠깐만요, 아키라 씨! 이거, 연기 맞죠? 결혼식을 올리는 시늉만 하는 거죠? 그럼 낙관을 찍을 필요는 없지 않나요? 인주를 묻히지 않고 그냥 누르는 시늉만 해도……."

"그래. 결혼식을 올리는 시늉만 하는 거야. 그러니까 그냥 도장을 찍어도 되잖아? 응?"

아키라 씨는 내 오른팔을 양손으로 잡더니, 종이에 내밀었다.

엄청 힘을 주면서 말이다.

"그, 그건 그렇지만…… 그래도 뭔가 좀 이상해요. 아무리 연기라고 해도, 이 서약서에 도장을 찍을 수는——."

## **"빨리 해라, 아키라아아아아아아아아아아앗!!"**

벌떡!! 찌지지지지직!!

아이의 할아버지가 침대에서 벌떡 몸을 일으키자, 몸에 연결된 튜브가 전부 떨어져 나갔다.

"어어어어어어어어어어어어어어어어어어어어어어어엇?!"

이 할아버지, 엄청 건강하네!!

"잠깐만?! 어어?! 다, 다 죽어가는 거 아니었어요?!"

"아키라! 뭘 하고 있는 거냐! 빨리 찍으란 말이다!!"

"예!!"

아이의 할아버지는 아키라 씨에게 지시를 내리더니, 침대의 높이와 스프링을 활용해서 나를 향해 문설트 프레스를 날렸다!

노인은 불사조처럼 양손을 펼치며 하늘 높이 날아올랐다. 그리고——.

"꾸엑……!!"

그대로 낙하한 아이의 할아버지에게 깔린 나는 그 자리에서 쓰러졌다.

바로 그때 흰색 가운을 벗어 던진 의사와 간호사가 가담했다. 정말 엉망진창이다.

"우왓?! 의사와 간호사까지……?! 당신들 전부 한패지?!"

네 사람이 힘을 합쳐 내가 억지로 서약서에 도장을 찍게 하려 했다!

나는 필사적으로 저항했지만, 숫자로 밀리는 상황에서는 어쩔수 없었다.

다다미 위에 쓰러진 채, 내 의지와는 상관없이 인주를 듬뿍 묻힌 낙관을 서약서에 찍었다.

"아앗! 젠장~ 결국 찍고 말았어……."

"""좋았어!!"""

"포기한 척하다……이야아아아아아아아아아아아아앗!!"

"""아앗——?!"""

상대가 목적을 달성했다고 생각하며 몸에서 힘을 뺀 순간, 나는 서약서를 갈가리 찢었다! 이러면 서약 무효다. 외통수순 뒤집기다.

그리고 아이의 할아버지와 아키라 씨를 향해 고함을 질렀다.

"저를 속인 거죠?!"

"껄껄껄! 아직 젊은이들에게 지지는 않습니다."

"화장은 내가 담당했다! 잘했지?"

짜잔! 하면서 화장도구를 손가락 사이에 끼우며 울●린 같은 포즈를 취한 아키라 씨를 무시한 나는 아까와 딴판으로 힘차게 웃고 있는 아이의 할아버지에게 물었다.

"왜 이런 바보 같은 짓을 벌인 거죠?!"

"그건 언젠가 제가 죽기 때문입니다. 손녀를 이 세상에 남기고 말이죠."

"윽……."

웃음 뒤에 날아온 그 말에 실린 무게는 내 말문을 막았다.

"지금은 아직 괜찮습니다만, 1년 후에 어떨지는 아무도 알 수 없지요. 나이가 나이니까요. 내일 느닷없이 이 세상을 떠나도 이상할 게 없습니다. 그렇게 되면 아이는 어떻게 되겠습니까? 불쌍하지 않습니까? 피붙이 하나 없는 그 애를 선생님이 받아주시면 안 되겠습니까?"

"이러지 않아도 아이는 제가 책임을 지고 끝까지 살필 거예요. 저는 그 애의 스승이니까요."

"……스승으로서, 인가요?"

"……하아……."

아이의 할아버지와 아키라 씨는 불만 섞인 표정을 지었다. 의사와 간호사 역할의 사람들까지…….

"……저기 말이죠."

나는 땅이 꺼져라 한숨을 내쉰 후, 말을 이었다.

"장기계에서, 특히 키요타키 일문에서 사제지간의 유대는 진짜 부모형제 간의 정보다 끈끈해요! 할아버님의 걱정은 충분히 이해가 되지만, 적어도 아이가 여류기사가 되어서 혼자 어엿하게 살아갈 수 있게 될 때까지는 보살필 거라고요! 그리고 그 후에도 제가 죽을 때까지 그 아이의 후견인이 될게요. 제가 죽은 후에도, 제 첫 제자인 히나츠루 아이가 친자매보다 더 각별히 보살필 거예요. 이래도 아직 불안한가요?!"

나는 거기까지 한꺼번에 말한 후, "게다가." 하고 덧붙였다.

"애초에 아이가 저와의 결혼을 승낙하지 않을 거라고요."

"그건 어떨까요? 그거야말로 본인에게 물어봐야 알 수 있지 않을까요?"

"예? 그게 무슨……."

혹시 아이는 집에서 스승인 나를 칭찬하는 걸까? 내 앞에서는 쓰레기니 바보니 같은 소리만 하면서 말이다. '너 같은 건 정말 싫어! 이 쓰레기! 바보 사부! 싫어, 싫어, 싫어…… 좋아해! 결혼해 줘!!' 같은 느낌으로 말이다. 마치 속이 배배 꼬인 얀데레 같네…….

"뭐, 좋아요. 본인에게 물어보면 될 일이니 말이죠."

아이의 할아버지가 건강함을 알았으니 참을 필요는 없다.

나는 흰색 정장을 벗으면서 투덜거렸다.

"하아! 대국이 끝나자마자 '아이의 할아버지가 위독'이라는 연락을 받고 오사카에서 부리나케 여기까지 왔는데……."

"그러고 보니 오늘 승리를 축하드리지 않았는걸."

아키라 씨는 문뜩 뭔가가 생각난 투로 그렇게 말했다.

"쿠즈류 선생, 제위 리그 백조(白組)에서 4연승한 것을 축하한다! 제위 타이틀도 거머쥐기를 기대하지!"

"그럼 조용히 지켜봐 달라고요! 아이의 타이틀전도 최대한 지원할 생각이지만, 나도 자기 대국 때문에 정신없이 바쁘단 말이에요!"

안 그래도 다음에 붙을 상대를 떠올리기만 해도 마음이 무거운데…….

나는 일단 푸념을 늘어놓은 후, 아키라 씨에게 물었다.

"그런데 아이는 지금 어디서 뭘 하고 있죠?"

"부모님께 타이틀에 도전하게 된 것을 보고하고 계신다."

나는 그 말을 듣고 이해했다.

아이가 지금 어디에 있는지를 말이다.

### ♟ 노래하는 뼈

그 검은 돌은 바다를 내려다보는 경사면에 세워진 묘지에 안치되어 있었다.

허락받은 자만이 들어설 수 있는 성역에서, 나——야샤진 아이는 홀로 바닷바람을 맞으며 서 있었다.

"아버님…… 어머님. 드디어 타이틀전을 치르게 됐어요."

나는 검은 돌을 쳐다보며 말했다.

그것은 아버지와 어머니의 묘비였다.

이 검은 돌 아래에, 내 부모님은 잠들어 있으리라.

있으리라…… 같은 애매한 표현을 쓴 것은, 내 눈으로 두 분의 유골이 이 돌 아래에 안치되는 것을 보지 못했기 때문이다.

나는 아직 어렸으며, 장례식의 의미조차…… 죽음의 의미조차 이해하지 못했다.

그저 두 번 다시 셋이서 함께 장기판에 둘러앉을 수 없다.

그것을 이해한 순간, 나는 처음으로 부모님의 죽음과 직면했다. 슬펐다.

그리고 홀로 장기판 앞에 앉아서…… 아버지가 둔 장기를 따라 두는 나날이 시작됐다. 기보 안에서 살아 있는 아버지의 목소리를 듣고 싶어서…….

"아버님의 장기말을 쓰고 있어요."

혼인보 슈마이의 공방에서, 스승인 야이치는 여류기사가 된 것을 축하한다면서 나에게 장기말을 선물했다.

그것은 돌아가신 아버님이 직접 쓴 기보에서 딴 한자를 새긴 장기말이었다.

장려회 회원인 카가미즈 히우마 3단이 아버님이 생전에 직접 쓴 기보를 모아 줬기에 완성할 수 있었던 장기말이었다.

완성된 그 말을, 나는 연구용으로 쓰고 있다.

"아버님의 글자는 정말 눈에 잘 들어와서…… 아무리 장기를 둬도 지치지 않아요. 아버님이 제 장기를 지켜봐 주시는 것 같아서, 머릿속에 수많은 수가 떠올라요. '아버님이라면 분명 이렇게 두셨을 거야.' 하는 수가요!"

그 후로 나는 일전의 장기에 대해 필사적으로 이야기했다.

마이나비의 도전자 결정전.

그때 자신이 둔 장기를, 아버님에게 말씀드리고 싶었다.

"쿠구이 마치는 이제까지 싸운 상대 중에서 최악이었어요. 츠키요미자카 료에게 썼던 각두보(角頭步)는 《유린의 마치》에게는 통하지 않았어요. ……아버님은 알고 계셨죠? 제 각두보의 약점 말이에요. 유감이지만 그 약점을 극복할 수가 생각나지 않았고…… 한 수 버리기 각교환도 쓰기 어려워졌어요. 하지만! 아버님이 가르쳐 주신 노멀 각교환의 정석형으로도 충분히 싸울 수 있을 거예요! 아버님의 장기로 연구를 하면서 찾아낸 새로운 수가 정말 많으니까——."

정신없이 말을 잇다 보니, 어느새 한 시간가량 흘렀다.

이러면 안 되는데 말이다. 이곳에 올 때마다 이랬다.

"어머님. 아버님하고만 계속 이야기해서 죄송해요. 장기 이야기를 했다 하면 이러네요……."

나는 마음속으로 어머님에게 고개를 숙였다.

상냥하고 온화하며 아름다운…… 그리고 약간 순진한 면이 있는, 그야말로 영원한 소녀 같은 사람이다.

"어머님은 항상 저에게 그림책을 읽어주려고 하셨죠? 저와 아버님이 장기를 두려고 할 때마다 어머님이 약간 언짢아하는 걸, 저는 알고 있었어요."

아버님과 어머님은 도쿄에 있는 대학의 장기부에서 만났다.

하지만 어머님은 장기를 잘 두는 편이 아니고, 장기를 그렇게 좋아하지도 않았다.

살아계실 적에는 물어보지 못했지만…… 어머님은 아버님과 친해지고 싶어서 장기를 익힌 게 아닐까.

그래서 어머님은 딸이 태어나자, 일반적인 여자애들이 좋아할 것들로 딸을 감쌌다.

그림책, 아름다운 옷, 그리고 소꿉놀이용 장난감…….

어머님은 나를 동화 속 공주님으로 만들고 싶었던 것 같았다.

하지만 내가 좋아한 것은 장기였다.

그리고 아버님과 어머님 사이에 끼여 이러지도 저러지도 못하던 나에게 해결책을 제시해 준 것도 장기였다.

10년 전…… 내가 태어난 그해에 어떤 여류 타이틀전이 신설됐다.

처음으로 그 타이틀을 획득한 여류기사는 몇천만 엔이나 되는 보석과 드레스를 걸치고 성대한 즉위식을 치렀으며, 그 모습은 동화 속 세계에서 방금 나온 사람 같았다.

그 타이틀의 이름은————『여왕』.

장기 잡지를 보고 그것을 안 나는 부모님 앞에서 선언했다.

『그럼 아이는 장기의 여왕님이 될래요!』

아버님은 진심으로 기뻐했다. 어머님은 복잡한 표정을 지었지만, 결국은 가족이 다 함께 웃었다. 그날부터 여왕 타이틀은 우리 세 사람의 꿈이 됐다.

아이러니한 일이다.

그러던 내가 지금은──.

"알고 계신가요? 저는 지금 《코베의 신데렐라》라고 불려요. 웃기죠? 제가 신데렐라라니…… 어머님은 기뻐하실까요?"

나는 검은 돌을 쳐다보며 물었다.

어머님이…… 웃고 있는 듯한 느낌이 들었다. 그때와 마찬가지로 말이다.

"하지만 저는 지금도 그림책 속 세계에는 관심이 없어요. 공주님과 왕자님이 만나서 사랑에 빠지는…… 그런 세계에는 말이에요."

애초에 나는 남을 좋아하게 된다는 감정을 이해하지 못한다.

자기 이외에는 전부 적이다.

그것이 승부의 세계이며, 나는 그런 승부의 세계가 지닌 결벽증적인 면을 좋아한다.

그래서 사랑이라는 것을 모른다.

알 필요조차 없다고 생각하고 만다.

"초등학생이라 그런 게 아니에요. 분명 앞으로도, 중학생이 되어도, 고등학생이 되어도…… 사랑을 하지는 않을 거라고 생각해요. 죄송해요……."

야샤진의 피를 후세에 남기기 위해, 언젠가 결혼은 할 것이다.

그것은 의무다.

대국에서 이기기 위해 전력을 다하듯, 나는 그 의무를 다할 것이다. 언젠가 누군가를 남편으로 맞이해, 아이를 낳아 기르는 것이다.

하지만 내가 어떤 가정을 꾸리게 될지 상상조차 되지 않았다.

"…………장기라도 가르친다면, 저도 행복한 가정을 꾸릴 수 있을까요……?"

그럴까?

장기의 세계가 행복한 곳이냐고 누군가 묻는다면, 나는 그렇지 않다고 대답할 것이다.

재미있는지, 재미없는지 묻는다면, 주저 없이 재미있다고 대답하겠지만 말이다.

"그럼 이만 가 볼게요."

이곳에 있으면 기분이 좋다.

자기도 모르는 사이에 밤이 될 때까지 이러고 있을 정도로 말이다.

그런 적이 몇 번이나 있다. 저택을 빠져나온 내가 혼자 이곳에 왔다가, 아키라와 다른 사람들이 나를 찾으러 온 적이…….

하지만 지금 나에게는 그럴 시간이 없다.

"죄송해요. 한동안 오지 못할 것 같아요. 그동안 쓸쓸하시겠지만, 용서해 주세요."

나는 몸을 일으킨 후, 깊이 고개를 숙였다.

내 가슴속에는 결의가 존재했다.

여왕전이 끝날 때까지, 이곳에 오지 않는다. 그런 굳은 결의 없이는 절대로 이길 수 없는 승부에 임하는 것이다.

그 결의를 전하기 위해, 나는 오늘 이곳에 왔다.

"다음에 이곳에 올 때는 꼭…… 꼭, 여왕 타이틀을 가지고 오겠어요. 우리 가족의 꿈이었던 그 타이틀을 말이에요."

나는 그렇게 말한 후, 언덕을 내려갔다.

뒤를 돌아보지 않았다.

언덕을 오를 때는 등을 밀어주던 바람이, 지금은 내 걸음을 방해하듯 휘몰아쳤다.


## ⌂ 비밀의 화원


야샤진 아이의 여왕 도전이 결정된 다음 날…….

나는 어느 인물과 만나기로 했다.

"아……안녕하세요. 오래간만이에요……."

"…………."

카운터석에 앉은 내 등 뒤에 소리 없이 나타난 그 인물은 아무 말 없이 선 채, 잿빛 눈동자로 나를 내려다보았다.

소라 긴코 여왕.

내 제자가 이제부터 싸워야 할 상대다.

"테이블석으로 옮길까요?"

"여기면 돼."

사저는 나를 보지도 않고 내 옆자리에 앉았다.

사복 차림이었다.

3월 1일에 중학교를 졸업한 사저는 공식전 때 이외에는 세일러 교복을 입지 않게 됐다(또한 장기계에서는 3월 31일까지 중학생으로 친다).

　요즘 들어 예전보다 더 주목을 받게 됐기에, 변장용으로 모자를 쓸 때도 있다.

　또한…… 드물게, 매우 드물게…… 코스프레 같은 것을 해 줄 때도 있다. 그 일에 대해서는 반성하고 있다…….

　나와 사저는 오이시 미츠루 옥장과 셋이서 연구회를 가지고 있지만, 옥장전이 중요한 국면에 치달으면서 스케줄 문제 등으로 인해 현재 자연스럽게 연구회를 쉬고 있었다.

　그러면서 요즘 들어 사저와 만날 기회 자체도 줄었다.

　우리는 장기를 통해 이어진 사형제다.

　그런 우리의 유대는 장기계의 그 어떤 사형제보다도 강하고 끈끈하다.

　하지만 거꾸로 말하자면, 장기 없이는 우리의 관계 또한 애매모호하다는 의미다.

　——이렇게 불러내는데도 이유가 필요할 정도니까…….

　그 이유는 바로 한 통의 전화였다.

　야샤진 아이의 여왕 도전이 결정된 날, 나도 대국을 하고 있었다. 그리고 그 대국이 끝날 때를 기다린 것처럼 칸사이 장기회관의 사무국에 두 통의 전화가 와 있었다. 한 통은 아키라 씨에게서 온 전화였다.

　그리고 다른 한 통은 케이카 씨한테서 온 전화였다.

나는 직원인 미네 씨한테서 제자의 타이틀 도전 이야기를 들었기에, 케이카 씨가 그 일로 연락을 했을 거라 생각하며 두근거리는 마음으로 전화해 보니…….

  『아, 여보세요. 케이카 씨?! 내 말 좀 들어봐! 아이가 방금 여왕전의 도전자가 됐대! 아, 이미 알고 있는 거야?! 어떻게 축하해줄지 상의──.』

  『야이치 군. 지금 바로 긴코를 만나.』

  『어? 왜? 타이틀전이 끝난 후에 만나는 편이 낫지 않아? 내 제자가 도전자니까, 사저도 나를 만나는 게 거북──.』

  『잔말 말고 한시라도 빨리 긴코를 만나. 그리고 뭐든 좋으니까 선물을 줘. 다른 애한테는 준 적 없는, 그런 특별한 선물 말이야.』

  『선물???』

  나는 뭐가 어떻게 된 건지 감이 오지 않았지만, 사저 관련으로는 케이카 씨의 조언에 무조건 따르는 편이 좋다는 것을 경험을 통해 알고 있었다. 그래서 순순히 따르기로 했다.

  ──마침 주고 싶은 것도 있었으니까 말이야…….

  나는 호주머니 안에 있는 그것을 만져봤다.

  케이카 씨는 '잘 들어. 중요한 게 하나 더 있어.' 라고 말하며 조언을 하나 더 해 줬지만…… 그것에 대해서는 나중에 이야기하기로 하겠다.

  그런고로 나는 이곳, 칸사이 장기회관 1층에 있는 레스토랑 『트웰브』로 사저를 불러냈다.

"……."

말수가 적은 마스터가 사저 앞에 메뉴를 뒀다. 주문을 하라는 신호다.

나와 사저는 메뉴를 보지 않고 바로 주문했다.

"나는 친톤샹 A세트로 할래요. 사저는요?"

"다이너마이트. C세트로."

어릴 적에 둘이서 함께 이 가게에 온 후로 11년 동안 이곳을 이용했던 우리는 모든 메뉴를 외우고 있다. 사저는 그 시절부터 항상 다이너마이트 C세트를 시켰다. 한결같네…….

손님이 몰리는 점심시간이 지나서 그런지, 마스터는 금방 요리를 내줬다.

그리고 우리는 아무 말 없이 손을 모은 뒤, 식사를 시작했다.

"…………."

"…………."

우리는 잠시 묵묵히 식사에 전념했다. 이야기를 나눌 타이밍을 못 잡겠어…….

결국 그대로 식사를 마친 내가 입을 연 것은 마스터가 식기를 들고 주방으로 향한 후였다.

"사저. 저기……."

"왜?"

"으음…… 그게……."

"왜 그러는데? 빨리 말해."

"이…… 이걸, 받아 주세요!!"

내가 호주머니에 들어있던 『선물』을 카운터에 올려뒀다.

그것은── 내 방 열쇠였다.

나는 용왕 방어전을 치르던 도중에 사저의 심기를 건드렸다. 그때 사저가 나한테 집어던졌던 이 열쇠를…… 지금까지 돌려주지 못했던 것이다.

"오이시 씨와의 연구회도 중단되어서 싱글벙글 탕에도 가기 어려워졌잖아요? 사부님의 집은 『키요타키 도장』 사람들로 북적이고 있으니까, 예전처럼 내 방에서 연구회를 하는 게 편리……하지, 않을까…… 싶어서……."

말을 이을수록 내 목소리가 점점 작아졌다.

사저의 표정을 읽을 수가 없었……기에…….

"저, 저기………… 그러, 니까………… 사저가, 이 열쇠를 가지고 있어…… 줬으면, 하는데……."

나는 카운터에 열쇠를 둔 채 그렇게 말했다. 애원하는 듯한 어조로 말이다.

사저는──.

"필요 없어."

"윽……!"

굳은 목소리로 내 제안을 거부했다.

날카로운 고통이 내 가슴을 엄습했다. 이제 나와 연구회를 하고 싶지 않다는…… 나와의 인연을 이제 끊고 싶다는 의미처럼 느껴졌다.

──하긴…… 나는 타이틀전 상대의 스승이니까…….

하지만 그렇지 않았다.

사저는 열쇠가 아니라 내 손을 움켜잡더니, 이렇게 말했다.

"그건 이제 필요 없으니까, 나를 따라오기나 해."

"예?"

사저가 나를 데려간 곳은———.

"목적지가…… 여기인가요? 어? 맨션?"

칸사이 장기회관에서 도보로 15분 정도 거리에 있는 강가의 새 맨션이었다.

"사저? 무슨 일로 여기에 온 건가요? 아는 사람이라도 살고 있나요?"

당황한 나를 내버려 둔 채 건물 안으로 들어간 사저는 호주머니에서 열쇠를 꺼내 입구의 자동문을 열었다.

"빨리 따라오기나 해. 안 그러면 두고 갈 거야."

"어엇!"

나는 자동문이 닫히기 직전에 건물 안으로 들어갔다. 그리고 엘리베이터를 타고 8층으로 향했다.

서슴없이 나아가고 있는 사저의 뒤를 머뭇거리며 따라가 보니———.

『801호실』

그 집 앞에 멈춰선 사저는 열쇠로 문을 열었다.

"빨리 들어가."

"아, 예……."

사저의 재촉을 받아 안으로 들어갔다.

그곳은 간소한 디자인의 원룸이었다.

방안에는 아무것도 없었다. 무선 LAN 공유기와 충전중인 태블릿이 바닥에 놓여 있었다. 그것 말고는 낡은 책 한 한 권만 있었다.

"여기는…… 어디예요?"

"연구용으로 샀어."

"사저가요?"

"대국료가 쌓여 있었거든."

열다섯 살에 맨션을 산 거냐…….

게다가 이렇게 좋은 장소에, 장기 연구용으로…… 어? 연구?

"연구용…… 그럼 사저는 고등학교에 안 갈 건가요?"

나는 텅 빈 방을 둘러보면서 물었다.

《나니와의 백설공주》의 고등학교 진학 여부는 일본 전국의 관심사이며, 동문인 나 또한 사저에게서 그에 관한 이야기는 듣지 못했다.

"야이치, 받아."

"윽?!"

사저는 내 질문에 답하지 않으며 무언가를 던졌다. 나는 허둥지둥 그것을 받았다.

"예비용 열쇠를 줄 테니까, 내가 없을 때 와서 청소라도 해."

"어…….

"대답 안 해?"

"예이~."

내 방 열쇠를 받지 않았던 것은 이 방이 있기 때문일까…….

『은장(銀將)』 장기말을 본뜬 스트랩이 달린 열쇠를 보니, 놀라움과 함께 기쁨이 샘솟았다.

사저가 나를 특별하게 여긴다는 증거인 것이다. 설령 가정부나 다름없을지라도 말이다.

"그건 그렇고…… 진짜로 아무것도 없네요."

"산 지 얼마 안 됐거든. 그리고 장기 공부에 집중하고 싶으니까 쓸데없는 물건을 두고 싶지 않아."

"그래도 의자와 테이블 같은 건 있는 편이 좋지 않을까요?"

"…………."

사저는 그 말에 답하지 않더니, 쓰고 있던 모자를 벗어서 바닥에 던진 후…….

"그럼 의자가 돼."

"예?"

"잔말 말고 여기 앉아."

"아얏?!"

사저의 로우킥이 작렬했다!!

낮에 정강이를 베인 것처럼 그대로 무너진 나를 향해, 사저의 조그마한 엉덩이가 다가왔다.

나를 쿠션으로 삼으려는 것 같았다.

의자가 되라는 건 이런 의미인가.

"……왠지 단단하네. 좀 더 부드러워져."

"부드러워지라니…… 인체에 그런 기능은 없다고요."

사제(師弟)를 슬라임 같은 걸로 착각하는 건가?

나를 쿠션처럼 깔고 앉은 사저가 오므린 자신의 허벅지 위에 태블릿을 두더니, 장기 소프트를 켜고 연구를 시작했다.

"이러면 태블릿 하나로 연구회를 할 수 있지? 자아, 이 국면에서는 어떻게 둘 거야?"

"으음…… 나라면 이렇게——."

나는 태블릿을 향해 손을 뻗으려다, 그대로 굳어버렸다.

태블릿은 사저의 허벅지 위에 놓여 있었으며, 그 태블릿을 향해 손을 뻗으려고 했다간, 저기…….

사저를 등 뒤에서 꼭 안아주는 듯한 자세가…….

"가슴을 만지면 죽여 버릴 거야."

"없는 건 만질 수 없다고요……."

"뭐?"

"안 만져요. 절대로 안 만질게요."

절벽가슴 종족 주제에, 잘난 척하기는…….

하지만 나는 사저의 말을 거역할 수 없었다. 몸을 맞댄 사저의 머리카락과 피부에서는 다리가 풀려버릴 것처럼 좋은 향기가 났으며, 어찌 된 영문인지 그것이 내 반항심을 녹여버렸다.

어릴 적에 함께 자거나 같이 목욕을 했을 때는 아무렇지 않았지만…… 사저는 어느새 전혀 다른 생물이 되어버린 것만 같았다.

이 상황에서는 사저의 표정이 보이지 않지만, 목소리를 들어볼 때 평소와 다름없어 보였다. 나만 가슴이 두근거리면 괜한 의심을 살지도 모르니, 태연한 척하면서 연구를 시작했다.

"으음…… 이때는 이렇게 두는 게 요즘 유행이에요."

"이런 수는 성립하지 않는 거야?"

"확실히 그것도 꽤 괜찮아 보이는 수네요. 이럴 때는 이렇게 진행하면——."

흠…….

이 자세도 꽤 괜찮네…….

같은 방향에서 검토를 할 수 있으니, 장기판을 사이에 두고 연구를 할 때와는 다른 관점을 가질 수 있었다. 의식을 공유하기 쉽다고나 할까?

이러면 새로운 발견을 할 수 있을 것 같았다. 다음 여초연 때 시도해 보자…… 하고 내가 마음속으로 생각하고 있을 때, 사저가 뒤통수를 이용해 내 턱을 공격했다. 아얏!

"뭐 하는 거예요?!"

"방금 어린 여자애 생각을 했지?"

누, 눈치 한 번 정말 빠르네……!!

나는 그 후로 어린애들을 생각하지 않으려고 노력했지만, 그것은 딱히 어렵지 않았다. 장기에 정신이 팔려 있었기 때문이다. 정확하게는 장기……와, 연하의 사저에게 말이다.

연구가 일단락된 후, 사저는 "으음~!" 하고 신음을 흘리며 기지개를 켜면서 이렇게 말했다.

"배고파."

"그런가요."

"배고파!"

© shirabii

사저는 어린애처럼 발을 버둥거렸다. 애냐.

　밥 먹은 지 얼마 안 된 것 같은데, 시계를 보니 어느새 몇 시간이 훌쩍 지났다.

　이상하다……. 아무것도 없는 방에서 사저의 의자가 되어 있을 뿐인데, 왜 이렇게 시간이 빨리 흐른 걸까. 장기는 그야말로 시간 도둑이다.

　"하지만 식기도 없으니 뭔가를 해 먹을 수는 없겠네요. 밖에 나가서 사 먹고 올까요?"

　"그냥 배달시키면 되잖아."

　"맞네요. 피자라도 시킬까요?"

　"싫어. 초밥 먹을래."

　"예이~."

　나는 어리광쟁이 백설공주님의 명에 따라 초밥을 주문했다. 여초연 때 배달 음식을 자주 시켜 먹기 때문에, 스마트폰에 등록되어 있는 단골 가게에 주문했다.

　초밥이 도착하자, 내가 현관으로 나가서 받은 후(계산 또한 내가 했다), 사저의 곁으로 돌아갔다.

　"연구를 계속하면서 먹자. 시간이 아깝거든."

　사저의 그 말은 나에게 다시 의자가 되라는 의미였다. 나는 그 명에 따를 수밖에 없었다.

　"그럼 초밥을 먹으면서 계속하죠."

　"손가락이 더러워져."

　"젓가락을 쓰면 되잖아요."

"먹여 줘."

어쩔 수 없네, 손가락이 더러워질 거잖아, 터치패널이 끈적거릴 거야…… 같은 생각으로 스스로를 납득시킨 후, 나는 사저가 좋아하는 초밥을 차례차례 먹여줬다.

"야이치. 내 입에 똑바로 넣으란 말이야."

"이 자세에선 어려워요……."

"정진해 봐. 다음에는 좀 더 스무스하게 하는 거야."

다음? 이런 짓을 또 시키려는 걸까?

앞으로 사저와의 연구회는 매번 이런 스타일일까?

"야이치도 먹어."

"……잘 먹을게요."

눈물이 날 정도로 기뻤다. 자기 돈으로 산 초밥을 먹을 수 있다니, 정말 천국이야!

우리는 그렇게 장기 연구를 하면서 초밥을 먹었다.

초밥이나 피자는 대충 주워 먹을 수 있다는 이점이 있지만, 먹는 도중에 장기에 너무 몰입한 나머지 오랫동안 음식을 손에 들고 있거나, 입가가 더러워질 때도 있다.

연구가 일단락됐을 즈음, 내 손과 입가는 어느새 엉망이 됐다.

"휴우…… 일단 이 정도로 끝내도록 할까요. 여기서부터는 다음 연구 때의 과제로 삼죠."

"야이치, 볼에 밥알이 붙어 있어."

"예? 어디에요?"

"……표정이 참 바보 같네."

사저는 몸을 돌려서 나와 시선을 마주하더니, 내 볼에 붙은 밥알을 손가락으로 떼어서 먹었다.

"윽……!!"

그 순간, 꼬오오오오옥!! 하는 소리를 내며 가슴이 옥죄어 드는 듯한 느낌이 엄습했다.

옛날에는 아무렇지 않게 한 일이지만…… 지금은 어마어마하게 부끄러웠다. 온몸에 닭살이 돋았다…….

"버, 벌써 시간이 이렇게 됐네요! 너무 늦게까지 여기 있는 것도 좀 그러니까, 이제 그만 돌아갈까요?"

"…………."

사저는 잠시 우물쭈물하더니, 가녀린 목소리로 말했다.

"오늘은 다른 예정이 없으니까…… 좀 더 해도 돼. …………다른 거라도……."

다른 거?

그, 그건 설마……!!

"몰이비차를 연구하려는 건가요? 사저는 참 탐욕적이네요."

"돈사(頓死)해버려, 이 쓰레기야."

"왜 욕을 하는 거예요?!"

사저는 어찌 된 영문인지 볼을 부풀리며 그렇게 말했다.

그런 대체 뭘 연구하자는 거지? 서로 몰이비차인가?

나한테 떨어진 사저는 바닥에 앉아 무릎을 꼭 끌어안더니…….

"……그런데 다음 연구회는 언제 할까?"

꼼지락거리는 발가락을 손가락으로 만지작거리면서, 나와 시선을 맞추지 않은 채 물었다.

"야이치는 오이시 선생님과의 연구회도 중단되어서 연습 상대가 없지? 어쩔 수 없으니까 내가 연습 상대가 되어 줄 수도 있어. 나는 4월 말부터 3단 리그가 시작되기 때문에 어어어어어엄청 바쁘지만 말이야."

"3단 리그…… 그래요. 벌써 그런 시기군요……."

그 말을 들은 순간, 나는 머리에 찬물을 뒤집어쓴 듯한 느낌이 들었다.

반년 동안 치러지는 장려회 3단 간의 리그전. 그 리그전의 상위 두 명만이 4단…… 프로 기사가 된다.

승급 라인은 평균적으로 13승 5패 정도다. 즉, 6패를 하면 그대로 반년을 날려버리는 것이다.

그런 리그에서 과연 어떤 장기를 두게 될까?

아름다운 기보 같은 것은 단 하나도 남기지 못한다. 지지 않는 것에만 초점을 맞추고, 또한 경쟁 상대가 자신을 거북하게 여기도록 상대의 마음과 기술의 약점을 인정사정없이 노린다.

그런 장기를 두면 설령 이기더라도 마음에 상처를 입으며, 지면 마음이 죽고 만다.

게다가 연령제한까지 있는 것이다. 그 압박감은 자살하는 사람까지 낳는다고 한다.

나는 비교적 고생하지 않은 축에 속하지만, 그래도 3단 리그를 떠올리면 기분이 우울해진다.

프로 기사라면 누구라도 '두 번 다시 돌아가고 싶지 않다'고 말하는, 이 세상의 지옥…….

그 지옥에, 드디어 사저도 발을 들이는 것이다.

열다섯 살밖에 안 된 그 소녀가, 그 지옥에 말이다.

아까는 기뻐서 들떠 있었지만…… 차분하게 생각해 보니, 사저는 나와 느긋하게 연구회나 하고 있을 때가 아니다.

"나는 엄청 바쁘지만, 야이치가 애걸복걸한다면 연구회를 가질 여유가 아주 약간 정도는 없지도 않아. 쉽지는 않겠지만, 사제인 네가 정 원한다면——."

"저기 말인데요. 우리, 한동안 만나지 말죠."

"……뭐?"

사저는 입을 벌린 채 얼이 나간 듯한 표정을 지었다.

나를 배려해 주는 사저에게 이런 말을 하려니 괴롭지만…… 어리광을 부려선 안 된다.

——사저가 자기 자신에게만 집중해 줬으면 한다. 자기 자신에게만…….

그래서 나는 일부러 이런 말을 했다.

"으음…… 적어도 여왕전이 끝날 때까지는 연구회를 자제하는 편이 좋을 것 같아요. 우리가 대국을 하는 건 아니지만, 그래도 내 제자와 선승제 승부를 하는 사람의 방에 드나들기라도 하면 남들이 오해할지도 모르잖아요."

"…………뭐, 맞는 말이네."

"그렇죠? 나는 스승으로서 야샤진 아이의 첫 타이틀전을 도와줘야만 하는데, 한편으로 대국 상대인 사저와 연구회를 가진다면 여러모로 좀 그럴 것 같아요."

"하긴 그래. 당연한 말이네. 네가 말 안 해도 그 정도는 알고 있 거든? 바보 아니야? 왜 이제 와서 그런 소리를 하는 건데? 확 죽 어버리지 그래?"

"죄, 죄송해요……."

언뜻 듣기에는 불합리한 이유로 화내는 것 같지만, 확실히 사 저 정도 되는 사람에게 이런 말을 하는 건 실례다. 나도 이런 당 연한 일 가지고 이런저런 소리를 듣는다면 기분이 좋지 않을 것 이다.

하지만 지금은 이런 말을 할 수밖에 없다. 안 그랬다간, 이 상냥 한 사람은 나에게 소중한 시간을 할애할 것이다.

"그러니까 연구회는 여왕전이 끝난 후에 다시 시작해요."

"그래."

사저는 짤막하게 대답했다. 이것으로 이야기는 끝났다고 생각 했지만──.

"하지만, 야이치는 그걸로 괜찮은 거야?"

"예?"

"여왕전이 끝나는 건 보통 6월 즈음이잖아? 그러면 곧 순위전 도 시작될 타이밍이니까, 지금 연구회를 해 두지 않으면 여러모 로 불안하지 않겠어?"

"나는 소프트를 이용해서 혼자서 공부할 수 있으니까, 딱히 문 제없어요."

본심을 털어놓자면 연구회를 하고 싶다. 마음껏 하고 싶다.

소프트를 통한 연구와 인간을 상대로 한 승부는 엄연히 별개이며, 이런 이상적인 연구 장소까지 생기고, 더불어 사저와 만나지 못하게 되는 것도 여러 의미에서 괴롭지만…… 그래도 지금은 응석을 부릴 때가 아니다.

사저도 알겠지만, 여왕전과 3단 리그 병행은 힘들 것이다.

게다가 나와 연구회를 한다면, 사저는 자신의 연구가 나를 통해 야샤진 아이에게 전해지는 것을 경계해야만 할 것이다. 그러니 서로가 심도 있는 부분까지 드러내며 연구를 할 수 없다.

——지금은 만나지 않는 편이 좋다. 서로를 위해서 말이다.

사저가 곤란하지 않도록, 나는 일부러 힘찬 목소리로 딱 잘라 말했다.

"걱정해 줘서 고마워요! 하지만 나는 괜찮아요! 여왕전이 끝날 때까지 사저를 만나지 못하게 되어도 정말 괜찮아요!!"

"………………."

입을 다문 채 고개를 숙이고 있던 사저가 갑자기 고개를 들더니……

"돌아가."

"예?"

"볼일이 있어."

"예? 하지만 아까는 없다고——."

"방금 생각났어."

"어떤 예정인가요?"

"중요하고, 긴급하며, 은밀한 볼일이야."

사저는 나를 원룸 밖으로 밀어내고, 현관문을 닫으며 말했다.

"앞으로의 스케줄에 관해 장기연맹 측과 의논해야 해."

## ♟ 왕자를 도운 공주

"아니…… 이 말도 안 되는 일정은 뭐야?!"

칸사이 장기회관 3층에 있는 사무국의 응접실에서 여왕전 5전 3선승제의 일정과 대국장을 들은 순간, 검은 옷을 입은 어린 여자애가 자리에서 벌떡 일어나며 그렇게 외쳤다.

옆에 앉아 있던 히나츠루 아이가 "테, *텐짱…… 진정해……."라고 말하면서 달랬지만, 야샤진 아이는 깔끔하게 무시하며 상대방에게 따졌다.

"제1국부터 제3국까지 겨우 열흘 만에 전부 치른다니…… 게다가 4국과 5국은 대국 날짜조차 정해지지 않았잖아! 나를 바보 취급하는 거야?!"

"……정말 죄송하게 생각하고 있습니다."

우리와 마주 앉아 있는 연맹직원, 오가 사사리 씨는 입술을 깨물면서 사죄했다.

그녀는 《숨겨진 실세》라 불리는 실력자지만, 표정에서는 여유가 느껴지지 않았다.

"이례적인 사태가 연달아 생겨서…… 부끄러운 일입니다만, 완전히 장기연맹의 처리능력이 따라가지 못하고 있습니다.

---

\* 텐짱 : 야샤진 아이(天衣)에서 하늘 천(天)의 일본어 발음을 따서 텐(天)짱.

오가 씨는 지친 기색이 역력한 얼굴로 자초지종을 설명했다.

옆방인 임원실에서는 츠키미츠 회장이 전화하는 목소리가 들려왔다. 1분 1초를 아쉬워하며 각계각층과 절충하고 있을 것이다.

타이틀전이 몰리면서 연맹의 스케줄이 엉망인 것은 사실이다. 여왕전의 현지 보드 해설을 전부 내가 담당하는 것이 그 증거다.

일반적인 대국이라면 대국자와 기록 담당의 일정만 조율하면 되지만, 타이틀전은 그럴 수 없다.

관전기자, 인터넷 중계기자, 입회인, 연맹의 섭외 담당자, 보드 해설자와 리스너…… 인원만 해도 일반적인 대국과는 비교도 안 된다.

"옥장전이 두 번이나 지장기가 되고, 명인의 타이틀 획득 100기가 걸린 명인전도 시작하려는 이 타이밍에, 주목도가 예년과는 차원이 다른 여왕전과 3단 리그…… 이렇게 스케줄이 뒤엉킨 탓에 이러지도 저러지도 못하는 상황이 되어버렸습니다."

"사정은 알겠습니다만, 저의 귀여운 제자가 처음으로 타이틀에 도전하는 거예요. 스승으로서는 만전의 상태로 대국에 임하게 해 주고 싶어요."

내가 '귀여운 제자' 라는 말을 입에 담은 순간, 야샤진 아이는 "흥." 하고 코웃음을 쳤고, 히나츠루 아이는 삐친 것처럼 볼을 부풀렸다. 아이들은 정말 다루기가 어렵다니깐…….

"용왕의 말씀이 옳습니다."

오가 씨는 나를 향해 고개를 숙인 후, 여전히 서 있는 야샤진 아이쪽을 쳐다보았다.

"일반적인 타이틀전이라면 이미 선승제 승부의 일정이 전부 공표됐을 테죠. 아무리 피치 못할 사정이 있다고는 해도, 야샤진 양에게는 정말 죄송합니다."

"……."

"그런 점을 고려하고 말씀드리는 겁니다만, 저희는 이 일정이 최선이라고 생각합니다. 조금이라도 더 좋은 환경에서 대국이 가능하도록, 필사적으로 노력한 겁니다."

오가 씨가 한 말에는 한 점의 거짓도 섞여 있지 않았다.

확정된 대국장 세 곳 중 두 곳은 오사카와 코베다.

사저와 야샤진 아이의 홈그라운드에서 한 번씩 대국을 펼치며, 거리 또한 가깝기 때문에 이동에 대한 부담을 최소한으로 줄일 수 있다.

게다가 첫 대국의 장소는 오사카지만, 야샤진 아이의 홈그라운드라고 해도 과언이 아닌 장소다.

두 번째 대국의 장소 또한 조금 멀기는 하지만 신용할 수 있는 전통 여관이다.

"…………."

야샤진 아이는 선 채로 눈을 감더니, 분노를 필사적으로 억누르기 위해 입을 다물었다.

옆에 앉아 있던 히나츠루 아이가 불안한 눈길로 쳐다보고 있었다.

"이건 아무런 근거도 없는 내 예상이지만——."

나는 사저와 얼마 전에 만났다는 것을 숨기면서 야샤진 아이에게 말했다.

"사저는 이제부터 여성 첫 장려회 3단으로서 3단 리그를 치러야 해. 그 리그에 집중하기 위해, 되도록 빨리 여왕전을 끝내고 싶을 거야. 그 사람은 여류 타이틀에 크게 가치를 두지 않거든."

나는 오가 씨를 힐끔 쳐다보았다.

"연맹으로서는 이 여왕전을 통해 주목을 모은 후, 그대로 3단 리그에 세간의 주목이 쏠리는 게 가장 이상적이라고 여기고 있겠지? 사저 말고도 사상 첫 초등학생 3단이나 편입 시험을 치른 사회인 등, 화제가 될 만한 이들이 모여 있으니까 말이야."

"그런 선전효과를 기대하고 있지 않은 건 아닙니다만, 연맹이 가장 걱정하고 있는 건 소라 여왕의 컨디션입니다. 그래서 여왕의 의견을 가장 우선했습니다."

오가 씨는 딱 잘라 그렇게 말했다.

타이틀전에서 타이틀 보유자의 사정을 우선하는 건 당연했다. 그게 분하면 타이틀을 따면 된다.

하지만…… 사저가 이 일정을 희망한 거라면, 그 안에는 강렬한 메시지가 담겨 있었다.

눈을 감고 그 말을 듣고 있던 야샤진 아이는 주위의 공기가 얼어붙을 만큼 차가운 목소리로 이렇게 말했다.

"……그래. 즉, 내가 3연패를 할 거라고 생각하는 거구나?"

""…………""

나와 오가 씨는 묵묵히 그 말을 긍정했다.

부정해 봤자 의미가 없으며, 괜히 부정해 봤자 이 똑똑한 아이라면 어른의 거짓말을 꿰뚫어 볼 것이다.

『어차피 3연승할 거니까 제3국까지만 일정을 짜면 된다.』

『3단 리그가 시작되기 전에 끝내고 싶다.』

사저는 이 일정을 통해 그렇게 말하고 있는 것이다.

옆에서 듣고 있던 히나츠루 아이가 뭔가 중대한 사실을 눈치챈 것처럼 숨을 삼키며 나를 쳐다보더니…….

"그래서 제4국과 제5국의 대국장이 칸사이 장기회관인 건가요?!"

"아, 원래 그랬어……."

여류기전은 예산이 적어서 그렇게 되고 마는 것이다…….

"돈 문제도 있습니다만, 대국장의 스케줄을 확보하지 못한 겁니다. 현실적으로 어려운 상황인지라……."

오가 씨의 말은 같은 의미를 담고 있었다.

결국 시간이 없다는 것이 이 문제의 근본이며, 그것을 해결할 수단은 존재하지 않는 것이다.

"어떻게 하시겠습니까? 야샤진 양이 이 일정을 거부하신다면, 마땅히 재검토를 하겠습니다. 최악의 경우, 칸토와 칸사이의 장기회관에서 모든 대국을 치르게 되겠습니다만……."

"됐어. 받아줄게."

야샤진 아이는 윤기 넘치는 검은 머리카락을 손등으로 쓸어 넘기더니, 평소와 마찬가지로 거만할 정도의 자신감과 투지가 느껴지는 목소리로 선언했다.

"준비기간이 짧은 건 상대방도 마찬가지잖아. 게다가 소라 긴코는 3단 리그에 더 무게를 두고 있는 거지? 나 같은 건 안중에도 없다면, 의표를 찌르는 한 방을 먹여 줄 수도 있겠네."

그렇게 말한 야샤진 아이는 자신의 손바닥에 힘차게 주먹을 날렸다.

"처음에 비틀거리게 만들 수만 있다면, 그다음에는 회복할 틈을 주지 않으며 몰아붙이면 돼. 자기가 짠 일정에 발목이 잡혀 후회하라지, 뭐!"

"그래. 바로 그 마음가짐이야."

지기 싫어하는 제자가 그렇게 말하자, 나는 그런 그녀가 믿음직했다.

야샤진 아이의 정신 상태는 나쁘지 않다.

실력은 사저가 분명 앞서지만, 야샤진 아이는 상대가 얼마나 무시무시한지 모른다. 바로 그 점에 승기가 존재할 것이다.

마음이 복잡한걸……. 사저에게 부담을 주고 싶지 않지만, 제자가 지는 것도 싫다…….

"이해해 주셔서 감사합니다."

오가 씨는 깊이 고개를 숙였다.

"그리고 용왕께서 문의하신 히나츠루 양에 관한 건 말입니다만──."

"윽……!!"

그 말을 들은 순간, 히나츠루 아이의 몸이 딱딱하게 굳는 것이 느껴졌다.

오가 씨는 그런 아이를 힐끗 본 후, 사무적인 어조로 말했다.

"역시 어려울 것 같다는 것이 이사회 측의 답변입니다."

"그런가요……."

나는 낙담 섞인 한숨을 내쉬며 그렇게 말했다.

"기록 담당으로서 대국장 안에서 타이틀전을 체감하는 것이 아이에게도 매우 좋은 경험이 될 거라고 생각했는데 말이죠……."

옛날부터 대국을 누구보다 가까운 장소에서 볼 수 있는 기록 담당은 『최상의 수련법』이라 불렸다.

인터넷 중계가 시행되면서, 기록 담당을 맡는다는 것이 실력 향상에 도움이 되는지 의문시하는 목소리도 생겼다.

하지만 타이틀전 기록을 '한번은 해 보고 싶다'고 여기는 이는 많다. 언젠가 자신이 타이틀전에 나설 때를 위한 예행연습 삼아서 말이다.

야샤진 아이가 도전자로 결정됐을 때, 케이카 씨는 나에게 조언을 해 줬다. 그것은———.

『아이 양도 타이틀전을 체험시켜 줘. 되도록 가까운 곳에서 말이야.』

———였다.

그 방법으로 제안한 것이 기록 담당이며, 나도 환영했다. 아이에게 말했더니 '해 보고 싶어요!' 하고 딱 잘라 말했다.

사형제인 야샤진 아이의 첫 타이틀전을 위해 자신도 무언가를 하고 싶다는 생각을 가지고 있을 것이며, 얼마 전에 산성앵화전을 관전하며 자극을 받기도 했으리라.

하지만 연맹 측의 대답은 NO였다.

"저, 저기…… 제 실력으로는 부족한 건가요?!"

히나츠루 아이는 애원하는 듯한 어조로 오가 씨에게 말했다.

"경험이 부족하다면, 열심히 연습해 볼게요! 남은 시간이 얼마 안 되지만…… 그래도 최선을 다하겠어요! 그러니까…… 그러니까……!!"

"그런 문제가 아닙니다."

오가 씨는 이 어린 여류기사의 솔직한 마음을 눈부시다는 듯이 응시하며 받아들인 후, 입을 열었다.

"연맹 측에서도 히나츠루 양을 매우 기대하고 있으며, 타이틀전의 기록 담당을 맡겠다며 나서주신 것 자체는 매우 환영하고 있습니다. 다른 타이틀전의 기록이라면 기쁜 마음으로 맡기겠습니다만……."

자초지종을 짐작한 내가 입을 열었다.

"그럼, 역시——."

"예. '동문 제한' 때문입니다."

대국자와 동문인 자는 부정행위를 할 가능성이 있기 때문에 입회인과 기록 담당을 맡을 수 없다. 흔히 '동문 제한'이라 부르는 규정이다.

나와 아이도 물론 그것은 알고 있다.

하지만 이 규정에는 딱 하나의 예외가 존재한다.

"두 대국자가 전부 동문일 경우에는 기록 담당을 맡을 수 있다……. 소라 여왕은 키요타키 9단의 제자이며, 야샤진 양과 히나츠루 양은 사손(師孫)입니다. 그러니 세 사람 다 동문이라 할 수 있지 않은가? 그것이 용왕의 의견이었습니다."

"예."

"유감이지만, 그 의견을 받아들일 수는 없습니다."

"……기록 담당을 맡더라도 부정행위를 할 수는 없을 거라고 생각하는데요."

"하지만 규정을 어길 수는 없습니다. 이 경우의 '동문'이란 스승과 제자만을 의미한다는 것이 이사회의 판단입니다."

"그걸 좀 어떻게……."

"그것만은 어떻게 할 수 없습니다."

장기연맹은 비교적 특례를 인정해 주는 편이며, 관례를 느닷없이 철폐하는 등, 상황에 맞춰서 유연하게 대응한다.

하지만 이번만큼은 어려운 것 같았다.

"그래서 상의하고 싶은 일이 있습니다만……."

오가 씨는 드디어 평소처럼 미소를 머금으며 입을 열었다.

"히나츠루 양이 다른 형태로 대국장에서 타이틀전을 관전하실 수 있도록, 다른 제안을 드릴까 합니다. 구체적으로 말씀드리사면──."

""예?""

고개를 갸웃거리며 오가 씨의 '제안'을 들은 나와 히나츠루 아이는…….

""예에에에에에에에에에에에엣────?!""

그 내용을 듣고 경악하고 말았다. 어어~?!

## △ 브레멘 음악대

"깐쩐끼~?"

샤를 양이 혀 짧은 목소리가 방 안에 울려 퍼졌어요.

이곳은 쿠즈류 선생님과 아이 양이 사는 아파트의 다다미방이 에요.

여초연에 속한 이 네 사람은 곧 끝나는 봄방학을 아쉬워하듯 매일같이 이 방에 모여서 장기를 두거나 잠옷 파티를 해요.

여왕전 개막을 이틀 앞둔 날, 쿠즈류 선생님은 야샤진 아이 양에게 대국 직전 레슨을 해 주기 위해 코베에 가셨어요.

"깐쩐……이 아니지. 관전기라는 건 그거지? 신문기자나 장기 라이터가 쓰는, 장기 대국을 문장으로 표현한 거 말이야."

샤를 양에게 영향을 받은 듯한 미오 양이 확인하듯 그렇게 말하자…….

"응. 아이도, 사부님도, 그 말을 듣고 깜짝 놀랐어……."

아이 양은 난처한 듯하면서도 기쁜 듯한 표정을 지으며 그렇게 말했어요.

"기록 담당을 시켜달라고 부탁을 했는데, 그건 무리래……. 그 대신 관전기자를 맡지 않겠느냐는 제안을 받았어."

"몇 번째 대국이야?"

"원하는 대국을 골라서 맡으면 된대."

"흐음~. 그래?"

"신문에 실리는 게 아니라, 장기 잡지와 연맹의 홈페이지에 공개될 거래. 오가 씨는 여왕전 전체에 관한 감상문이라도 괜찮다고 했어. 그래서 일단 제1국과 제3국은 현지에서 관전할까 해. 칸사이에서 대국을 하잖아."

"흐음~……. 그런 특례를 인정해 주는 걸 보면, 장기연맹은 아이한테 엄청 기대하고 있나 봐~."

미오 양은 감탄을 터뜨리며 고개를 끄덕였어요.

"게다가 관전기자는 기록 담당 옆에 앉는 사람이잖아? 잡일을 안 해도 되고, 자리를 벗어나도 되니까, 기록 담당보다 훨씬 편하겠네!"

"아하하. 하지만 사부님은 수행이라는 의미에서 본다면 기록 담당이 더 낫다면서 아쉬워하셨어."

"샤우도~! 샤우도, 끼록땀땅 하래~!"

"샤를은 그 전에 정좌부터 익혀야겠네~."

미오 양이 그렇게 말하자, 샤를 양은 '쩡짜하래~!' 하고 말하며 정좌에 도전했어요. 하지만 균형을 잡지 못하고 데굴 구르고 말았어요.

"아하하하하."

"샤를, 귀여워~."

"어어어~?"

그런 훈훈한 광경이 펼쳐지는 가운데, 맹렬한 반응을 보인 이가 딱 한 명 있었어요.

"대단해요! 너무 부러워요~!!"

안경이 엄청 반짝이고 있는 사다토 아야노 양이에요.

"관전기를 쓰는 여류기사라니, 마치 언니 같아요! 저도 그렇게 되고 싶어요!"

"그, 그래? 쿠구이 선생님처럼 멋진 문장을 쓰는 건 어렵겠지만…… 그래도 본받아서 열심히 써 볼게~."

"하아아~……. 관전기를 쓰려면 역시 여류기사가 되는 게 가장 빠른 길일까요? 그럼 저도 여류기사를 목표로…… 하지만 제 실력으로는…… 하아아아아~!"

"아야뇨, 왜 끄래~? 쓰땀쓰땀해 쥐~?"

샤를 양은 생각에 잠긴 아야노 양이 걱정되는 건지, 조그마한 손으로 머리를 쓰다듬어 줬어요.

"뭐~ 아이는 글씨도 잘 쓰고 국어 성적도 좋으니까 관전기를 잘 쓸 수 있을 거야."

"고마워, 미오!"

아이 양은 아직 키보드 타이핑이 능숙하지 않기 때문에, 이번 관전기는 초등학교에서 쓰는 모눈종이 공책에 써서 제출해도 된다는 말을 들었어요.

"쩌끼, 쩌끼~."

샤를 양이 미오 양과 아이 양의 옷을 잡아당기며 말했어요.

"샤우도 마리지? 깐쩐끼, 쓰고 시퍼~."

"뭐? 하지만 샤를은 일본어 문장을 적을 수 있어? 한자도 써야 하잖아."

미오 양이 그렇게 말하자, 혼자만의 생각에서 벗어난 아야노 양이 대답을 했어요.

"샤를 양은 일전에 학교에서 쓴 작문이 신문에 실렸어요. 그래서 글쓰기에 자신이 있는 것 같아요."

"뭐?! 대단하네~!!"

"이꼬야~."

샤를 양은 호주머니에서 예쁘게 접힌 신문지 조각을 꺼내더니, 아이 양과 미오 양에게 보여줬어요.

『쪼아』

샤우는 짱끼가 쪼아.

끄치만 싸뿌가 더 쪼아~.

싸뿌는 말해써요.

"아내로 쌈아쭈께."

"씬논여앵은 하와이로 가자."

"맨숀을 싸주께."

샤우도 싸뿌가 쪼아.

얼마나 쪼아하냐꾸?

엄쩡 쪼아!

그 신문을 본 미오 양은 화들짝 놀라 샤를 양에게 물어봤어요.

"이게 신문에 실린 거야? 진짜로?"

"응~!"

샤를 양은 의기양양한 목소리로 그렇게 말했어요.

아이 양이 그런 샤를 양을 칭찬했어요.

"정말 잘 쓴 문장이잖아! 샤를은 대단하네! 부러워~."

"응!"

"저기, 이것 말고도 작품이 더 있어? 사부님이 샤를한테 어떤 이야기를 했는지……. 아이는 더 알고 싶어! 가르쳐 줄래?"

"응!"

""아아아아아…….""

환하게 웃고 있는 샤를 양과, 더 환하게 웃고 있는 아이 양을 본 미오 양과 아야노 양의 얼굴이 점점 새파랗게 질렸어요.

"샤, 샤를! 그 이야기는 나중에 하자! ……아니, 쿠쭈류 선생님을 좋아한다면 아이한테 그 이야기를 하면 안 돼~!!"

"응~?"

샤를 양은 고개를 갸웃거렸어요. 아이 양은 미소를 머금은 채 아무 말도 하지 않았어요. 그 모습은 말보다 많은 것을 이야기하고 있어서 무시무시했어요.

비틀린 시공을 원래대로 되돌리려는 듯이, 미오 양이 화제를 바꿨어요.

"그, 그런데 말이야! 아이한테 텐짱의 관전기를 쓰라고 하다니, 쿠쭈류 선생님도 꽤나 엄격하네!"

"응?"

아이 양은 영문을 모르겠다는 표정을 지었어요.

미오 양은 말을 이었어요.

"텐짱과 아이는 라이벌이잖아? 라이벌이 먼저 타이틀에 도전하는 모습을 가장 가까운 곳에서 보는 건, 꽤 힘든 일 아니야?"

"그, 그렇지 않아~! 사부님은 아이의 성장을 위해 여러모로 생각해 주고 있어. 그러니까 하나도 괴롭지 않아."

아이 양은 미오 양의 말을 필사적으로 부정했어요.

"게다가 나는 아직 텐짱에게 한 번도 이기지 못했으니까, 딱히 분하지는……. 애초에 텐짱이 나보다 훨씬 먼저 장기를 시작했고, 여류기사로서 쌓은 실적도 차원이 다른 걸……. 그런 내가 텐짱의 라이벌이라니, 말도 안 돼."

"그런가요? 저는 단기간에 여류기사가 된 아이 양의 재능은 텐짱 못지않다고 생각해요. 그리고 연수회에서의 대국은 대국 후에 흘린 아이 양의 눈물과 함께 전설이 됐어요. 두 사람은 서로에게 있어 최고의 라이벌이라고 생각해요."

아야노 양이 그렇게 말했지만, 아이 양은 힘없이 고개를 저었어요.

"연수회에서 처음 싸웠을 때도, 아이는 외통수를 놓쳐서 졌어. 그리고 그게 너무 분해서 울었을 뿐이야……."

하지만…… 하고 말한 아이 양은 웃으며 말을 이었어요.

"라이벌은 아니지만, 아이는 텐짱의 사저야. 그러니까 이번에는 텐짱을 위해 멋진 관전기를 쓸 거야!"

"흐음……."

연수회에서 아이 양에게 접장기로 지고 울음을 터뜨렸던 미오 양은 심경이 복잡한 것 같지만, 곧 납득한 것처럼 끄덕였어요.

"그래. 뭐, 알았어!"

"사형제니까 사이가 좋은 편이 좋겠죠. 텐짱은 성미가 까다로운 편이지만 장기에 대해서만큼은 진지하기 때문에, 저는 존경해요. 앞으로도 힘내줬으면 해요."

"샤우도~! 샤우도, 뗸짱 응언할꼬야~."

텐짱은 여초연의 멤버는 아니지만, 그래도 함께 장기를 공부하는 친구 사이라는 점에는 변함이 없어요.

"맞아!! 우리도 응원하러 가도 돼?! 응?! 첫 대국은 오사카에서 하잖아."

"거기는 그렇게 멀지도 않고 관광지니까, 교토 때처럼 다 같이 갈 수 있겠네요."

여왕전 일정은 바로 공표됐으며, 크게 화제가 됐어요.

그러니 당일에는 손님이 많이 몰려올 거라고 예상되며, 현장에서의 해설회도 티켓 사전 신청&추첨제로 참가 여부가 결정돼요. 장기 이벤트보다 아이돌의 라이브 같은 느낌이지만——.

"꾸쭈류 선생님의 학생이라면 VIP석이 있지? 산성앵화전 때 그런 말을 들었잖아."

"글쎄? 사부님에게 물어볼게……."

방금 미오 양이 말한 VIP석이란 『베리 임포턴트 페도 좌석』이라는 의미예요. 주위 사람들에게 로리콤으로 인정받은 쿠즈류 선생님의 어린 연인들을 위해, 장기 관계자 여러분이 준비해 주신 좌석이죠.

즉, 그 자리에 여자아이가 앉을수록, 장기 관계자들 사이에서 쿠즈류 선생님의 로리콤 의혹이 더욱 확고해지지만…… 여초연 아이들은 아직 초등학생이라 거기까지 생각이 미치지 않는답니다. 쿠즈류 선생님의 평판이 참 걱정되네요.

하지만 아이 양이 걱정하는 것은 그것만이 아니에요.

"하지만 말이야. 텐짱의 성격을 생각하면, 거창하게 응원을 했다간 화를 낼지도 몰라. 안 그래도 아주머…… 소라 선생님 때문에 신경이 곤두서 있을 거잖아."

"알아~! 몰래 가서 몰래 응원하기만 할 거야! 보드 해설을 듣기만 한다면, 문제될 건 없지 않겠어?"

"모래~!"

즐거워 보이는 샤를 양이 두 손을 번쩍 들면서 큰 목소리로 그렇게 외쳤어요. 몰래, 라는 말과는 거리가 먼 행동이네요.

"샤를 양은 제가 곁에서 지켜볼게요."

아야노 양은 샤를 양을 뒤편에 서서 꼭 안더니…….

"그러니 관전기자가 어떤 일을 하는지 현장에서 보여주셨으면 해요! 꼭이요!!"

안경을 반짝이며 애원을 했어요.

안 된다고 해 봤자 셋 다 올 것 같은 분위기예요.

"……맞아. 아이와 마찬가지로, 다들 텐짱을 응원하고 싶은 거잖아. 응! 사부님과 상의해 볼게!"

아이 양은 환한 미소를 지으며 고개를 끄덕였어요. 사매인 야샤진 아이 양은 오해를 사기 쉬운 성격이지만, 자기 말고도 이해해 주는 사람이 있어서 기쁜 것 같아요.

미오 양은 벌떡 일어서더니, 손을 치켜들었어요.

"좋아~! 여초연 멤버 모두가 텐짱을 몰래 응원하는 거야~!"

""""오~!!""""

그 순간, 귀여운 응원단이 결성됐어요.


이렇게 맞이한 여왕전 제1국이, 설마 그런 충격적인 결말을 맞
이할 줄은…… 이때는 아직 아무도 예상하지 못했어요.

# 보디가드

*Bodyguard*

Akira Ikeda 이케다 아키라

## 🔔 원숭이와 게의 싸움

"설마………… 여기서 내 둘째 제자가 첫 타이틀전을 치르게 될 줄은 몰랐어."

여왕전 제1국.

대국장 체크를 위해 전날부터 현장에 와있었던 나는 그 건물을 감개무량하다는 듯이 올려다보았다.

──『츠텐카쿠(通天閣)』.

누구나 알고 있는 오사카의 랜드 마크다.

아베노에 하루카스 300 전망대가 생겼지만, 오사카의 심벌은 뭐니 뭐니 해도 츠텐카쿠다.

그 아래편에 있는 『신세카이(新世界)』에는 오늘도 많은 관광객과 노숙자 일보 직전의 수상한 오사카 인민들이 모여서, 튀김꼬치를 먹거나 화려한 셔츠를 사고 있었다.

내가 야샤진 아이의 개인 레슨을 맡은 후, 처음으로 데려간 곳이 바로 신세카이에 있는 장기도장이었다…….

"반가운 곳인걸. 쿠즈류 선생."

미성년자인 야샤진 아이의 보호자로서 동행했던 아키라 씨도 이곳이 반가운지 내 옆에서 카메라를 들고 있었다.

"그 후로 1년도 지나지 않았지만…… 아가씨는 정말 멋진 숙녀가 되셨어……."

아키라 씨의 카메라에 담긴 사람은 물론 야샤진 아이다.

츠텐카쿠 아래편에 있는 『왕장비(王將碑)』 앞에서 사진 촬영이 행해지고 있었다.

타이틀전의 정례행사다.

"두 분 다 이쪽을 봐 주십시오!", "웃음! 웃음을 지어 주시겠습니까?!", "그대로 가만히 계세요!!"

대포 같은 카메라가 대열을 이뤄서 열 살인 도전자와 열다섯 살인 여왕을 포위하고 있었다.

야샤진 아이는 평소처럼 검정 드레스를 입고 있었다.

사저는 중학교 때 입던 교복 차림이다.

"이쪽도 봐 주십시오!"

"이쪽! 이쪽에도 시선을 주세요!"

"좀 다른 포즈를 취해 주실 수 없을까요?! 마치…… 카메라 너머의 독자를 짓밟는 듯한 느낌으로요! 그래요! 바로 그런 느낌이에요!!"

두 사람은 과열 양상을 띠는 보도진의 요구에 차분하게 응하고 있었다.

장기 타이틀전과는 상관없는 사진을 찍으려 하는 사람도 있는 것 같지만…….

"……이상한 미디어도 섞여 있네요."

"으으…… 더는 두고 볼 수 없어!"

아키라 씨는 불같이 화를 내며 돌진하더니…….

"이놈들! 아가씨에게 그딴 포즈를 요구하지 마라!!"

"다, 당신, 뭐죠?!"

"잘 들어라! 아가씨에게 포즈 요청 같은 건 할 필요가 없다! 왜 냐하면 자연스러운 행동 속에서야말로 아가씨의 사디스틱한 매 력이 드러나기 때문이다아아아아아아아아아아앗!!"

"어?! 다, 당신, 갑자기 바닥에 드러누워서 뭘……?!"

"하악…… 하악…… 하악……!"

흥분한 탓에 호흡이 거칠어진 아키라 씨가 슈퍼 로우 앵글로 야 샤진 아이의 사진을 찍기 시작했다.

하지만 아이는 기자들 앞이라 평소처럼 아키라 씨에게 독설을 쏟아줄 수 없었기에 그저 혐오감으로 가득 찬 표정만 지었다. 그 리고 그 표정이 아키라 씨를 더욱 흥분시킨다고 하는 욕망의 사 이클이 형성됐다. 나는 뭐했냐고? 물론 생판 남인 척했지.

이벤트가 있다는 것을 안 관광객과 이 지역 사람들이 스마트폰 카메라를 들고 모여들었다.

"뭐꼬? 뭐하고 있는 기고?"

"장기대이! 내일 츠텐카쿠에서 타이틀전을 하는 기다!"

"《나니와의 백설공주》가 온다캤다!"

"옆에 있는 저 꺼먼 애가 그 소문자자한 《코베의 신데렐라》인 기가. 진짜 쪼끄마하대이."

"오~! 판타스틱!!"

사저와 야샤진 아이는 공중파 및 지방 방송국에서 매일 보도되 고 있다. 마치 아이돌이 온 듯한 반응이다.

"야샤진 아이는 내가 길렀대이! 저 꼬맹이는 장난아닌 기다."

갑자기 술과 담배 때문에 쉰 목소리가 들렸다.

"이 《신세카이의 암표범》이 가르친 『각두보』라면, 소라 긴코든 쿠즈류 야이치든 한 방에 두 동강낼 수 있을 기다! 무패를 자랑하는 백설공주도 내일이면 죽은 목숨이대이!"

　이, 이건……!

　아저씨인지 아줌마인지 분간이 안 되는, 이 목소리는──!!

　"팬더! 팬더야!"

　지면을 기고 있던 아키라 씨는 한쪽 볼에 모래 알갱이를 붙인 채, 생이별을 한 애완견과 재회한 듯한 목소리로 그렇게 외쳤다.

　──팬더(Panther).

　그것은 이 신세카이에 있는 장기도장 『쌍옥 클럽』에서 야샤진 아이를 막아서는 벽이 됐던 정체불명의 장기꾼…… 경력 불명, 성별 불명(나중에 암컷인 것으로 판명), 표범무늬 옷과 펀치 파마가 트레이드마크이며, 마지막으로 봤을 때는 온몸을 핑크색으로 물들여서 핑크 팬더가 되어 있었는데…….

　나는 경악을 금치 못하면서 지적했다.

　"온몸이…… 보라색이 됐네요…….”

　"이유는 모르겠지만, 아줌마들은 머리카락을 보라색으로 물들이고 싶어 하지."

　우리는 펄까지 넣은 퍼플 팬더를 멀찍이서 관찰했다. 야샤진 아이도 팬더를 발견하고 약간 동요한 것 같았다.

　유심히 보니 팬더만 있는 게 아니었다. 신세카이의 장기도장에서 야샤진 아이와 진검승부를 했던 아마추어 강호 아저씨들도 반가운 표정으로 그녀를 멀찍이서 쳐다보고 있었다.

말을 걸지도, 성원을 보내지도 않았다.

하지만 다들…… 야사진 아이가 신경 쓰여서 보러 온 것 같았다.

이 분위기는 야사진 아이에게도 분명 플러스로 작용할 것이다.

"뭐, 그래도 내일은 각두보를 쓰지 않을 거라고 생각해요."

"그래? 그럼 팩스를 쓰겠는걸."

"혹시 『팩맨』을 말하는 거예요?"

"그렇게 말했거든?!"

아키라 씨는 투정부리는 듯한 어조로 그렇게 말했다.

"이런 말을 하는 건 좀 그렇지만, 각두보와 팩맨은 B급 전법이에요. 그런 전법을 타이틀전에서 쓴다면, 그대로 기사들 사이에서 무시당할지도 몰라요. 아무리 맛있다고 해도 3성급 고급요리점에서 오코노미야키를 내놓지는 않잖아요?"

"그런 건가……."

"뭐, 현대 장기는 뭐든 허용하니까, 이긴다면 다들 아무 말도 안 하겠지만 말이에요. 그래도 진다면 대미지가 클 거예요. 장기 기사에게는 독자적인 평가기준이 있어요. 선수라 유리한데도 천일수(千日手)가 된다면 '진 거나 다름없다'고 여기죠……."

장기계에서는 '신용'이 큰 의미를 가진다.

『이 애는 강하다.』

『이 애라면 타이틀을 따도 용납된다.』

그런 식으로 여겨진다면, 대국 상대도 패배가 확정된 거나 다름 없는 상황에서 끈질기게 물고 늘어지지 않는다. 그래서 토너먼트 전이나 선승제 승부에서 이기기 쉬워지며, 승률도 높아진다.

그것이 장기계에서의 신용이다.

타이틀전에 나간다는 건 그 신용을 올릴 기회인 것과 동시에, 신용이 내려갈 위험성도 품고 있다.

『타이틀전에 나가면 향차(香車) 한 개를 얻은 것만큼 강해진다. 하지만 3연패를 하면 향차 한 개를 잃은 것만큼 약해진다.』

그런 격언이 있을 정도다.

야샤진 아이는 장기계에서 테스트를 받고 있다. 사저에게 이기든 지든, 이 테스트를 어떻게 클리어 하느냐에 따라 여류기사 인생이 크게 좌우될 것이다.

"……게다가 예전처럼 각두보를 써봤자 사저에게는 통하지 않아요. 아이의 각두보에는 중대한 결함이 있으니까요……."

"결함?! 쿠즈류 선생, 그게 무슨——."

아키라 씨가 나에게 질문을 던지려던 바로 그때였다.

"그럼 대국장 검사를 시작하겠습니다. 두 대국자와 입회인을 비롯한 관계자 여러분은 건물 안으로 들어오시죠."

운영 스태프가 그렇게 말하며 행사를 진행했다.

이번 대국의 입회인은 나와의 순위전 최종국을 마지막으로 은퇴한 《나니와의 제왕》 자오 타츠오 9단이다.

관절을 비롯해 몸이 많이 좋지 않은데도 지팡이를 딛고 이 큰 역할을 맡아 주셨다.

"어이, 쿠즈류 선생…… 저렇게 골골대는 영감님이 입회인을 맡아도 괜찮은 거냐? 장기가 끝나기도 전에 이 세상을 하직하는 거 아니야?"

"쉿! 아키라 씨, 재수 없는 소리 하지 마세요……. 자오 선생님은 이 츠텐카쿠가 칸사이 장기계의 성지였던 시절을 가장 잘 아시는 분이에요. 저분 없이 츠텐카쿠 대국은 실현되지 않는다고 해도 과언이 아니라고요."

"흠, 그렇구나……."

그런 자오 선생님은 내 스승인 키요타키 코스케 9단에게 부축을 받으면서, 묵묵히 촬영을 지켜보고 있었지만——.

"신세카이까지 와서 술도 마시지 않고 검사를 하나? 그런 어이없는 소리가 하지 말그라! 코스케! 어이, 코스케!"

"예, 선생님. 부르셨습니꺼?"

"술 마시러 가삐자. 따라오그라."

"하, 하지만 선생님…… 입회인이 대국장 검사에 참가 안 하는 건——."

"여류기전의 검사 같은 건 니 제자한테 맡기면 된다 아이가. 미성년자는 술도 못 마시니까, 잘 됐대이."

자오 선생님은 오른손에 쥔 지팡이를 머리 위로 치켜들며 휘두르더니, 나를 향해 말했다.

"용왕! 뒷일은 부탁한대이."

"하아……."

내 스승을 데리고 진짜로 술을 마시러 가버린 자오 선생님의 뒷모습을 쳐다보면서, 나는 그저 얼이 나간 듯한 대답을 하는 게 한계였다. 옛날 기사들은 정말 제멋대로대이…….

아키라 씨가 걱정하는 듯한 어조로 물었다.

"선생, 정말 괜찮겠느냐? 저 영감님 없이는 츠텐카쿠 대국은 실현되지 않는다면서?"

"……뭐, 어떻게든 되겠죠. 오늘은 아이와 사저도 얌전할 테니까요……."

하지만 야샤진 아이가 느닷없이 소리를 질렀다.

"되게 어둡네! 좀 제대로 된 조명은 없는 거야?"

대국실인 츠텐카쿠의 3층에 들어서자마자, 그렇게 외치면서 추가 조명을 요구했다.

장기말 선정 또한 순탄하지 않았다.

오늘은 두 종류의 장기말이 준비되어 있었지만, 사저가 그 두 개를 번갈아 쳐다보더니…….

"이 말은 문양의 검은색이 진해서 눈이 피로해질 테니, 이 흰색──."

"어머? 노안이야?"

아까 '방이 어두워서 눈이 쉽게 피로해진다.'라고 말했던 야샤진 아이가 사저의 나이를 가지고 시비를 걸었다.

열 살이 열다섯 살을 노인네 취급한다고 하는 비상사태 때문에 관계자들이 얼어붙은 가운데, 아이는 들으라는 듯이 "하아……." 하고 한숨을 내쉬며 말을 이었다.

"그럼 그걸로 해. 흰색 장기말은 기품이 없어서 타이틀전에 어울리지 않지만 그래도 노인 공경을 해야지, 뭐."

"……."

"그리고 나는 애초에 나는 '흰색' 이라는 색깔을 싫어해. 순결을 의미한다지만, 자기 입으로 그딴 소리를 하는 사람은 정말 뻔뻔한 것 같거든. 나 같으면 백설공주 같은 부끄러운 닉네임이 붙었다간 부끄러워서 장기를 두지도 못할 거야."

"…………."

그런 뻔한 도발을 들은 사저의 눈빛이 변했다.

사저는 흥분하거나 살의를 품으면 눈의 색깔이 변한다. 큰일 났다, 공격색을 띠고 있어!!

"자, 자아! 자, 장기말은 이걸로 하기로…… 이 장기판 말인데요! 이건 어디서 난 건가요?!"

나는 이 자리에 있는 모든 이들의 주의를 장기판으로 돌리는 데 성공했다.

운영 측의 담당자가 '용케 눈치채셨군요.' 하고 말하는 듯한 투로 설명을 해 줬다.

"이것은 이번 여왕전을 위해 특별히 준비한 것입니다. 고명한 분에게서 빌린 장기판이죠."

"그게 누구죠?"

"혼인보 슈마이 선생님입니다!"

……그 인간이구나~.

바둑의 타이틀 보유자이자, *혼인보(本因坊) 슈마이의 이름을 지닌 사상 최강의 여성 바둑 기사다.

---

* 혼인보(本因坊) : 일본 바둑의 타이틀. 우리나라에서는 한자 발음에 따라 '본인방' 이라고도 하며, 조치훈 9단(1956~ )이 제44회부터 제53회 혼인보전에서 승리(10연패)해서 제25세(世) 혼인보가 된 것으로 유명하다.

장기계와 바둑계를 통틀어, 사상 최강의 여성이라 해도 과언이 아닌 인물이다.

장기 및 바둑 도구의 장인으로도 매우 고명하며, 자신과 같은 길을 걸으려 하는 사저에게 동질감을 느끼고 있는 건지 여러모로 신경을 써주고 있다. 또한 야샤진 아이에게 장기말을 만들어주기도 했다.

하지만 그 사람의 실체는…… 그저 변태다.

" '불행한 오해가 생겨 장기계에 출입금지가 됐기 때문에, 자신이 만든 장기판을 통해 이 역사적인 대국을 지켜보고 싶다.' 라는 메시지도 받았습니다."

"오해는 무슨, 자업자득이잖아요……."

나는 딱 잘라서 그렇게 말했다.

"그런데 이건 몇 촌 장기판이죠?"

"7촌 장기판이라고 들었습니다."

"아뇨, 더 두꺼워요."

준비되어 있는 장기판은 다리까지 포함하면 높이가 30센티미터 이상 될 것처럼 보였다.

"아마 이건 8촌 정도 될 거예요. 슈마이 선생님의 성격을 생각하면, 두껍고 질 좋은 비자나무를 깎는 게 아까워서 그대로 만든 거겠지만……."

아끼는 두 사람의 첫 대국이 최고의 장기판에서 치러지기를 바라는 마음에 이걸 내준 거겠지만, 기합이 너무 들어간 바람에 중요한 점을 놓치고 있다.

이번 대국자가 10대 소녀라는 점을 말이다.

"이렇게 두꺼운 장기판으로 장기를 둔다면 어른이라도 지칠 테고…… 아이, 아니, 도전자는 아직 몸집이 작으니까요. 좀 더 작은 판이 좋을 것 같네요."

"그래."

내 말에 답한 이는 아이가 아니라 사저였다.

뭐야. 마음이 꽤 넓어졌네. 사저도 1기만 더 지키면 퀸이 되는 만큼, 많이 성장한 것 같은걸…… 하고 생각한 나는 1초 후에 그런 생각을 한 것을 후회했다.

"장기말에도 불만이 있는 것 같으니까, 확 어린이용 장기세트를 준비하는 게 어때? 『동물 장기』 같은 게 딱이지 않을까?"

통렬한 반격이자, 뻔하기 그지없는 도발이었다.

야샤진 아이는 이제 검사는 끝났다는 듯이 자리에서 일어나더니, 사저를 노려보며 말했다.

"이 장기판으로 두겠어."

"아, 하지만 아이——."

"이걸로 둔다잖아? 안 들려? 바보야? 죽지그래?"

오오…….

두꺼운 장기판을 썼을 때 불리한 것은 몸집이 작은 아이다.

평소의 아이라면 그 정도는 금방 눈치채겠지만, 대국 전에는 약한 소리를 하고 싶지 않은 건지 평소보다 고집을 부리고 있다. 아니, 도발을 당해서 뚜껑을 열린 것뿐일지도 모른다.

"그, 그러면 내일은 두꺼운 방석을 준비하는 걸로……."

나는 그렇게 말하며 상황을 수습하려 했지만, 사저가 전부 엉망으로 만들었다.

　"기왕이면 방석과 함께 어린이용 의자도 준비하는 게 어때? 아니면 상냥한 사부님의 무릎에 앉아서 대국을 두지그래? 나는 그래도 상관없어."

　"그러는 자기도 어린애잖아. 아직 털이 안 났다는 이야기를 들었거든?"

　"확 갈가리 찢어서 텐노지 동물원에 뿌려버린다?"

　"어머, 무서워라! 사부님, 살려줘!"

　아이는 내 등 뒤에 숨었다. 나를 휘말리게 하지 말라고!!

　"휘, 휘호를 쓰자! 두 분은 오늘 전야제에서 손님 여러분에게 선물할 색지를 만들어주셨으면 합니다~!"

　입회인 대리인 내가 사저의 차가운 시선에 심장을 정확하게 꿰뚫린 상황에서 그렇게 말하자, 휘호를 쓰는 사진을 찍기 위해 보도진이 두 사람을 향해 카메라를 들었다.

　사저와 아이는 "흥!" 하고 코웃음을 치면서 서로에게서 고개를 돌리더니, 붓에 먹을 잔뜩 묻힌 후에 색지 위에 거칠게 글자를 썼다.


『撲滅』<sup>박　멸</sup> 여왕 소라 긴코

『略奪』<sup>약　탈</sup> 여류 2단 야샤진 아이

……두 사람 다 달필이네. 그것 말고 다른 감상은 입에서 나오지 않았다.

이런 선물을 받아 봤자, 누구도 기뻐하지 않을 거야…….


하지만 장기 팬은 내 예상보다도 두 천재 미소녀를 사랑하고 있었다.

"5만!"

"그럼 나는 7만을 내지!!"

"후하하하하! 아가씨를 향한 네놈들의 사랑은 그것밖에 안 되는 거냐?! 나는 8만이다! 나보다 더 많이 내놓을 수 있는 녀석이 있으면 덤벼 봐!!"

전야제 행사장인 『스파월드』는 츠텐카쿠에서 걸어서 5분 거리에 있다.

전 세계의 온천 시설을 즐길 수 있는 데다가, 숙박시설 및 연회장도 완비되어 있다. 이 말만 들으면 엄청난 곳 같지만, 실은 단순한 사우나, 아니 대중목욕탕 같은 곳이다. 여류라고는 해도 타이틀전의 전야제를 이런 곳에서 한다는 것 자체가 전대미문의 일이다.

그리고 대국장 검사 때부터 일촉즉발의 분위기를 형성했던 두 대국자는 전야제가 시작되고 겨우 10분 만에 자기 방으로 돌아갔다. 이것도 전대미문이지만——.

『어느새 봄이 된 것 같군요. 날씨가 따뜻해지니 하루살이가 들끓어요. 빨리 박멸하고 싶네요.』(사저)

『내가 하루살이면, 당신은 하루살이가 들끓는 음식물 쓰레기인 거네』(아이)

두 대국자가 그런 연설을 시작했기에, 그대로 같은 공간에 뒀다간 장기를 두기 전에 서로를 죽이려고 들 것…… 같으니까…….

그래서 남은 색지의 경매가 시작됐다.

참고로 타이틀 보유자가 직접 쓴 색지는 5천 엔 정도에 거래되지만——.

"8만 5천!"

"9만!"

"9만 3천!!"

"이익! 10만이야, 10만! 코베까지 걸어서 가 주겠어!!"

나는 지갑을 머리 위로 치켜든 아키라 씨를 뜯어말렸다.

"진정해요! 당신은 아이의 사인을 얼마든지 받을 수 있잖아요?!"

"선생, 말리지 마라! 아가씨는 가까운 사람들에게는 절대로 사인을 해 주지 않아! 그래서 나와 어르신은 이렇게 몰래 장기 이벤트에서 사고 있단 말이다!!"

"그것도 의외로 장기계에서 흔한 일이지만, 그래도 오늘은 자중해 달라고요!!"

장기 기사의 친인척이 전야제나 해설회에 참가해서 다음 한 수 퀴즈 같은 걸로 가족의 상품을 받아가는 건 의외로 흔한 광경이다. 또한 그 상품을 반납하는 경우도 많다.

결국, 아이의 색지는 10만 엔에 낙찰됐다(아키라 씨가 손에 넣었다).

　이렇게 되자 이번에는 사저의 팬이 여왕의 색지가 도전자보다 싸게 거래되는 꼴은 못 본다면서 가격을 올리는 바람에, 또 엄청난 소동이 벌어졌다.

　입회인인 자오 9단은 말리는 건 고사하고 아예 유카타로 갈아입더니, 맥주를 벌컥벌컥 들이켜며 즐거워했다.

　"와하하하하. 재미있으니까 괜찮다 아이가. 코스케, 그렇재?"

　"예, 선생님. 그런데 내일을 생각해서 오늘은 이만 쉬러 들어가시는 게……."

　"멍충아, 맥주 같은 건 몇백 잔을 마셔도 안 취한대이!"

　《나니와의 제왕》은 손바닥으로 사부님의 머리를 때리더니, 쓸쓸한 목소리로 말했다.

　"……게다가 내는 이미 은퇴했다 아이가. 건강을 신경 쓸 필요도 없는 기다. 이제 술 말고는 즐길 거리도 없재. 장기를 빼앗긴 내한테서 술까지 빼앗지는 말그라."

　"선생님……."

　사부님은 눈물을 글썽이시더니…….

　"알았습니더! 키요타키 코스케, 선생님이 만족하실 때까지 어울려드리겠습니대이! 야이치! 옷 벗그라! 알몸 쇼를 하는 기다!"

　"예에에에에에에에에에에에에에엣?!"

　나까지 끌어들이는 거냐?!

　"와 그렇게 놀라는 기고?! 이번 대국은 우리 일문의 경사다 아이가! 니하고 내가 전야제의 분위기를 띄워야 하지 않긋나?! 키요타키…… 갑니대──이!!"

사부님은 아무 ○ 레 ○ 같은 소리를 하면서 옷을 훌렁훌렁 벗어던졌다.

아이의 색지를 낙찰해서 기분이 좋아 보이는 아키라 씨가 미소를 지으며 나에게 말했다.

"안심해라! 쿠즈류 선생님의 용맹한 자태는 내가 카메라에 똑똑히 담아두겠다!"

"됐어! 젠장!!"

나는 넥타이를 풀면서 고함을 질렀다.

스승의 명령은 절대적이다. 술과 돈다발과 남자의 알몸으로 점철된 여왕전 전야제는 대국 당일 아침까지 이어졌다…….

## ⌂ 토끼와 늑대의 결투

"사부님, 좋은 아침이에요!"

대국실에 들어선 나를 맞이한 이는 제자의 활기찬 목소리였다. 물론 야사진 아이의 목소리는 아니었다.

"오오………… 아이. 조은 아찜……."

"어? 피곤하세요?"

"그게………… 전야제가 도통 끝나지를 않아서 말이야……."

방으로 돌아가려고 하지 않는 자오 선생님과 술에 떡이 된 사부님을 돌보다 보니 밤새고 말았다. 간병인이라도 된 것 같네.

"……필기도구를 가지고 왔구나. 잘했어."

나는 정좌한 제자의 무릎 위에 놓여 있는 공책과 고양이가 그려진 펜 케이스를 쳐다보면서 그 옆에 앉은 후, 대국실 안을 둘러보았다.

"그런데 케이카 씨는 어디 있어? 같이 오지 않은 거야?"

아이는 어제 사부님의 집에서 케이카 씨와 함께 지냈다. 나와 사부님은 전야제에 참석해야 했기 때문이다.

그래서 오늘은 아이와 함께 대국장에 올 줄 알았는데…….

"케이카 씨는 집에 남으셨어요."

"뭐? 왜?"

"이유는 말씀 안 하시던데…… 도장을 맡아줄 사람이 없기 때문 아닐까요?"

"그렇구나. 뭐, 그럴지도 몰라."

졸음과 피로 때문에 정신이 나가 있었다.

케이카 씨도 이곳에 오고 싶었을 텐데, 정말 미안했다. 아이와 사저까지 돌봐주고 있는 것이다. 키요타키 일문은 케이카 씨 덕분에 굴러가고 있는 거나 다름없다. 그야말로 성모(聖母)다.

"좋은 아침. 준비는 다 끝난 기가."

대국이 시작되기 딱 20분 전에, 입회인인 자오 9단이 입실했다.

기모노를 입으니 평소보다 젊어 보였다. 등도 꼿꼿이 펴고 있으며, 지팡이도 짚고 있지 않았다. 역시 대단한 분이다.

그런 자오 선생님의 뒤를 이어서, 숙취와 졸음 탓에 얼굴이 창

백해진 사부님이 비틀거리며 들어왔다. 사부님은 오늘 아무짝에도 쓸모가 없겠는걸…….

이제 대국자의 입실을 기다리기만 하면 된다. 자연스럽게 실내는 정적에 지배됐고, 긴장감이 점점 솟구쳤다.

먼저 모습을 드러낸 사람은―― 도전자인 야샤진 아이 여류 2단이었다.

"좋은 아침이에요."

여왕전에는 기모노 차림으로 대국을 하는 것이 규칙으로 정해져 있다.

또렷한 목소리로 관계자에게 인사를 한 아이는 붉은 기운이 감도는 검은색 후리소데, 그리고 심홍색 하카마를 입고 있었다.

""오오……!""

그녀를 기다리고 있던 보도진은 열 살밖에 안 된 소녀가 뿜고 있는 아우라에 압도된 건지, 바로 셔터를 누르지 못했다. 그 정도로 오늘 아침의 아이는 어제와는 인상이 달랐다.

칠흑 같은 어둠 속에서 타오르는 불꽃 같은 아름다움이, 그녀에게 존재했다.

"예뻐……."

내 옆에 있던 히나츠루 아이가 그렇게 말하며 숨을 삼켰다.

두꺼운 방석의 감촉을 확인하려는 듯이 손으로 위치를 조절한 후, 야샤진 아이는 장기판 앞에 앉았다.

……역시 8촌은 되는 것 같아.

어제 검사 때는 사저도 앉아 있었지만, 이렇게 내 제자만 앉아 있으니…… 명백하게 컸다. 이 점이 승패에 직결될 거라고는 생각하지 않지만…….

──아직, 열 살밖에 안 된 여자애잖아…….

가슴이 옥죄어 드는 듯한 기묘한 감정이 마음속에서 샘솟았다.

히나츠루 아이와 달리, 야샤진 아이는 자기 힘만으로 강해졌다. 처음 만났을 때부터 충분하고도 남을 정도의 지식과 재능을 뽐내고 있었던 것이다.

──그래도…… 이렇게 어엿한 모습을 보니, 마음속 깊은 곳에서 뭔가가 끓어오르는걸…….

나한테 이럴 자격이 없다는 것은 알고 있지만, 그래도 눈시울이 뜨거워졌다.

"실례하겠습니다."

그리고 딱 대국 시작 10분 전에, 소라 긴코 여왕이 입실했다.

사저는 타이틀전에서 자주 입는 감색 기모노를 입고 있었다. 두루주머니에서 부채를 꺼냈고, 회중시계를 다다미에 뒀다.

그리고 립크림, 안약, 손수건 같은 것들도 정해둔 위치에 뒀다.

그리고 자신의 타이밍에 맞춰 장기말을 놓기 시작했다. 그 뒤를 따르는 아이의 손길은 왠지 어색해 보였다.

사저가 타이틀이 걸린 대국을 둔 횟수는 스무 번이 넘는다.

그 어떤 곳도 몇 분 안에 자신의 홈그라운드로 만든다. 아마 사저는 나보다 훨씬 타이틀전에 익숙할 것이다.

──이것이 경험의 차이인가……. 명인한테서도 이런 여유가 느껴졌어.

© shirabii

당연한 말이겠지만, 타이틀전은 평범한 대국과 다르다.

기모노를 입으면 옷의 무게와 더위가 신경 쓰이며, 대국에 걸린 것이 클수록 긴장도 된다.

무엇보다 처음 와 본 곳에서 장기를 두는 상황에서 베스트 컨디션을 발휘하는 것 자체도 어렵다.

『대승부에 명대국 없다.』

그런 말이 있을 정도다.

타이틀전에서 실력을 발휘한다는 것은 그 정도로 어렵다.

——하지만, 토너먼트에서 이기고 올라온 도전자에게는 그 기세라는 것이 있다…….

그 어떤 승부에도 절대적인 것은 없다. 내가 용왕 타이틀을 차지했듯이 말이다.

"선후수를 정하겠습니다."

기록 담당인 장려회 회원이 선후수를 정할 준비를 했다.

……참고로 나는 이 대국의 기록을 카가미즈 씨가 맡아 줬으면 했다.

아마추어 강호였던 아이의 아버지와 몇 번이나 장기를 두며 실력을 쌓았다던 카가미즈 씨가, 이 승부를 가장 가까운 곳에서 봐 줬으면 했다.

하지만…….

『사양하겠어. 차분하게 앉아 있을 자신이 없거든. 게다가——.』

카가미즈 씨는 미리 생각해 뒀던 말을 입에 담는 듯한 어조로 내 부탁을 거절했다.

『긴코 양과는 다음 3단 리그에서 맞붙을 가능성도 있어. 지금은 나 자신에게만 집중하고 싶네.』

결국 카가미즈 씨는 아이치 현에서 치러지는 명인전 제2국의 기록 담당을 선택했다. 장기계 최고봉의 대결을 곁에서 지켜보면서, 프로가 될 결의를 다시 새기려는 것이다.

자기 자신의 수행을 우선하는 태도를 본 나는 카가미즈 씨가 다음 3단 리그에 얼마나 단호한 마음으로 임하고 있는지 깨달았다…….

"…………모두 다 이겼으면 좋겠는데 말이야."

"예?"

아이는 영문을 모르겠다는 표정으로 나를 올려다보았다.

그 순간, 기록 담당이 장기말을 던졌다. 후두두두두…… 하고, 빗소리 같은 소리가 들렸다.

"보가 다섯 개 나왔습니다."

오오…… 낮은 탄성이 대국실을 가득 채웠다.

"보가…… 다섯 개. 선수는…….'

히나츠루 아이는 노트에 메모를 했다.

사저가 선수가 됐다.

"……."

이 결과를 본 사저는 아무 말 없이 페트병의 음료를 컵에 따랐다. 그 동작은 자기 방에서 연구회를 할 때와 별반 다르지 않았다.

하지만 야샤진 아이는 눈을 감은 채 꼼짝도 하지 않았다.

이 결과를 알고도 전혀 감정을 드러내지 않았다. 그 어떤 정보도 상대방에게 주지 않으려는 작전 같았다.

하지만…… 굳게 감은 눈꺼풀이 희미하게 떨렸다.

기록 담당의 태블릿에 표시된 디지털시계를 들여다보던 자오 선생님께서 정적을 깼다.

"시간이 됐대이. 자아, 그럼 시작해 보까."

두 사람은 아무 말 없이 인사를 나눴다. 그와 동시에 플래시가 무수히 터졌다.

그리고 사저는 바로 각(角)의 길을 열더니, 컵에 따라둔 음료로 목을 축였다.

## 🔔 하멜른의 피리 부는 사나이

"와, 와아! 여기가…… 여기가 꿈에서도 봤던, 타이틀전 관계자 대기실……!!"

아야노 양이 안경 너머의 눈을 반짝이면서 그렇게 외쳤다.

"모니터도, 장기판도 잔뜩 있어요! 아앗! 중계 블로그의 사진으로만 봤던 그 숭고한 공간에, 지금 저희가 발을 들인 거네요……! 하아아아~!!"

관계자 대기실이 설치되어 있는, 츠텐카쿠 2층.

그곳에는 아침부터 여초연 멤버들이 견학하러 와있었다.

그중에서도 아야노 양은 엄청 흥분한 것 같았다. 평소에는 어른스럽지만, 이 애도 아직 초등학생이지…….

참고로 보드 해설은 지하 홀에서 열리며, 대국실은 3층에 있다.

큰 소리로 떠들면 대국자에게 들릴지도 모른다. 아야노 양의 하늘을 찌를 듯한 흥분 때문에 움찔거리면서도, 아이는 나에게 고맙다고 말했다.

"사, 사부님. 저희를 대기실에 들여보내 주셔서 감사해요……."

"괜찮아. 아이의 연구회 동료이고, 미오 양과 아야노 양은 여류기사가 되려고 수행 중인 연수생이잖아. 그러니 어엿한 관계자지."

타이틀전의 대기실에 근처 지역의 장려회 회원이 공부 삼아 들어오는 일은 흔하다.

게다가 이른 아침의 대기실만큼 한가한 공간은 없기 때문에 손님은 대환영이다. 숙취 때문에 그로기 상태였던 키요타키 사부님도 아이들 앞이라 정신을 좀 차린 것 같았다.

"감사합니다! 정말 감사합니다!!"

아야노 양은 금방이라도 무릎을 꿇을 듯한 기세로 나에게 고마워했다.

"제 꿈을…… 제 꿈을, 쿠즈류 선생님께서 이뤄 주셨어요……! 댁에 묵게 해 주시는 것만으로도 꿈만 같은데…… 저, 쿠즈류 선생님을 위해서라면 뭐든 다 할게요! 이 자리에서 알몸이 되라고 해도 기쁜 마음으로 옷을 벗어 던지겠어요!!"

"아아아, 아야노 양?! 여, 여기에는 관계자 여러분이 많거든?! 신문기자나 매스컴 관계자도 있으니까, 비유 표현은 조심해서

써 주지 않을래?! 응?!"

아야노 양이 흥분한 나머지 이상한 발언을 하기 시작하자, 나는 필사적으로 말렸다.

하지만 한발 늦었다.

"……방금, 저 초등학생이 뭐든 다 하겠다고 말했지……?"

"아침부터 여자 초등학생들을 잔뜩 데려와서 뭘 하려는 건가 했더니…… 알몸……?"

"게다가 일상적으로 초등학생들을 자기 집에 묵게 하는 것 같잖아……. 역시 로리콤이 틀림없어……."

"《코베의 신데렐라》도 저런 식으로 교육한 건가……?"

"아침에는 딱히 보도할 것도 없으니까, 일단 이거나 기사로 써 볼까."

오보————!!

"사부…… 아니지."

아이는 언제 장만한 건지 모르는 장난감 안경을 장착하더니, 나를 향해 녹음기를 내밀었다.

"어험. 저기…… 쿠즈류 선생님? 이번 대국의 서반을 어떻게 보시나요?"

"응? 아이. 왜 갑자기 나를 남 대하듯 하는 거야?"

"아이는 오늘 관전기자예요. 이건 정식 인터뷰니까, 사부…… 아니, 쿠즈류 용왕께서도 제대로 대답해 주세요."

아, 그런 거구나.

"와아~! 아이, 진짜 기자 같아!"

"녹음기도 쓸 줄 알다니…… 초등학생 같지 않아요! 아이, 무서운 아이……예요!!"

"에헤헤~♡"

히나츠루 기자는 다른 이들의 반응을 보고 기뻐했다.

나도 녹음기가 좀 신경 쓰였다. 전부터 가지고 있었고, 또한 다룰 줄 아는 것을 보면…… 내 발언을 일상적으로 녹음하고 있는…… 건가……?

"미오도 기자처럼 행동해야지! 쿠쭈류 용왕께서는 누가 이길 거라고 생각하나요?!"

"저도 취재 연습을 할래요!"

"샤우도~! 샤우도, 싸뿌를 인떠뿨하래~!"

샤우도 호주머니에 들어있던 롤리팝 캔디를 녹음기처럼 나에게 내밀면서, 기자 흉내를 냈다.

여초딩들에게 포위 취재를 당하고 있는 것이다. 신선하다.

"으음…… 야샤진 양이 서반에 노멀 각교환을 하면서 정석적인 전개가 펼쳐지고 있습니다. 후수는 이대로 끌려다니기만 해선 밀릴 수밖에 없으니, 야샤진 양은 어떤 비책을 가지고 있을 거라고 생각합니다. 만약 그 비책이 먹혀든다면, 우세한 싸움을 펼칠 수 있지 않을까요?"

"특기인 한 수 버리기 각교환을 쓰지 않은 이유는 뭘까요?"

"그건 한 수 버리기 각교환이라는 전법 자체가 어려운 상황에 놓였기 때문이겠죠. 전문적인 이야기를 하자면, 노멀 각교환의 정석이 진보하면서 한 수를 손해 보는 메리트가 사라졌습니다."

"그렇군요……! 감사합니다!!"

아이의 뒤를 이어, 아야노 양이 질문을 했다.

"두 대국자의 오늘 아침 인상은 어떠했나요?"

"사저…… 소라 여왕은 여전히 차분해 보였습니다. 그리고 야 샤진 도전자의 전통 복장도 참 잘 어울리더군요!"

"저기요! 까놓고 말해 누가 더 귀여워 보였나요?!"

"어? 그, 그게……."

미오 양이 활기차게 질문을 던지자, 나는 당황했다.

어느 쪽…… 어느 쪽이 더 귀여웠을까?

"쿠쭈류 선생님, 가르쳐 줘요~. 아무한테도 말 안 할게요~."

"뭐…… 사저의 기모노 차림은 자주 봤거든. 그런 복장을 한 아이는 처음 봤으니까, 신선함이라는 측면에서 본다면 도전자의 승리……일까?"

"텐짱의 승리──!!"

"쿠즈류 선생님이 후수가 우세하다고 단언하셨어요!!"

"그래……. 역시 사부님은 새로운 쪽을 좋아하는구나……. 새로운 쪽…… 즉, 어린 애……."

이야기가 이상한 방향으로 흘러가고 있지 않아?

"역시 용왕은 로리콤…….", "소라 여왕도 아직 열다섯 살인데 벌써 갈아탈 생각을…….", "스마트폰보다 더 간단히 여자애를 갈아타는 남자, 쿠즈류 야이치…….", "별다른 뉴스거리도 없으니, 이거나 기사로 써야겠네."

매스컴이 움직이기 시작했어?!

"저기…… 농담으로도 그런 소리 하지 마세요! 기사로 쓰면 진짜로 믿는 사람이 있을지도 모른다고요! 저는 로리콤이 아니——."

"쪼기~ 마리야~."

"웅? 샤를 양, 왜 그래?"

내 팔을 잡고 매달리며 취재를 하던 샤를 양이 최악의 타이밍에 이런 질문을 던졌다.

"싸뿌는 마리야? 언쩨, 샤우와 결혼할 껀까요?"

술렁……!

대기실 안의 분위기가 순식간에 변했다. 어마어마하게 나쁜 방향으로 말이다.

"샤, 샤를 양? 저기, 지금 그 이야기를 하는 건 좀……."

"싸뿌, 샤우를 아내해 쭌다꼬 약쏙해찌~? 언쩨 해쭐꼬야~? 언쩨~?"

마치 투표의 순간이 찾아온 것처럼, 기자 여러분들이 허둥지둥 움직이기 시작했다.

내가 로리콤이라는 기사를 쓰기 위해서 말이다.

"소라 여왕에서 야샤진 양으로 갈아타나 했더니, 설마 저런 어린애와 결혼 약속까지 했을 줄이야!"

"아직 철도 안 든 애잖아!"

"『용왕, 금발 로리와 결혼 약속』…… 특종이야!"

"속보로 올려! 호외도 내!"

그딴 기사는 지워어어어어!! 다시 써어어어어어어!!

"대단해요! 이게 긴급 상황의 대기실 분위기…… 뜨거워요!!"

아야노 양, 이런 일 가지고 감탄하지 마!

"마, 맞아! 기왕이면 츠텐카쿠나 신세카이를 취재하는 게 어때?! 취, 취재비를 줄게! 자아!"

나는 지갑에서 돈을 꺼내서 여초연 멤버들에게 건네주며 그런 제안을 했다. 제삼자가 보면 충격적인 광경일 것 같지만, 지금은 그런 걸 따질 때가 아니다.

"겸사겸사 점심도 먹고 와. 식사 리포트도 중요하거든!"

"예!? 장기 관전기인데, 건물이나 음식도 다루나요?"

아이가 깜짝 놀라자, 나는 차분한 어조로 설명했다.

"관전기는 대국장과 그 주변에 대해서도 다루거든. 특히 타이틀전에서는 말이야."

"어? 이유가…… 뭔가요?"

"아이의 본가는 여관을 운영하니까 알 거라고 생각하지만, 타이틀전 준비는 정말 수고가 많이 가잖아? 그렇게 고생을 하면서까지 유치를 하는 건, 장기 팬이 손님이 되어주는 것을 기대하기 때문이야. 물론 '장기를 좋아하는 마음'이 가장 앞서겠지만 말이야."

그래서 장기계도 그 마음에 보답해야만 한다.

"멋진 장기를 두는 것도 중요하지만, 그것만으로는 팬의 흥미가 장기에만 몰릴 거야. 그래서 관전기와 중계 블로그를 통해 그런 부분을 보완하는 거지."

미오 양이 손가락을 튕기면서 외쳤다.

"아하~! 그래서 관전기에 건물 이름 같은 게 들어가는 거구나!"

"그래요. 문자 정보는 영원히 남죠. 그런 것을 통해 '명승부가 펼쳐진 숙박지'라 불리게 된 여관이나 호텔이 잔뜩 있어요.

카나가와의『진야』, 텐도의『타키노유』,『니이가타의『류곤』, 야마나시의『토키와 호텔』, 카가미즈 씨가 기록 담당을 하기 위해 간 아이치의『긴파소』…… 전부 언급할 수 없을 만큼 많다.

그런 수많은 숙박지가 대국에 적합한 환경을 갖춰줬기 때문에, 타이틀전을 치를 수 있다.

그런 부분도 관전기는 다뤄야만 하는 것이다.

"츠텐카쿠에서 대국을 갖는 건 정말 드문 일이니까, 옛 장기 팬들이 향수를 느낄 거라고 생각해. 그러니까 대국장에 대해서도 다루는 편이 좋을 거야."

"하지만…… 장기가……."

아이는 장기판을 비추고 있는 모니터를 힐끔힐끔 쳐다보면서 우물거렸다.

아이는 나를 인터뷰할 때도 계속 모니터를 신경 썼다. 움직임이 있는 순간을 놓칠까 싶어 불안을 느끼고 있는 것 같았다.

"아가씨, 괜찮대이."

이 방의 한가운데에서 스포츠 신문을 읽고 있던 자오 선생님이 그렇게 말했다. 선생님의 앞에 있는 장기판에는 아직 말도 놓여 있지 않았다.

"첫 타이틀전이라는 건, 장기 내용보다 '시간을 어떤 식으로 활용할 것인가' 하는 생각밖에 안 하는 기다. 이 장기는 엄청 길어질 끼다. 코스케, 안 그릇나?"

"맞습니대이⋯⋯. 타이틀전 첫 대국 때는 정말 꿈이라도 꾸는 것 같았지예. 제한시간이 여덟 시간이나 됐지만, 그중 일곱 시간은 저 자신을 진정시키는 데 썼습니더. 머릿속에 있던 생각은 '어쨌든 첫날에 너무 열세에 몰리지만 말자.' 였습니대이⋯⋯."

2일제인 명인전에서 처음으로 타이틀에 도전했던 사부님은 당시의 일을 추억하는 듯한 어조로 그렇게 말했다.

먼 옛날 일처럼 여기고 있지만, 아직 10년도 흐르지 않았다.

"뭐, 그런 거야. 나도 첫 용왕전에서는 주눅이 들어서 수를 빨리 두지를 못했어. 그러니까 이참에 다른 취재를 해둬. 승부가 클라이맥스에 들어서면, 대국실에 들어가야 하거든."

"⋯⋯예! 그럼 다녀올게요!"

내 말을 듣고 겨우 납득한 아이는 여초연 멤버들과 함께 츠텐카쿠와 신세카이를 탐험하러 갔다.

## ⌂ 주먹밥 데구루루

"두 대국자가 주문한 점심 식사가 도착했습니다!"

여초연이 취재를 가고 한 시간 정도 흘렀을 즈음이었다.

운영 스태프가 대국자의 점심 식사와 동일한 음식을 대기실로 가져오자, 기자들이 일제히 몰려들어서 사진을 찍기 시작했다. 타이틀전에서는 흔히 볼 수 있는 광경이다.

"도전자는『반합 도시락』, 소라 여왕은『스튜 우동(영양밥 포함)』입니다."

"""스튜 우동?"""

기자들은 그 요리를 처음 듣는 것인지 고개를 갸웃거렸다.

"스튜 우동은 신세카이에 옛날부터 있었던 별식이에요."

먹어본 적이 있는 내가 설명을 했다.

"요리의 내용을 정확하게 표현하자면, 『스튜』라기보다 『포토 푀』에 가까운데, 간단히 말해 고기와 채소를 푹 삶고 소금 간을 해서 만든 수프에 우동을 넣은 거죠. 양식 스타일의 고명 없는 수프라고나 할까요?"

"""아하."""

"어릴 적에 사저와 함께 신세카이의 도장에 장기를 두러 왔을 때 자주 먹었어요. 반갑네요…… 처음 주문했을 때는 사저도 새하얀 크림 스튜가 나올 거라고 생각한 건지, 그걸 보고 울음을 터뜨렸죠……."

"""오호라."""

기자들은 내가 들려준 추억을 메모하더니, 곧 이런 제안을 했다.

"쿠즈류 선생님. 이참에 두 대국자가 주문한 음식의 맛을 비교해 보고 코멘트를 해 주시지 않겠습니까?"

"그거 좋은 생각이네!"

"식사 리포트를 부탁합니다!"

어어?!

"시, 식사 리포트요?! 으음…… 도전자 측의 반합 도시락은 맛이 평범하고, 여왕의 스튜 우동은———."

요즘은 드라마화도 된 만화 『*장기밥』의 영향으로, 대국의 내용보다 식사에 관해 보도되는 일이 많아졌다.

　장기를 모르는 사람은 그편이 흥미를 가지기 쉽기 때문이리라. 사저가 이긴다면 내일 스포츠 신문에는 『백설공주, 비장의 수인 스튜 우동으로 활로를 찾다!』 같은 제목의 기사가 실릴 게 틀림없다.

　이러는 사이에 점심 식사 휴식 시간이 끝났고, 대국이 다시 시작됐다.

　먼저 대국실로 돌아와서 장기판 앞에 앉아 생각에 잠겨 있던 야샤진 아이는 기록 담당의 "시간이 됐습니다."라는 말을 듣자마자 수를 뒀다.

　대국 재개 시간에 맞춰서 돌아온 사저는 잠시 생각에 잠긴 후, 그 수를 절묘하게 받아냈다.

　아이는 거의 뜸을 들이지 않으며 바로 수를 뒀고, 그렇게 몇 수가 진행됐다.

　기자가 나에게 요청을 했다.

　"이참에 이 대국의 해설을 부탁드려도 될까요?"

　"후수가 적극적이군요."

　이곳은 모니터에서 꽤 떨어진 곳이기에, 나는 스마트폰으로 기보 중계를 보면서 대답했다.

　아이는 후수이기에 주도권을 쥘 필요가 있다고 생각하는 것 같았다.

---

* 『장기밥』 : 마츠모토 나기사의 만화. 프로 장기 기사가 대국 중 휴식시간에 먹는 식사를 중점적으로 다룬다.

"빠른 단계에 가장자리의 보를 전진시켜서, 적절한 수를 찾아내려 하고 있습니다. 약간 무리하는 기색이 있습니다만⋯⋯."

전체적인 밸런스에서 위화감이 느껴지기는 하지만, 그것은 승부수를 찾고 있기 때문이리라⋯⋯. 나는 이때까지만 해도 그렇게 생각했다.

각 보도 기자들은 짤막한 내용의 속보를 내보내야 하기에, 내 결론을 알고 싶어 했다.

"현재 국면에서의 형세는 어떻죠?"

"아직 팽팽하군요. 하지만 선수가 잘못 대처한다면 균형이 무너질 거예요. 지금 공세를 펼치고 있는 건 후수니까요."

"초등학생인 야샤진 양이 소라 여왕 상대로 건투하고 있다는 느낌인가요?"

"그렇다기보다⋯⋯ 여왕이 지나치게 방어적이군요. 마치 선수의 이점을 버리면서까지 뭔가를 얻으려고 하는 듯한⋯⋯."

사저는 공수의 균형이 잡힌 타입이지만, 종반력을 비롯한 날카로운 공세가 장점이다.

그에 반해 아이는 서반 전략이 뛰어난 응수의 천재다.

이 전개는 서로의 장점을 죽이는 방향으로 나아가고 있으며, 이런 큰 승부에서 흔히 볼 수 있는 수수한 장기가 되어가고 있었다. 그야말로 『대승부에 명대국 없다』인 것이다.

애초에 승부에 절대라는 건 없다.

그 어떤 싸움에도 불확정요소가 존재하며, 그렇기 때문에 이변이 일어나는 것이다.

그리고 이 제1국에는 매우 큰 불확정요소가 있다.

이 대국이 두 대국자에게 공식전 첫 대국이라는 점이다.

——사저가 상대에 대한 파악을 중시하고 있는 제1국에서라면, 혹시……?

"이거 더 길어질 것 같대이."

주문한 회초밥을 다 먹은 자오 선생님이 물수건으로 손가락을 닦으면서 그렇게 말했다.

"그렇습니대이. 서로가 꽤 수를 두기는 했지만——."

오후가 되어서야 겨우 술이 깬 키요타키 사부님이 그 말에 동의했다.

그 순간, 기보가 나오던 스마트폰에 메시지가 표시됐다.

아이의 메시지였다.

『이제 대기실로 돌아갈게요!』

『나와 사부님은 곧 보드 해설을 하러 갈 거야.』

『그럼 다 같이 그쪽으로 갈게요~.』

연달아 착신음이 들리면서 표시된 메시지에는 여초연 멤버들이 함께 츠텐카쿠 인근에 있는 왕장비, 그리고 튀김꼬치 가게 앞에 놓인 커다란 복신 조각상 앞에서 찍은 사진이 첨부되어 있었다.

음. 귀엽네.

"……초등학생의 사진이라, 진짜 끝내주는 디저트네……."

식후의 디저트 삼아 여초딩의 매끄러운 사진을 마음껏 감상한 후……

"아키라 씨."

의자에서 일어선 나는 아침부터 이 방의 구석에 아무 말 없이 앉아 있는 여성에게 말을 걸었다.

"우리는 지하에 있는 극장에 가서 보드 해설을 할 건데, 어쩌실래요? 같이 가겠어요?"

"…………."

내가 말을 걸었지만, 아키라 씨는 자기가 모시는 아가씨가 대국을 하는 모습에 집중한 나머지 들리지 않는 것 같았다.

전야제 때만 해도 그렇게 흥분을 감추지 못했는데, 지금은 쭉 조용했다.

카메라조차 들고 있지 않았고, 대국실에도 들어가지 않았으며, 이 대기실의 모니터에 비친 아이의 모습만 묵묵히 응시하고 있었다.

식사는 고사하고 물 한 모금 마시지 않으면서 말이다.

현재, 모니터를 계속 주시하고 있는 이는 아키라 씨뿐이다.

게다가 아키라 씨의 기력으로는 여류 최정상 기사들이 펼치는 고도의 장기를 봐도 그 의미를 이해하지 못하기에, 천장 카메라가 비추는 장기판의 영상이 아니라 두 대국자를 옆에서 비추고 있는 대국실 카메라의 영상을 쭉 쳐다보고 있었다.

——이 시간대에는 거의 정지 화면이나 다름없는데…….

장기란 움직임 자체가 적은 경기다.

아키라 씨가 이 영상을 쭉 보고 있는 건, 역시 아이를 진심으로 걱정하고 있기 때문이리라.

그런 사람에게 장기 내용을 해설해 주는 건 괜한 짓이겠지. 아키라 씨의 머릿속에 존재하는 것은 '누가 이길 것인가'가 아니라 '아이가 이겼으면 한다'는 마음일 테니까 말이다.

그런 아키라 씨를 두고 보드 해설을 하러 가려던 순간——.

"쿠즈류 선생."

모니터를 쭉 쳐다보고 있던 아키라 씨가 처음으로 입을 열었다.

"뭐 하나만 물어봐도 되겠느냐? 신경 쓰이는 게 있는데……."

"아, 예. 아키라 씨, 뭐가 신경 쓰이는데요?"

"기록 담당이 아까부터 소매를 신경 쓰고 있다."

"소매?"

모니터를 보니, 기록 담당이 자신의 오른 소매를 몇 번이나 얼굴 높이까지 들어보면서 뭔가를 확인하듯 계속 쳐다보고 있었다.

저러면 대국자도 신경이 쓰일 것이다.

"저 기록 담당, 뭐 하는 기고. 나중에 주의를 줘야겠대이."

지하에 있는 보드 해설장으로 향하기 위해 준비를 하던 사부님은 넥타이를 고쳐 매면서 언짢은 어조로 그렇게 말했다.

하지만——.

"…………어?"

나는 묘한 위화감…… 아니, 불길한 예감을 받았다. 오늘 아이가 두는 수를 보면서 쭉 느껴졌던 위화감…… 퍼즐의 한 조각이 빠져 있는 듯한, 그런 위화감이 느껴졌던 것이다.

──……소매……?

오른쪽 소매. 오른쪽…….

그런 생각을 하면서 다시 분석용 장기판을 본 순간, 나는 그 위화감의 정체를 눈치챘다.

"앗!! 서, 설마……?!"

눈치챈 후에도 믿기지 않을 만큼, 그것은 엄청난 사태였다.

나는 천장 카메라와 연결된 모니터를 확인했다.

분석용 장기판의 국면과, 카메라 너머에 존재하는 현실의 장기판을 비교해본 순간── 나는 그제야 기록 담당이 전하려 하는 것이 무엇인지 정확하게 이해했다.

"그랬구나!!"

"야, 야이치, 와그라노?!"

"향차예요!"

나는 천장 카메라 화면의 왼쪽 상단…… 후수의 말받침이 비치는 장소를 손가락으로 가리키며 외쳤다.


"장기판에서 떨어진 오른쪽 향차가 말받침 위에 놓여 있어요!"


"""어어어어어어어엇?!"""

이 자리에 있는 모든 이들이 깜짝 놀란 나머지 고함을 질렀다.

다음 순간, 그들 전원이 천장 카메라의 모니터 앞으로 쇄도했다.

"지, 진짜야! 오른쪽 향차가 없어!"

"눈치채지 못한 건가?!"

"저렇게 긴장했잖아……. 첫 타이틀전이고, 아직 초등학생이니……."

있어야 할 향차(香車)가 사라졌다.

그리고 존재하지 않아야 할 향차가 아이의 말받침에 있다.

"어째서고?!"

얼굴이 새파랗게 질린 사부님이 그렇게 외쳤다.

"아마 기모노의 소매에 향차가 걸려서 말받침에 떨어진 것 같아요……. 아이의 몸집이 너무 작아서……."

격한 감정에 사로잡힌 나는 온몸이 떨리는 것을 참을 수 없었다.

"바닥에 떨어졌다면 좋았을 긴데, 하필이면 말받침에 떨어진 기가!"

그렇게 말한 사부님이 이를 악물었다.

통한의 미스였다.

"검사 때, 장기판이 너무 크다는 걸 눈치챘으면서……!"

이럴 줄 알았으면 억지로라도 장기판을 바꾸게 했어야 했다!!

"긴코는?! 긴코는 눈치챈 기가?!"

──당연했다.

사저가 눈앞에서 벌어진 이변을 눈치채지 못했을 리가 없다.

아니, 그뿐만 아니라…… 이 수는──!!

나는 그제야 사저가 둔 수의 의미를 눈치챘다.

──사저는 방어를 중시하고 있는 게 아니다. 아이가 어떤 수를 두도록 유도하고 있는 것이다……!!

"눈치채, 아이! 제발 눈치채라고!!"

나는 무심코 모니터를 향해 그렇게 외쳤다.

들릴 리가 없고, 설령 들리더라도 조언 행위이기에 반칙이 된다.

하지만 외칠 수밖에 없었다.

"아, 아가씨……."

바닥에 풀썩 주저앉은 아키라 씨가 떨리는 두 손을 모아 쥐며 기도했다.

"…………."

입회인인 자오 선생님은 아무 말 없이 준비를 시작했다. 대국 종료의 준비를 말이다.

장기는 고독한 싸움이다.

대국실에 가서 '향차가 떨어졌어.' 하고 말해 줄 수는 없다. 기록 담당의 저 행동이 마지노선이리라.

대기실에서 아무리 기도를 해본들, 대국실에는 아무런 영향도 끼치지 못한다.

대국은 계속 진행됐다.

사저는 담담하게 공세를 받아냈고, 아이는 담담하게 공세를 펼쳤다.

담담히…… 향차(香車)를 투입하기 적절한 상황이 점점 만들어지고 있었다.

""“제발 눈치채……!”""

이 자리에 있는 이들 전원이 필사적으로 기도했다.

그리고…….

아이의 손이, 말받침을 향해 뻗더니━━━━.

# 🔔 한단지몽(邯鄲之夢)

——이길 수 있어……!!

말받침에 놓여있는 향차(香車)를 힘차게 장기판 위에 올려놓은 순간, 그대로 형세가 기울었다.

점심 식사를 마치고 대국실에 와서 장기판을 본 순간, 식사 전에 생각했던 것보다 형세가 유리하다는 사실을 깨달은 나는 그대로 적극적으로 공세를 펼쳤다.

그리고 지금—— 회심의 일격을 날린 것이다.

나는 고개를 들어서 맞은편에 있는 소라 긴코를 쳐다보았다.

——어때?! 꽤 따끔하지 않아?

지금까지 내가 어떤 수를 둬도 전혀 표정에 변화가 없던 그 여자는——.

"…………."

역시 무표정한 얼굴로 장기판만 쳐다보고 있었다.

쳇. 재미없네.

하지만 소라 긴코가 어떻게 생각하든, 현재 국면에서는 내가 우세하다. 그것은 절대적인 진리다.

——해냈어……. 이제 이길 수 있어! 무패의 여왕에게 말이야!

심장이 몸 밖으로 튀어나올 것만 같을 정도로 격렬하게 뛰었다. 그 떨림 탓에 장기말을 눈금 위에 둘 수 없었다.

나는 동요한 모습을 보이지 않기 위해, 심호흡을 했다.

"하아⋯⋯ 후우——⋯⋯⋯."

그리고 향차에서 손가락을 떼면서, 천장을 올려다보았다.

아직 대국이 끝나지 않았지만, 눈시울이 뜨거워졌다.

꿈을 향해 한 걸음 크게 내디뎠기 때문이다.

——아버님, 어머님⋯⋯. 이제 1승을 거뒀어요. 반드시 타이틀을 거머쥐고 말겠어요⋯⋯!

하지만 아직 기뻐할 때가 아니다. 차분하게⋯⋯!

다급해진 마음을 진정시키기 위해 자리에서 일어서려고 한 바로 그때였다.

아무런 예고도 없이 장지문이 열리더니, 기모노 차림의 입회인이 모습을 드러냈다.

"⋯⋯어?"

무슨 일이지?

대국장의 상황을 살피러 온 걸까?

하지만⋯⋯ 이 타이밍에⋯⋯?

내가 질문을 하기 위해 입을 열려던 순간, 입회인인 자오 타츠오 9단이 거의 동시에 입을 열었다.

입회인은 이렇게 말했다.


"끝났구먼. 방금 그 수를 통해, 소라 여왕이 승리했습니다."


⋯⋯⋯⋯⋯뭐?

"감사합니다."

소라 긴코는 자못 당연한 듯이 그 말을 받아들이더니, 차가운 목소리로 대답했다.

나는…… 혼란에 빠졌다.

"어? 어, 어째……서……?"

대국실에서는 나를 무시하는 것처럼 대국 종료 작업이 담담히 진행됐다. 나는 그게 믿기지 않았다.

나는 한 번 더 말했다. 이번에는 고함을 질렀다.

"어째서야?! 왜 내가 진 건데?!"

입회인의 뒤를 이어서 대국실에 사람이 들어왔다. 마치 둑이 무너진 것처럼, 나는 그들을 필사적으로 밀어내려 했다.

"대국은 아직 끝나지 않았어! 빨리 나가!!"

"끝났어."

내 말에 답한 이는 야이치였다.

표정이 굳은 내 스승은 보도진의 뒤를 이어 입실하더니, 장기 판 위의 한곳을 가리키며 그렇게 말했다.

"아이. 이 향차는 네가 딴 말이 아니야."

"뭐? 그게 무슨…… 소리………… 으으윽!!"

나는 얼굴에서 핏기가 가시는 것을 느꼈다.

머리의 모든 혈액이 발치를 향해 단숨에 역류하더니…………
나는 그대로 방석에 주저앉았다.

다리가 풀렸다는 것은, 한참 후에나 눈치챘다.

"……네가 장기판 반대편을 향해 손을 뻗었을 때, 옷소매에 닿은 향차가 그대로 말받침에 떨어졌어……. 미안해."

스승의 그 말 안에는 자책으로 가득 차 있었다.

하지만 그런 표정을 짓고 있는 건 내 사부, 그리고 사부의 사부인 사조뿐이었으며…… 다른 보도진과 관계자들은 '왜 그런 것도 눈치채지 못한 거지?' 하고 말하는 듯한 표정으로 나를 곁눈질하면서 승자인 소라 긴코를 촬영했다.

그렇다. 이런 것도 눈치채지 못하는 쪽의 잘못이다.

내가 그걸 눈치채지 못했다는 게 믿기지 않았다.

내가…… 이런 초보자 같은 실수를 범해서 지다니…….

"어째서…………?"

──어째서, 눈치채지 못한 거야?

──나…… 그렇게, 약해빠졌던 거야?

너무 분한 나머지, 눈물이 날 것 같았다. 필사적으로 참으려 했지만, 감정이 눈물이라는 형태로 흘러나오는 것을 막을 수 없었다.

그 눈물에 담긴 의미는 아까와 달랐다.

"천재들 간의 대국이, 이런 식으로 끝나다니……!"

"여류 타이틀전에서 이런 반칙이 생긴 적이 있어?!"

"제가 알기로는 옛날에 딱 한 번…… 수십 년 전 일입니대이."

적당한 뉴스거리를 발견했다는 듯이 떠들어대고 있는 보도진과, 미안하다는 듯이 설명을 하고 있는 사조의 모습이 들어왔다.

그 모습이 마치 죄를 지은 자식을 대신해 사죄하는 부모처럼 보이며, 내 마음을 도려냈다.

──이런 식으로 졌다는 걸…… 아버님과 어머님에게, 어떻게

보고하냔 말이야…….

자기가 떨어뜨린 장기말을 써서 장기에서 진 사례를, 나는 알고 있다.

그리고 옛날 여류기사들의 수준이 정말 낮다고 생각하며 어이없어 했다.

하지만 그것조차도 종반의 격렬한 국면에서 벌어진 일이었다. 나는 중반…… 자기가 바보 취급했던 이들보다 더 못한…… 죽고 싶어질 정도로 부끄러운 반칙을 범한 것이다…….

"소라 여왕…… 수고하셨습니다."

대표 기자가 송구스러워하며 장기판 옆에 앉더니, 승리자 인터뷰를 시작했다.

"저기, 이런 질문을 드리기 좀 그렇습니다만…… 소라 여왕은 야샤진 양의 향차가 말받침에 떨어졌다는 것을 눈치채고 있었습니까?"

"예. 알고 있었어요."

"그런데도 알려주지 않은 건가요?"

"이건 승부니까요. 하지만, 일부러 그 향차를 쓰게 유도하지는 않았어요. 대국이 진행되던 와중에 그렇게 됐을 뿐이죠."

——……거짓말!!

나는 이를 갈면서 소라 긴코의 그 말을 마음속으로 부정했다.

소라 긴코는 전부 파악하고 있었다. 내가 향차(香車)를 떨어뜨렸다는 것도, 그리고 내가 그것을 눈치채지 못했다는 것도, 그러니 그 향차를 쓸 거라는 것도…… 그리고 그 향차를 올려두면서

『이겼다』하고 생각했다는 것도 말이다.

　나는 모든 면에서 소라 긴코에게 미치지 못했다.

　대국 전부터 나는 소라 긴코에게 대등하게 맞서고 있다 생각했지만, 상대는 그런 내 마음을 완전히 꿰뚫어 보며 이용한 것이다.

　내가 생각하던 수순은 나에게 유리하기만 한, 현실과 동떨어진 망상이었다.

　'이기고 싶다'는 마음이 어느새 '이길 수 있으리라'는 마음으로 바뀌었고, 그것이 '이기고 있다'는 망상으로 이어졌다. 말받침에 떨어져 있던 향차를 아무런 의심 없이 썼을 정도로 말이다.

　즉, 내가 보고 있었던 것은 꿈이었다.

　그리고 그 꿈은………… 순식간에 악몽으로 변했다.

　하지만 이 꿈은 절대로 깰 수 없다. 나는 그것을 알고 있다.

　언제나, 결코 일어나지 않았으면 하는 일이 일어났을 때……그것은 사라지지 않는다.


　나에게는 현실이야말로 최악의 악몽인 것이다.

제3보

가시나무 공주

Thorn Princess

Azami Hanadachi 하나다치 아자미

©shirabii

## △ 여우 아내

"그래서요? 야샤진 양은 기운이 없나요?"

사진 촬영을 마치고 파르페에 길쭉한 스푼을 찔러 넣은 그 미녀가 그렇게 물었다.

"멀쩡해요. 겉으로 보기에는 말이에요."

나는 녹차 라떼의 표면에 떠 있는 하트 마크를 보며 대답했다.

인스타그램에 올리기 딱 좋아 보이는 라떼 아트다. 마시는 게 아깝다는 생각도 들지만, 촬영을 마쳤으니 이제 마실 수밖에 없다……. 장기가 끝나고 나면 장기판 위의 장기말을 치우듯이.

"그래도 대미지가 상당한 것 같아요."

"흐음?"

"처음으로 저한테 묻더라고요. '내 뭘 보고 제자로 받은 거야?' 라고 말이죠."

"……그거 심각하네요."

질문이라는 형태를 취하고 있지만, 결국은 자신감을 잃었기 때문에 타인에게 재능을 인정받고 싶은 것이다.

거만한 성격인 평소의 야샤진 아이라면 그런 말을 할 리가 없다. 마음이 꺾였다는 가장 큰 증거다.

"그런 식으로 대국이 끝나서 관전기도 쓰지 못한 아이도 계속 취재를 하게 됐어요. 대국이 끝나는 순간을 놓치기도 했고요……."

"히나츠루 양은 결국 어느 관전기를 담당할 예정이죠?"

"제3국이 될 거라고 생각해요. 제1국은 자오 선생님의 해설이라고나 할까, 만담 비슷한 것이 대신 실릴 예정이죠."

"3국이라면 야샤진 양의 홈그라운드인 코베에서 치러지는 대국이군요."

"예. 하지만 이대로는……."

제3국이 최종국이 될 것이다. 사저의 예정대로 말이다.

홈그라운드에서 대국을 치를 때는 많은 응원을 받을 수 있지만, 정신적으로 궁지에 몰린 상황에서는 그 응원이 부담감으로 작용할 것이다.

'홈그라운드에서 타이틀전이 끝나는 것만은 피하고 싶다' 라는 생각이 제2국에서 부담감으로 작용할 것이며, 빨리 마음을 바로잡지 못했다간 순식간에 박살이 나버릴지도 모른다.

미녀는 파르페에 스푼을 꽂은 채 말했다.

"처음으로 쓰게 된 관전기가 이렇게 되어서 히나츠루 양도 고생이 많겠군요. 제3국 때는 시간이 날 것 같으니까, 괜찮다면 제가 관전기사의 일을 히나츠루 양에게 알려드려도 될까요?"

"그래 주시면 저야 감사하죠."

"마침 중계 일도 들어왔으니까, 그쪽으로 도움을 받으면 되겠군요."

그렇게 말한 이 미녀는 심술궂은 미소를 지으며 말했다.

"뭐, 안심하세요. 밋밋한 대국이라도 다 관전기로 쓰는 방법이 있으니까요."

"아니, 밋밋한 대국이 되면 곤란한데요…….”

"첫 타이틀전, 그것도 제1국에서 그런 반칙패를 한다면 정신적으로 무너지는 게 당연하죠. 솔직히 말하자면, 저는 안심했어요.”

"예?”

"《코베의 신데렐라》도 열 살밖에 안 된 여자애라는 걸 안 덕분에 말이죠.”

내 맞은편에 앉아 있는 미녀—— 쿠구이 기자는 그렇게 말한 후에 그제야 파르페를 한입 먹고 "크응~♡” 하고 행복에 찬 신음을 흘렸다.

이곳은 교토에 있는 한 카페다.

『인스타그램에 올리기 딱 좋은 파르페와 라떼를 내놓는, 데이트에 적당한 가게 특집!』이라는 도시 정보지의 욕심에 찬 기획 탓에, 쿠구이 기자는 최근에 유명해진 이 가게를 취재하러 왔다.

그리고 나는 그 취재를 도우러 왔다.

데이트에 적당한 장소라는 느낌을 연출하기 위해 필요하다는 이유로, 드링크 하나를 하트 모양 빨대로 둘이서 같이 마시거나, 파르페를 "아~앙♡” 하면서 먹여주는 등, 아무튼 바보 커플 같은 사진을 잔뜩 찍었다.

보통 이럴 때는 모델을 쓸 것 같은데——.

『나라도 괜찮겠어요?』

『용왕이 적당할 것 같군요.』

……라고 한다. 평범한 느낌이 나는 사람이 독자도 공감하기

쉬운 걸까?

하지만 솔직히 이 제안은 나로선 바라 마지않는 일이었다.

일전의 산성앵화전 때 한 약속을 지킨다……는 것은 어디까지나 표면상의 이유이며, 이 사람에게 물어보고 싶은 게 있었던 것이다.

"어쩌면 좋을까요? 제2국까지의 얼마 안 되는 시간 동안 대체 뭘 고쳐야 할지도 모르겠어요……. 하다못해 제대로 된 정신 상태에서 싸울 수 있도록 도와주고 싶어요."

"어떻게 하면 소라 긴코와 제대로 싸울 수 있는가…… 알고 싶은 건 그건가요."

쿠구이 씨는 파르페를 퍼먹던 숟가락질을 멈췄다.

"그런 건 내가 알고 싶대이."

투덜거리는 듯한 어조로 그렇게 말하며 안경을 벗고, 머리카락을 푼 그녀는 창밖을 쳐다보며 이야기를 시작했다.

"……긴코 양과 한 번이라도 장기를 둔 적이 있는 여류기사는 그 벽에 부딪치는 기다."

"벽?"

"가슴 이야기를 하는 게 아니대이."

사저의 가슴이 벽처럼 평평하다는 건 알지만…….

관전기자인 쿠구이에서 쿠구이 마치 산성앵화로 변신한 그녀는 자신의 풍만한 가슴을 손가락으로 가리키면서 진지한 표정으로 말을 이었다.

"재능. 노력. 환경. 그리고 타고난 스타성. 온갖 면에서 긴코 양은 여류기사의 차원을 초월한 존재인기다. 그런 존재와 자신을 비교하는 이상, 평정심을 유지하며 싸우는 건 불가능하재. 반드시 균형이 무너지고 말끼다."

"하지만 비교하지 않아서야 싸울 수 없잖아요? 상대와 자신을 비교하며, 자기가 뒤떨어지는 부분과 나은 점을 파악해야…… 단판승부라면 몰라도 선승제 승부에서는 이길 수 있을 거예요."

"그것은 천재만이 가질 수 있는 생각인 기다."

"아이도 천재예요. 재능이라면 사저 못지않을 테죠. 아니, 서반에서의 재능만 본다면 능가하고 있다 해도 과언이 아니에요."

"으음~……. 내 말을 못 알아묵나 보네."

쿠구이 씨는 쓴웃음을 지었다.

"용왕 씨는 긴코 양과 너무 가까워서, 그 애가 얼마나 대단한지 이해하지 못하는 기다."

"그렇지는 않다고 생각하는데요……."

"뭐, 자신의 사저와 제자가 승부를 하게 된 탓에 용왕 씨가 냉정함을 잃은 걸지도 모른대이."

"그건 자각하고 있어요. 그러니 내가 혼자서 아무리 생각해 봤자, 그 아이를 위해 뭘 해 주면 좋을지 생각날 것 같지 않거든요……."

"그래서 긴코 양, 아이 양과 싸운 적이 있는 내한테 바로 상의를 하러 온기가?"

"아, 쿠구이 씨가 세 번째예요."

"흐음?"

쿠구이 씨의 눈이 여우 요괴처럼 가늘어졌다.

"내보다 먼저 상의할 사람이 두 명이나 있는 기가……. 용왕 씨도 꽤 하는 것 같대이."

쿠구이 씨는 그렇게 말하면서 혀로 스푼을 핥았다.

틀림없이 웃고 있지만…… 왠지 무섭다.

"그 사람들은 뭐라 카드노? 어떤 조언을 받았노?"

"별말 듣지 못했어요. 항상 내가 일방적으로 늘어놓는 말을 들어주기만 하니까요."

"응?"

쿠구이 씨는 의아한 표정을 짓더니, 내가 말한 사람이 누구인지 생각하는 것 같지만…… 곧 아무래도 상관없다는 듯이 남은 파르페를 먹기 시작했다.

"그건 그렇고, 용왕 씨도 참 너무한 사람이대이."

"예?"

"내한테 야샤진 아이 양을 위한 조언을 해 달라는 거다 아이가. 진짜 악랄한 짓 아이가?"

"그게………… 정말 죄송해요. 매너에 어긋나는 짓이라는 깃도 알아요……."

쿠구이 씨는 도전자 결정전에서 아이에게 졌다. 그 마음에는 깊은 상처가 아직도 아물지 않은 채 남아 있으리라.

아이가 져서, 마음속으로 통쾌하다고 생각할지도 모른다.

나도 그런 생각을 한 적이 몇 번이나 있다. 그렇기 때문에 안다.

알지만……

"그 정도로 그 애가 소중한 기가?"

"제자니까요."

"…………."

쿠구이 씨는 고개를 살짝 숙이더니, 묵묵히 파르페를 먹기 시작했다.

──역시 너무 무례했던 걸까…….

연상, 그리고 예전부터 친하게 지냈던 만큼, 나는 항상 이 사람에게 어리광을 부리고 만다.

하지만──.

"《가시나무 공주》."

"예?"

이번에는 내가 의아한 표정을 지을 차례였다.

"긴코 양과 처음으로 싸워서, 처음으로 벽에 부딪친 그 사람이라면, 뭔가를 알고 있을지도 모른대이."

"앗……!"

나는 반사적으로 자리에서 벌떡 일어설 뻔했다.

──왜 그 사람을 잊고 있었던 걸까?

그 《가시나무 공주》라면…… 예전의 《가시나무 공주》가 아니라 지금의 《가시나무 공주》라면, 아이에게 해 줄 조언이 있을지도 모른다.

"고마워요, 쿠구이 씨!"

"별거 아니대이, 용왕 씨."

쿠구이 씨는 스푼을 내 입술에 대면서 말했다.

"답례는 이번에도 데이트면 된대이. 취재가 아니라 사적인 데이트♡"

## 🔔 가시나무 공주

"이런 짓에 무슨 의미가 있다는 거야?"

최근 며칠 사이에 입버릇이 되어가고 있는 말이 야샤진 아이의 입에서 흘러나왔다.

옆에서 걷고 있던 히나츠루 아이가 달래듯 말했다.

"테, 텐짱……. 모처럼 사부님이 마련해 준 자리니까……."

"그럼 연습 장기 상대라도 찾아주는 편이 훨씬 낫거든?! 다음에는 내가 선수라 유리하니까…… 절대로 질 수 없는 대국이란 말이야……!"

"이제 와서 허둥지둥 연습 장기를 둬봤자 언 발에 오줌 누기야."

앞장서서 걷던 나는 뒤를 돌아보면서 그렇게 말했다.

"제2국 때까지 장기를 몇 번이나 둘 수 있을 것 같아? 그런다고 해서 실력이 급격하게 늘지 않는다는 건 너도 알고 있을 텐데?"

"……그럼 어쩌라는 거야? 장기를 두지 않고도 강해질 방법이 있다는 거야?"

"있어."

"윽……?!"

"아니, 있을지도 몰라."

"뭐?! 나를 놀리는 거야?!"

"나도 잘 몰라. 그러니까 그 답을 들으러 가려는 거야."

멘탈이 흔들릴 때일수록, 기술로 그 점을 보완하려 한다. 연구를 하거나, 연습 장기를 두면서 말이다.

하지만 그것은 결국 도피에 지나지 않는 것이다.

나는 명인과 용왕전을 치르며 그 점을 깨달았다.

'절대로 질 수 없다'고 여긴 상대와 장기판을 사이에 두고 대치했을 때, 우선 필요한 것은 '절대로 이길 수 없는 건 아니다' 상태까지 멘탈을 회복시키는 것이다.

"그런데…… 사부님? 오늘 만날 분은 일전의 여류옥좌전에서 도전자가 됐던 분이죠?"

히나츠루 아이는 이 거북한 분위기를 환기시키려는 듯이 대화에 끼어들었다.

"그래. 최근에 사저와 선승제 승부를 한 여류기사야. 게다가 사저에게 거의 이길 뻔했지. 진짜 엄청난 장기였어."

"그럼 소라 선생님의 약점을 알고 계실까요?"

"아니야. 그 사람이 정말 대단한 점은 출산과 육아를 병행하면서 타이틀전까지 진출한 데다가, 예전보다 더 뛰어난 장기를 뒀다는 거야. 장기를 공부할 시간조차 줄어들었을 텐데 이긴 거지. 그 점이 대단한 거야. 아무리 남편이 프로 기사라고 해도——."

"여류기사와 프로 기사 부부인가요?! 그거 정말 참고가 될 것 같네요!!"

"으, 으응……. 그렇지? 참고가 될 것 같지?"

"예! 꼬치꼬치 캐물어야겠어요!!"

어, 엄청 열성적이네……. 아이는 향상심 덩어리구나!

하지만 메인 타깃 쪽은 반응이 밋밋했다. 큰일인걸.

"사저도 전보다 강해졌어. 장려회에서 3단이 된 게 그 증거지. 하지만 그 사람은 그런 환경 속에서 사저와 자기 사이의 격차를 줄인 것처럼 나한테 보였어."

야샤진 아이는 내 말을 듣더니, "흥." 하고 코웃음을 치면서 머리카락을 쓸어 넘겼다.

"그래도 졌잖아."

"물론 졌지. 사저에게 이긴 여류기사는 한 명도 없거든."

열한 살부터 여류기전에 출전하기 시작한 사저는 여류기사에게 단 한 번도 진 적이 없다.

5년간 무패. 55전 55승. 지장기나 천일수조차 한 번도 없다.

그야말로 괴물이다.

그런 괴물에게 처음으로 자근자근 짓밟혔던 강호가 바로 우리가 이제부터 만나러 가는 상대다.

"여왕전이 창설되고 처음으로 그 타이틀을 거머쥔 초대 여왕. 그 후, 여류옥좌도 획득하면서, 샤칸도 씨를 대신해 여류장기계의 최정상에 군림하던 그 사람은 가지고 있던 두 타이틀을 당시 초등학생이었던 사저에게 빼앗기면서 몰락했어."

즉, 사저의 첫 '피해자'라 할 수 있다.

"그 기풍은 온갖 낭비를 철저하게 없앤 효율의 화신 같은 장기. 감상전은 안 하고 장기에 플러스가 되는 것만 했으며, 사생활에서도 타인과 접점을 만들지 않았지. 그래서 붙은 별명이——."

"《가시나무 공주》."

그 말에 답한 사람은 바로 야샤진 아이였다.

히나츠루 아이는 그 말을 듣고 놀란 것 같았다.

"텐짱, 알고 있었어?"

"응······."

야샤진 아이는 의미심장한 어조로 그렇게 말하면서 고개를 끄덕인 후······.

"나는 네가 모른다는 게 더 놀랍거든?"

"어쩔 수 없어. 아이는 장기계에 들어온 지 아직 1년밖에 안 됐잖아. 《가시나무 공주》는 임신과 출산, 육아 때문에 최근 몇 년 동안 장기 휴직을 반복했으니까 모르는 것도 당연해."

오히려 야샤진 아이가 《가시나무 공주》라는 별명을 알고 있는 게 놀라웠다.

예전에는 장기 잡지에서도 그 별명이 다뤄졌지만, 지금은 그렇게 불리지 않게 된 것이다.

왜 《가시나무 공주》라 불리지 않게 됐는지 궁금해?

기풍과 성격을 비롯해 모든 면이 변해버렸기 때문이다.

초대 여왕이었던 당시에는 진짜 공주님 같던 《가시나무 공주》는——.

© shirabii

지금은 완전히 둥글둥글해졌다. 몸도, 마음도.

"어머나, 어머나, 어머나! 정말 귀여운 제자들이네! 어머나, 어머나, 어머나!!"

오사카 북부에 있는 센리츄오 역에서 조금 떨어진 곳에는, 넓은 공원 앞에 세워진 집합주택이 있다.

그곳의 한 집에 있는 인터폰을 누르자, 갓난아기를 품에 안고 건강미 넘치는 미인이 현관 밖으로 힘차게 나왔다.

"오래간만이에요, 하나다치 씨. 바쁘신 와중에 시간을 내주셔서——."

"무슨 소리를 하는 거니?! 그런 딱딱한 인사는 할 필요 없어. 육아 때문에 남들과 이야기할 기회에 굶주려 있거든. 손님은 그야말로 대환영이야!"

하나다치 아자미 여류 5단.

이바라키현 출신이라 《가시나무 공주(이바라히메)》라 불렸지만, 첫째를 출산한 후로는 칸사이 출신인 남편의 본가 근처로 이사와서 칸사이 소속이 됐다.

장기간 휴직 중이었지만 둘째 아이를 임신한 와중에 돌연 복귀했다.

그리고 바로 타이틀전까지 올라와서 장기계에 충격을 줬다.

안정기라고 해도, 그 커다란 배를 보고 나도 충격을 받았지. 장기를 두는 중에 아이를 낳는 게 아닌가 싶어 다들 가슴을 졸였다.

"그건 그렇고, 야이치가 제자를 둘 나이가 되다니…… 게다가 두 제자가 전부 여류기사가 됐구나. 나도 나이를 먹긴 했나 봐."

"하나다치 씨는 아직 20대잖아요. 아직 젊으세요."

"어머나! 그런 칭찬도 할 줄 아는구나!"

"아얏?!"

찰싹! 하나다치 씨가 등을 두드린 바람에 나는 앞쪽으로 튕겨났다.

체중이 늘어서 그런지, 너무 파워풀하네⋯⋯. 옛날에는 지금보다 날씬했고, 남에게 흥미가 없는 인상이라서 말조차 붙이지 못했는데, 지금은 완전히 후덕한 아줌마다. 아이를 가지면 이렇게 변하더라니깐⋯⋯.

안내를 받아서 거실에 가보니, 그곳에는 바닥에 엉덩이를 바닥에 찰싹 붙이고 앉아 있는 두 살가량의 여자애가 있었다.

"사쿠라. 야이치 오빠가 와 줬네."

그 여자애는 들고 있던 장난감을 바닥에 내던지더니, 벌떡 일어서서 아장아장 이쪽으로 걸어왔다.

"오빠야~♡ 오빠야~♡"

"사쿠라 양, 오랜만이야. 좀 큰 것 같네?"

장녀인 하나다치 사쿠라는 여류옥좌전 대기실에서 만난 후로 처음 본다.

어머니를 닮은 미인이다.

"만난 지 꽤 지났는데, 아직 저를 기억하네요."

"인터넷으로 중계되는 야이치 군의 대국을 틀어주기도 하거든. '오빠야~♡' 하면서 질리지도 않는지 몇 시간 동안 계속 보니까, 참 도움이 돼."

"그렇구나. 부모님 두 사람이 장기 기사인 가정환경이면, 교육 방송보다 장기 중계에 빠지게 되는군요……."

"룰은 아직 이해 못했지만 말이야. 자아──."

아기를 아기용 침대에 눕힌 하나다치 씨는 정좌 자세로 앉더니, 내 두 제자에게 인사를 했다.

"만나서 반가워. 무로가 히로시 문하의 여류기사인 하나다치 아자미라고 해."

그리고 정좌 자세로 마주 앉으며 그 인사에 답한 이는──.

"쿠즈류 야이치 문하, 첫 제자인 히나츠루 아이라고 해요! 오늘 귀중한 이야기를 잔뜩 들을 수 있을 거라고 해서 정말 고대하며 찾아왔어요!"

"어머나. 나 같은 아줌마의 이야기는 그다지 재미가 없을걸?"

"그렇지 않아요! 남편분과의 만남이라든가, 프러포즈 대사, 프로 기사와 여류기사의 결혼생활에 대해 자세하게 듣고 싶어요!!"

"그런 이야기를 듣고 싶은 거니? 야이치 군이 연락을 줬을 때는 장기 공부 방법에 관해 듣고 싶다고 했는데……."

"아, 장기 이야기만 하면 돼요. 장기 이야기를…… 야샤진 아이, 인사해."

흥분한 듯한 첫째 제자를 말린 나는 둘째 제자에게도 인사를 하라고 말했다.

"……야샤진 아이, 예요."

"잘 부탁해. 우후후후후."

하나다치 씨는 멀뚱히 서 있는 야샤진 아이를 재미있다는 듯이 쳐다보고 있었다.

"꽃봉오리 반, 하나다찌 사꾸라……입니따."

사쿠라 양이 덩달아 자기소개를 한 덕분에, 긴장된 분위기가 완화됐다.

하나다치 씨는 사쿠라가 매달려 있는 나를 쳐다보더니…….

"야이치 군은 아이들을 좋아하지?"

"예?"

내가 무슨 말을 하기도 전에, 히나츠루 아이가 묘하게 차가운 어조로 대답했다.

"사부님은 어린애일수록 좋아해요. 텐짱, 내 말 맞지?"

"응. 환장해."

어이~.

"오, 오해 살 만한 소리 좀 하지 마! 나는 연상을 더 좋아한다고! 어린애에게 그런 감정은——."

"……오빠야~. 사꾸라, 시러해?"

"아, 아, 아니야! 사쿠라 양은 진짜~~~ 좋아해."

금방이라도 울음을 터뜨릴 것 같은 표정을 짓자, 나는 사쿠라 양을 안아주며 그렇게 말했다.

"사꾸라도, 진짜 조아해~♡"

사쿠라 양은 그렇게 말하면서 내 볼을 찰싹찰싹 매만졌다. 귀여워♡

하지만…….

"……사부님? 갓난아기 상대로 너무 좋아하는 거 아니에요? 진짜 로리콤인가요? 확 신고해버릴 거예요……?"

"……실은 이 아이를 만나고 싶어서 여기에 온 거 아니야?"

두 제자의 차가운 시선이…… 너무 아파!!

한편, 《가시나무 공주》는 온화하기 그지없는 목소리로…….

"그럼 야이치 군은 밖의 공원에 가서 이 아이와 놀고 와. 지금부터 여류기사들 간의 비밀스러운 티타임을 가질 거야!"

그 후, 나는 방에서 쫓겨났다.

## ⌂ 거울 나라의 앨리스

"자아! 훼방꾼은 사라졌어."

야이치를 쫓아낸 후, 하나다치는 히나츠루 아이와 야샤진 아이를 향해 돌아앉았다.

"나에 대해서는 어디까지 알고 있니?"

"최초의 여왕이자, 소라 긴코에게 타이틀을 빼앗긴 여류기사라는 것만 알아."

야샤진 아이가 가시 돋친 어조로 그렇게 말하자, 하나다치는 미소를 머금으며 고개를 끄덕였다.

"그렇구나. 기보는?"

"저는…… 죄송하지만, 시간이 없어서 최근에 두신 여류옥좌전만 살펴봤어요. 전부 재미있는 장기였다고 생각해요!"

"고마워. 옛날 기보는 어때?"

"여왕을 빼앗기기 전의 장기는 좋았어."

야샤진 아이는 고개를 돌린 채 그렇게 말했다.

"하지만 그 후의 기보는 살펴볼 가치가 없어. 특히 소라 긴코에게 져서 타이틀을 빼앗긴 후의 장기는 쓰레기 이하야."

"솔직한 애네. 이야기하기 쉽겠어."

히나츠루 아이는 영문을 모르겠다는 표정으로 다른 두 사람의 얼굴을 응시했다.

하나다치는 자리에서 일어나더니, 마실 차를 준비하기 시작했다.

"당시의 나를 찍은 사진이 있어. 《가시나무 공주》라 불리던 시절의…… 너무 애처로워서 보고 싶지도 않지만 말이야."

홍차와 쿠키를 내놓는 김에 겸사겸사 가져온 것처럼, 하나다치는 몇 년 전의 장기 잡지를 두 사람 앞에 쌓아놓았다.

가장 위에 놓인 잡지의 표지는 갓 중학생이 된 긴코였으며, 히나츠루 아이는 별생각 없이 그 표지를 넘겼다.

그리고 눈을 치켜떴다.

"윽……!! 이, 이건……."

그곳에는── 지금과는 완전 딴판인, 하나다치 아자미의 모습이 실려 있었다.

야샤진 아이도 동요를 감추지 못했다.

"이, 이건…… 이건, 마치…… 마치……!"

"소라………… 긴, 코……."

야샤진 아이는 마른 침을 삼키면서, 그 이름을 입에 담았다.

"……요즘 들어서야, 겨우 당시의 사진을 차분하게 볼 수 있게 됐어."

처음으로 여왕이 됐을 때의 사진과 긴코에게 진 후의 사진…….

전혀 다른 두 자신을 번갈아 쳐다보면서, 하나다치는 말했다.

"나는 말이지? 긴코 양이 되고 싶었어. 젊고, 아름답고, 장기를 잘 두고, 금욕적인…… 누구라도 긴코 양을 동경할 거야."

"그, 그렇다고…… 겉모습까지 흉내 내는 건……."

히나츠루 아이는 이해가 안 된다는 듯이 신음을 흘렸다.

"처음에는 말이야. 그 애가 어떤 환경에서 어떤 공부를 하는지 조사해 보고 흉내 내기만 했어. 하지만 그것만으로는 이길 수가 없지 뭐야."

하나다치는 점점 야위어 갔다.

그리고 건강이 나빠 보일 정도로 새하얗게 변해갔다.

결국 머리카락을 탈색하고, 컬러 콘택트로 눈동자의 색깔도 바꿨으며, 세일러 교복까지 입으며 장기판 앞에 앉은 하나다치는 그야말로 비정상적이었다.

타이틀전 전야제 때 나란히 선 두 사람의 사진이 보였다.

『자매 같은 두 사람.』

장기잡지에는 그렇게 적혀 있었다.

그 말만이 적혀 있다는 점이, 그 비정상적인 느낌을 더욱 돋보이게 했다.

"……흉측해."

야샤진 아이는 사진에서 눈을 떼며 그렇게 중얼거렸다.

"…………."

히나츠루 아이도 충격을 받은 탓에 아무 말도 하지 못했다.

"자기보다 훨씬 어린, 겨우 열두 살이었던 긴코 양에게 6연패를 하면서 타이틀 두 개를 빼앗긴 나는 인생이 뒤집히는 듯한 충격을 받았어."

한때 소라 긴코가 되려 했던 여자가 말했다.

"그 애가 칸사이의 장기 기사와 연구회를 한다는 말을 듣고, 나도 칸사이의 프로에게 부탁해서 연구회를 가졌어. 내제자가 되어서 24시간 장기를 둘 수 있는 환경에 있다는 말을 듣고, 나 또한 사생활을 전부 내팽개치며 먹지도 마시지도 않으며 장기 연구를 했지."

장려회 회원이 된 긴코를 따라서 하나다치도 장려회에 들어가려 했지만, 그것은 스승이 말렸다.

진정으로 프로가 되고 싶어 그런 행동을 한다면 허락했겠지만, 하나다치의 목적은 프로 기사가 되는 게 아니라 소라 긴코가 되는 것이었다.

"하지만 무리였어. 아무리 노력해도 나는 긴코 양이 되지 못했어. 너무 무리한 탓에 몸이 망가졌고, 마음도 망가지면서…… 점점 격차가 벌어졌어."

하나다치가 펼친 장기잡지의 페이지에는 점점 말라가는 《가시나무 공주》의 모습이 실려 있었다.

이제는 소라 긴코도, 하나다치 아자미도 아닌…… 그야말로 아귀 같은 가련한 존재를 응시하면서, 하나다치는 차분한 목소리로 말했다.

"망가져 가는 나를 막아준 사람은, 함께 연구회를 하던 칸사이의 프로 기사…… 지금의 남편이야."

가장 가까이에서 지켜본 인물이, 잠든 공주님을 깨운 것이다.

"그 사람은 말이지? 나를 좋아한다고 말했어. 망가져버린 나를, 예전의 모습을 잃고, 긴코 양도 되지 못했던 나를 말이야. 그리고 이렇게 말했어."

그 말을 들은 순간을 떠올리듯, 《가시나무 공주》는 말했다.

" '네가 장기를 두지 않았더라도, 나는 분명 너를 좋아하게 됐을 거야.' ……하고 말이야."

야샤진 아이는 그 말을 묵묵히 들었고…….

"멋져……."

히나츠루 아이는 눈물을 흘리며 그렇게 중얼거렸다.

"나한테는 장기밖에 없었어. 나한테서 장기를 빼앗으면 아무것도 남지 않을 거라고 생각했어. 장기 실력이 형편없어진다면…… 타이틀을 잃으면, 내 가치도 없어진다고 생각했어."

하나다치는 말을 이었다.

"하지만 그 사람은, 장기를 잃고 만 나를 좋아한다고 말해 줬어. 그래서 결혼한 거야. 주저 없이 말이지. 노타임으로 '예스'라고 말한 순간, 나는 주박에서 풀려났어. ……소라 긴코가 되고 싶다는 주박에서 말이야."

눈가가 촉촉하게 젖은 《가시나무 공주》가 떨리는 목소리로 그렇게 말했다.

"장기로 졌을 때 말고 울어본 건, 평생 처음이었어⋯⋯."

아기용 침대에 누워있는 갓난아기가 어머니를 찾으며 울음을 터뜨리자, 하나다치는 미소를 지으며 아이를 안아줬다.

아이가 울음을 그칠 때까지 기다린 후, 야샤진 아이는 입을 열었다.

"⋯⋯그래서 뭐가 어쨌다는 건데? 후딱 아이를 만들어서 장기에서 도망친 거야?"

"아니야. 나는 긴코 양이 되지 못했지만, 그래도 긴코 양에게 이겨야만 해. 긴코 양이 아니라 나를 좋아해 준 남편을 위해 말이야. 그게 여류기사인 내 의지야."

하나다치는 화를 내기는커녕, 아이를 안은 채 담담하게 이야기했다.

"게다가 육아 때문에 장기 실력이 줄었다는 말을 듣고 싶지 않았어. 아이들이 자기 때문에 어머니의 길이 막혔다 같은 생각을 하는 건 싫었어. 그래서 강해지고 싶었어. 주위 사람들한테서 '아이를 낳은 후에 더 강해졌다' 같은 말을 듣기 위해서 말이지."

하나다치는 말을 이으면서 점점 어머니의 얼굴에서 기사의 얼굴이 되어 갔다.

"어떻게 하면 좋을지 필사적으로 생각했어. 긴코 양을 흉내 내는 건 안 돼. 그랬는데도 이기지 못했고, 이제는 그럴 시간과 체력이 없어."

"그래서⋯⋯ 어떻게 한 거야?"

야샤진 아이는 처음으로 흥미를 보이며 그렇게 물었다.

"시간을 효율적으로 쓰는 건 물론이고, 아이에게 젖을 줄 때도 장기 생각을 했어. 지금은 스마트폰과 생각을 할 머리만 있으면 장기 공부를 할 수 있어. 그리고 장기의 기초부터 다시 갈고닦았어. 학습방법부터 전법 선택까지, 하나부터 열까지 전부 뜯어고친 거야."

"……."

야샤진 아이는 팔짱을 끼며 입을 다물었다.

"내 경험에 따르면, 임신 중에는 머리의 처리 속도와 인식능력이 저하되는 느낌이 들었어. 하지만 그것은 대국을 하는 횟수가 급감하면서 감이 둔해진 걸지도 모르니까…… 확실하지는 않아. 딱 하나 확실한 것은 *제일감과 직감은 크게 달라지지 않았어."

하나다치는 말을 고르면서 이야기를 이어갔다.

"그래서 나는 일전의 여류옥좌전에서 속기 장기로 주도권을 쥐는 방식을 크게 의식했어. 원래 내 장기의 기풍은 응수지만, 임신 중에는 적합하지 않다고 판단한 거야."

"직감에 의지하며 뒀다……는 건가요?"

"그래, 아이 양. 나한테도 너처럼 끝내주는 종반력이 있다면 참 좋겠지만 말이야."

주도권을 쥐고, 속기 장기로 상대를 헷갈리게 하며, 자신의 시간은 남긴다.

하나다치는 칼부림을 벌이기 전에 격차를 벌려서 압도하는 장기를 선보인 것이다.

---

* 제일감(第一感) : 대국 상황을 본 순간 가장 먼저 머릿속에 떠오르는 수.

"대, 대단해요! 이상적인 승리 방식이에요!"

"뭘 그렇게 툭하면 감동하는 거야?"

히나츠루 아이가 눈을 반짝이자, 야샤진 아이는 어이없어하면서 딴죽을 날렸다.

"애초에 임신했을 때의 이야기를 해도 참고가 안 되거든?"

"그렇지 않아, 텐짱! 아기는 하늘에서 내려주시는 거거든?! 그러니까 언제 생길지 모르니 항상 준비를 해야 해."

"뭐? 우리는 아직 열 살이거든?"

"그게 왜?"

히나츠루 아이는 그게 뭐 어쨌다는 듯한 표정을 지었다. 말이 통하지 않았다. 당장 내일 아이가 생길 가능성이 있다고 믿어 의심치 않는 눈을 하고 있었다.

그 올곧은 눈동자를 본 《가시나무 공주》는 몸을 부르르 떨었다.

"히, 히나츠루 양……? 너는 평범한 애인 줄 알았는데…… 역시 소문이 틀리지 않나 보네……."

"예?"

히나츠루 아이는 의아하다는 듯이 고개를 갸웃거렸다.

야샤진 아이는 "이런 녀석이야……." 하고 중얼거리더니, 하나다치는 "그, 그래……. 천재답네……."라고 말하며 쓴웃음을 지었다. 히나츠루 아이는 영문을 모르겠다는 듯이 고개를 갸웃거렸다.

"아무튼……."

야샤진 아이는 탈선된 이야기를 다시 되돌리려는 듯이 가볍게 헛기침을 하며 말했다.

"당신이 어떤 식으로 소라 긴코와 싸웠는지는 이해했어. 힘들었을 거라고 생각해. 하지만 그렇게 했는데도 이기지 못한 거지? 미안하지만, 나는 다른 방법으로 이기겠어."

"그편이 좋을 거라고 생각해."

"뭐?"

"직감에 의지해 두는 방법이 장래적인 기력 향상에 도움이 될지, 솔직히 의문이야. 지금 이길 방법과 강해질 방법이 반드시 동일하다는 건 아니야. 나도 시간만 충분히 있다면 근본적인 장기 실력을 향상시키는 공부 방식을 선택했을 거야."

하나다치는 히나츠루 아이를 쳐다보며 입을 열었다.

"그리고 히나츠루 양이라면 몰라도, 야샤진 양은 직감으로 수를 두는 장기로 강해질 수는 없을 거라고 생각해."

"윽!! ……내 재능이 애보다 못하다는 거야?"

야샤진 아이가 히나츠루 아이를 손가락으로 가리키며 그렇게 따지자, 하나다치는 아무 말 없이 미소를 지었다. 그것은 긍정을 의미했다.

야샤진 아이는 머리카락이 곤두설 정도로 분노를 터뜨리며 말했다.

"그런 잘난 척이나 할 거면, 소라 긴코에게 이길 필승법을 이 자리에서 말해 봐!"

"사랑."

"뭐?"

"누군가를 사랑하는 것. 사랑에 빠지는 것. 그게 내가 찾아낸 필승법이야."

"…………."

야샤진 아이가 얼이 나간 듯한 반응을 보이자, 하나다치는 말을 이었다.

"사랑에 한계는 없어. 사랑은 무겁지도 않고, 부피가 크지도 않아. 수많은 사랑을 가지고 있으면, 그만큼 강해질 수 있어. 특히 여자는 변해. 사랑을 하면 말이지? 엄청 강해질 수 있어."

그리고 장난스러운 어조로 이렇게 덧붙여 말했다.

"당신보다 긴코 양이 더 강한 건, 어쩌면…… 긴코 양이 사랑을 하고 있기 때문일지도 몰라."

"마, 말도 안 돼! 그딴 냉혈녀가 사랑 같은 걸…… 그것보다 나는 연애에는 흥미 없어! 그딴 건 장기와 아무 상관없단 말이야!!"

"그래. 아직 어린 너는 아직 이해가 안 될 거야."

"…………잘난 척, 하지 마…….."

야샤진 아이는 그 말을 듣더니, 분통을 터뜨리듯 이를 갈았다.

《가시나무 공주》는 펼쳐둔 장기잡지를 쳐다보며 말을 이었다.

"긴코 양한테, 결혼하기 전의 나는 싸우기 쉬운 상대였을 거야. 자기와 같은 수순으로 장기를 두고, 자기보다 수읽기가 부족한 상대인걸."

""윽……!!""

"하지만 결혼한 후의 나는 혼자서 생각했어. 지금까지와 전혀 다른 환경에서 탄생한 발상은 긴코 양이 결코 얻을 수 없는 나만의 무기가 됐어. 장기판을 사이에 두고 앉았을 때도 느껴졌어…….
긴코 양의 당황과 초조함이 말이지. 그런 건 처음이었어."

　장기에는 유행이 있다. 강한 사람이 두는 전법을 다른 기사들도 두게 되는 것이다.

　또한, 최정상 기사의 공부 방식 또한 전파된다.

　최정상 기사와 같은 공부를 해서, 같은 전법을 펼치면, 확실히 실력이 늘 것이다.

　하지만, 결국은 오리지널에게 이길 수 없다.

　"…………."

　야샤진 아이는 분한지 입술을 깨물었다.

　논리적으로 반론할 말을 찾지 못하고…… 결국, 이 말만 했다.

　"……그래도, 졌잖아."

　"응. 역시 졌어."

　과거에 《가시나무 공주》였던 이 어머니는 솔직하게 고개를 끄덕였다.

　"하지만 말이지? 전보다 나은 장기를 뒀어!"

　그리고 건강미 넘치는 미소를 지으며 그렇게 말했다.

　그리고 《가시나무 공주》는 방황하는 신데렐라를 향해 상냥한 어조로 말했다.

　"찾아내렴. 너만의 필승법을……."

　그렇게 말한 하나다치 아자미는 어조를 바꾸면서 같은 메시지를 되풀이했다.

　"너만의 사랑을……."

## 🔔 이상한 나라의 앨리스

"저 사람은 대체 뭐야?!"

스승을 데리러 가기 위해 《가시나무 공주》의 집을 나선 나는 분노를 터뜨리며 고함을 질렀다.

아아, 짜증 나!!

"결혼해서 아이를 낳고, 머리가 맛이 가버린 아줌마잖아! 진짜 시간만 낭비했네! 잘난 척 자기 이야기만 늘어놓더니, 결국 결론은 '사랑'이라니…… 떠올리기만 해도 화가 나!!"

콘크리트 벽을 발로 걷어찼다. 신발 끝이 구겨질 정도로.

머릿속이 꿈나라로 간 저딴 여자를 한 때나마 내가 동경했다니……!

"장기는 진검승부잖아?! 싸우면서 서로를 상처 입히는 건 당연한 거잖아! 패배자끼리 서로의 상처를 핥아 줘도 아무 소용없어! 그래서 강해진다니, 진짜 이해가 안 되네!!"

하지만 진정으로 화가 난 것은 《가시나무 공주》에게 유익한 조언을 들을 수 있을지도 모른다고 내가 잠시나마 기대했다는 점 때문이다.

물렀다. 마음이 약해졌다.

"역시 믿을 건 나 자신뿐이야! 그 사람이 말한 것처럼, 나는 내 연구를 믿겠어. 제2국에서도 아버님의 장기말로 연구한 성과를 보여주겠어…… 각교환의 최신 연구를 말이야!"

"…………나는…….."

지금까지 묵묵히 듣고만 있던 히나츠루 아이가 머뭇거리며 입을 열었다.

"나는…… 하나다치 선생님의 말이 조금은 이해될 것 같아."

"뭐?! 대체 뭐가 말이야?"

"나는 사부님을 동경해서 장기를 시작했고…… 연수회에 들어가서, 여류기사가 되고, 동경하는 사람과 소중한 사람이 늘어날 때마다 조금씩 강해졌어……."

"…………."

"내가 가장 최선을 다할 수 있었던 건, 내 소중한 사람과 함께 있고 싶거나, 그 사람을 위해 뭔가 하고 싶다고 생각했을 때야."

확실히 이 녀석은 야이치의 내제자가 되기 위해, 연수회 시험에서 소라 긴코를 상대로 경이적인 힘을 선보인 적이 있다.

마이나비의 일제예선을 통과한 것도, 야이치가 용왕 방어전에 집중하게 해 주기 위해서였다.

"텐짱은 소중한 사람이 마음속에 없어? 그 사람을 위해 이기고 싶다고 생각하거나, 강해지고 싶다고 생각한 적은 없는 거야?"

"……그런 사람은 없어."

"그래……. 그렇구나………… 에헤헤♡"

"……잠깐만. 왜 기뻐하는 거야?"

그 반응도 신경 쓰였다. 왠지 화가 나네…….

"그, 그게……. 텐짱이 혹시 ……를 좋아한다면…… 나는, 절대로 못 이긴단 말이야……."

히나츠루 아이는 금방이라도 울음을 터뜨릴 듯한 표정으로 자신의 속내를 털어놓았다.

"텐짱은 상류층 아가씨에, 엄청 귀엽고, 크면 미인이 될 게 틀림없고, 장기 재능도 나보다 훨씬 대단하니까………… 남자라면, 다들 텐짱 같은 애를 좋아하게 될 게………… 으으……."

"저기 말이야……."

정말 어이가 없었다. 이 상황에서 무슨 그런 걱정을 하고 있는 걸까.

"뭘 불안해하는 건지 알고 싶지도 않지만…… 내가 누군가를 좋아하게 되는 일은 절대 없다고 단언할 수 있어. 너나 금발 꼬맹이처럼 그 바보의 마음에 들 생각은 없거든? 내가 사랑 같은 걸 왜 하냔 말이야."

"아, 아이는 사부님이라고 말한 적 없거든?!"

"나도 사부를 언급한 적 없어."

"윽!! …………텐짱은 심술쟁이……."

히나츠루 아이는 얼굴을 새빨갛게 붉힌 채 몸을 배배 꼬았다.

마음이 진정된 나는 흐트러진 머리카락을 쓸어 올리며…….

"그건 그렇고 말이야."

공원의 모래사장을 손가락으로 가리켰다.

"너도 참 별나네. 저딴 녀석의 어디가 좋은 거야? 장기를 잘 두는 건 인정하지만 말이야."

"어어……?"

그곳에는──── 팬티 한 장 차림인 야이치가 모래사장 중앙에 목까지 묻힌 《가시나무 공주》의 딸과 함께 양동이에 담긴 모래를 뒤집어쓰는 광경이 펼쳐지고 있었다.

"사, 사부님?! 공원 모래사장에서 뭘 하고 있는 거예요?!"

"응? 아, 사쿠라 양이 목욕놀이를 하고 싶대서…… 모래목욕을……."

"사꾸라, 오빠야~와, 목욕~♡"

"그런 독창적인 흙장난은 들어본 적도 없거든요?! 왜 사부님은 어린 여자애의 소원이라면 넙죽넙죽 들어주는 거죠~?!"

나는 그 모습을 멀찍이 떨어진 곳에서 보고 중얼거렸다.

"…………절대로 그런 일은 없어."

## 🔔 은혜 갚은 학

그 여관의 앞에 선 나는 감개무량한 느낌에 사로잡혔다.

"설마…… 이런 식으로 이곳에 돌아오게 될 줄은 몰랐어."

여왕전 제2국의 대국장은 호쿠리쿠다.

반년 전, 나는 이곳에서 역사에 길이 남을 사투를 펼쳤다.

그리고 그때와 마찬가지로 오사카에서 특급 『선더버드』를 타고 도착한 대국자 일행을 여관 주인이 직접 여관 앞에서 맞이했다.

"기다리고 있었습니다."

예전에 몇 번이나 들었던, 은근하면서도 압도적인 긍지가 느껴지는 목소리가 들려왔다.

그렇다.

제2국의 대국장은 일본 제일의 온천여관——『히나츠루』다.

일행을 대표해, 가장 가까운 사이인 내가 인사를 했다.

"오래간만이에요. 이번에 이런 급한 일정의 대국을 받아주셔서 정말 감사합니다."

"당연한 일을 했을 뿐이랍니다."

여관 주인——아이의 어머니가 가슴을 펴며 대답했다.

"키요타키 일문은 제 딸이 제자로 들어간 일문이죠. 즉, 시댁이나 다름없어요. 그렇다면 이 『히나츠루』는 두 대국자의 집이나 다름없죠. 푹 쉬시며 좋은 장기를 두셨으면 합니다."

여관 주인은 주역인 야샤진 아이와 사저를 향해 정중히 고개를 숙였다.

"".......""

두 사람도 아무 말 없이 마주 인사했다. 붙임성이 없기로 유명한 이 두 사람은 미소를 짓지도, 여관 주인에게 감사의 말을 건네지도 않았다.

결국 내가 분위기를 누그러뜨리기 위해 입을 열었다.

"감사합니다. 아이도 같이 왔으면 좋았겠지만……."

"아뇨. 딸이 다시 이 집의 문턱을 넘는 건, 자신의 타이틀전을 이곳에서 치를 때뿐입니다. 저도 그때까지 딸과 직접 만나지 않기로 결심했죠."

"그런가요? 하지만 아이는 일전에 오사카에 오셨던 아버님과 만났던 걸로 알고 있습니다만……."

"예. 약속을 어긴 제 남편은 지하에서 반성하고 있으니, 이번에는 여러분과 만날 수 없을 거랍니다. 양해 부탁드려요."

……지하?

뭔가 무시무시한 느낌이 들었지만, 이 저택의 지하에 무엇이 있는지는 무서워서 물어볼 수 없었다. 게임 코너일까?(시치미)

"그럼 여러분. 피곤하실 테지만, 대국장 검사 전에 우선 기자 회견 및 기념 촬영을 부탁드립니다. 이미 매스컴 관계자 여러분이 행사장에 모여 계십니다."

여관 주인은 그렇게 말하더니, 앞장을 서며 우리를 안내했다.

"……여전히 일처리가 깔끔하군요."

"……우리 일문과 장기연맹은 정말 믿음직한 아군을 얻었대이. 야이치, 부탁한다. 장기계의 미래는 농담이 아니라 니한테 달린 기다."

진지한 표정으로 나에게 이런 말을 한 이는 이번에서 해설 담당으로서 동행을 한 키요타키 사부님이다.

히나츠루 아이를 여류 타이틀 보유자로 기르라는 의미일 것이다.

"……물론이죠. 이미 손을 써 뒀어요."

"……저기, 너무 일찍 손댔다간 범죄자가 될 끼대이. 그건 조심하그라. ……알았재?"

"……예?"

나와 사부님은 그런 대화를 낮은 목소리로 나누면서, 여관 주인의 뒤를 따랐다.

"여기입니다."

그리고 도착한 홀? 같은 장소에 들어서자——.

"어?! 여…… 여기는 뭐 하는 곳이죠?!"

그곳에는 상상을 초월한 공간이 펼쳐져 있었다.

내가 경악을 하자, 여관 주인은 당연한 듯이 이렇게 말했다.

"이곳 말인가요? 저희 여관이 자랑하는 『장기 뮤지엄』입니다만?"

아니, 잠깐만.

"여기는 장기가 아니라……."

히나츠루 아이 뮤지엄이었다.

어릴 적부터 지금까지 찍은 아이의 사진, 아이가 여관 일을 도우면서 몰래 가지고 다니던 장기 묘수풀이 책, 그리고 아이와 내가 쓴 여류기사 자격 신청서 원본, 그때 쓴 펜 등이 유리 케이스에 보관된 채 전시되어 있었다. 왜 연맹에 제출한 원본이 이런 곳에 있는 거야. 이상하잖아…….

""".............""

이곳에 모여 있는 보도 관계자들도 처음 온 나라의 미술관에 방치된 듯한 표정을 짓더니, 불안에 떨며 한곳에 모여 있었다.

그런 이 방에서 가장 눈길을 끄는 전시물은 바로 한가운데에 놓여 있는 저것이다.

『여류기사 자격 신청 의식 광경.』

새하얀 일본 전통 신부 의상을 입은 아이와 결혼식용 기모노를 입은 내가 찍힌 사진이 거대 패널 형태로 장식되어 있다.

그 옆에는 겸사겸사 나와 명인이 대국을 하고 있는 사진, 그리고 당시에 쓰인 장기판과 장기말이 전시되어 있었다.

"……용왕 방어전 직전에 대체 무슨 짓거리를 한 거야……. 정말……."

당시에 키요타키 일문 중에서 유일하게 이 자리에 오지 않았던 야샤진 아이는 진심으로 기가 막힌 듯 한숨을 내쉬었다. 동감이에요~.

참고로 그때 이 자리에 없었던 아키라 씨도 이번 원정에는 동행하지 않았다.

마이나비 일제 예선 때와 마찬가지로, 야샤진 아이는 큰 승부를 치를 때 가족이나 가까운 이를 곁에 두지 않는다.

아키라 씨한테서 『킨츠바』라고 적힌 LINE이 와 있었기에 『OK』라고 답장을 보냈다. 하다못해 카나자와의 유명한 화과자인 킨츠바를 사다달라는 의미이리라. 아마 이 여관의 선물 코너에 있으리라.

한편, 이곳에 있는 전시물들을 얼추 둘러본 사저는 마지막으로 나를 쳐다보더니…….

"…………쳇."

저 사람, 방금 나를 보고 혀를 찼지?


그 후, 도쿄에서 온 관계자 일행과 합류한 우리는 회견 및 기념 촬영을 진행했다.

시작……하긴, 했지만…….

"……엄청 질문하기 어려운걸……."

"……그래. 뭘 물어도 '예', '아뇨'라고만 하잖아……."

"……두 사람 다 표정이 전혀 변함이 없는데……."

기자와 카메라맨 여러분이 소곤소곤 그런 소리를 할 정도로, 두 대국자는 가시가 돋친 반응을 보이고 있었다.

제1국이 방심에서 비롯된 반칙패로 끝난 야샤진 아이가 빈틈을 보이지 않으려는 것처럼 굳은 자세를 유지하고 있는 건 이해가 된다.

하지만 사저는 평소 공식적인 자리에서 여류 타이틀 보유자로서의 소임을 다하기 위해 억지 미소 정도는 짓는 편이다. 그런데 대국 전부터 이렇게 적의를 드러내는 것은 드문 일이다.

"그만큼 야샤진 아이의 힘을 인정하고 있다는 걸까……?"

하지만 장기 홍보 측면에서 본다면 저 태도는 문제가 됐다.

카메라맨 중 한 명이 도움을 요청하듯 이런 말을 했다.

"거기 계신 아가씨…… 기록 담당 분? 당신도 옆에 서지 않겠어요? 부탁드립니다!"

"아, 저는 아직 수행 중인 몸이라──."

당혹스러워하면서 기자의 요구를 거절한 기록 담당은 사저와 마찬가지로 교복을 입고 있었다.

단, 이쪽은 고등학교 교복 차림이다.

이름은…… 노보료 카렌 장려회 1급일 것이다.

까무잡잡한 피부가 건강미를 자아내는 미소녀다.

하치죠지마라는 섬에 살고 있는 고등학교 2학년이며, 칸토 소속이라 나와 면식은 없다. 그리고 야샤진 아이는 본선에서 이 노보료 씨를 격파했다.

당시에는 장려회 2급이었지만, 그래도 용케 이겼다는 생각이 들었다.

"괜찮아~. 이렇게라도 교복 입은 사진을 찍어 두는 편이 여러모로 좋을걸?"

노보료 씨가 사진 촬영을 거절하자, 한 여성이 밝은 목소리로 그렇게 말했다.

보드 해설의 리스너 역할로 이곳에 온 로쿠로바 타마요 여류 2단이다.

"로, 로쿠로바 선생님…… 이러시면 곤란해요!"

"그러지 말고 다 같이 사진 찍자~☆"

로쿠로바 씨와 노보료 씨가 옆에 서자, 분위기가 확 살았다.

이번 두 대국자는 전부 칸사이 소속이다.

그래서 *호쿠리쿠 지방에서 대국을 할 일이 적기 때문에, 전야제와 보드 해설회에는 장기 팬이 몰려올 것이라고 예상됐다.

그래서 장기연맹 측도 『진심 어린 포진』으로 임했다.

장래가 유망한 여성 장려회 회원에게 기록 담당을 맡기고, 인기 여류기사를 리스너로서 칸토에서 파견한 것이 그 증거다.

그리고 이렇게 엄청난 주목을 받고 있는 여왕전에서 중립을 지켜야 하는 입회인으로 뽑힌 이가——.

"여어! 나야!!"

---

* 호쿠리쿠 지방 : 동해와 맞닿은 일본의 중서부 해안 지방. 남쪽부터 후쿠이, 이시카와, 토야마, 니이가타.

나타기리 진 8단이다.

A급 잔류를 확정한 《쌍칼잡이》는 가벼운 발걸음으로 의기양양하게 모습을 드러냈다.

그래. 이 사람이라면 스위스보다 중립적일 것이다. 여류기사를 편애할 리가 없다. 남성 기사라면 할지도 모르지만 말이다.

"미안해, 야이치 군~. 기모노를 하도 오래간만에 입어서, 준비하는데 좀 시간이 걸려버렸네. 늦어서 정말 미안해~."

"그랬군요."

"기모노는 벗기 편해서 참 좋다니깐."

"그런가요."

나는 시선을 맞추지 않으며 담담하게 대답했다.

요즘은 이 사람을 어떻게 대해야 하는지 조금씩 알 것 같았다.

과도한 반응을 보이면 기뻐하니, 이렇게 그냥 흘려버리는 게 정답이다. 무시를 추천한다.

"나타기리 군! 잘 왔대이."

하지만 그걸 모르는 키요타키 사부님은 자기 발로 호랑이굴에 다이빙을 감행했다.

"이런 갑작스러운 의뢰를 받아 줘서…… 진짜, 진짜 고맙대이. 키요타키 도장의 강사를 부탁한 걸로 모자라, 제자와 사손을 위해 입회인까지……."

"에이…… 그런 섭섭한 소리 하지 마세요. 저와 키요타키 선생님의 사이잖아요."

나타기리 씨는 상냥한 미소를 머금었다.

"저는 키요타키 일문 여러분을 동류라고 생각하죠. 그 어떤 어 브노멀한 요구에도 무조건 응하겠어요!"

"그…… 그릿나? 잘은 모르겠지만, 아무튼 고맙대이."

우리가 핀트가 어긋난 말을 주고받는 중에도 회견은 계속됐다.

처음에는 분위기가 살지 않았지만, 지금은 웃음소리도 들렸다.

실질적으로 매스컴 대응을 혼자 맡아 분위기를 띄우고 있는 사람은 로쿠로바 씨다.

자신에게 주어진 역할을 이해했을 뿐만 아니라, 그것을 완벽하게 수행하는 모습은 역시 대단했다.

"타마요 양도 믿음직해졌는걸."

로쿠로바 씨의 실질적인 스승인 나타기리 씨는 험악한 분위기만 자아내고 있는 두 사람 사이에 서서 분위기를 띄우고 있는 애제자(?)를 상냥한 눈길로 쳐다보았다.

"누마즈에서 갓 올라왔을 때는 저기 있는 노보료 양처럼 풋풋했는데 말이야."

"이제는 상상조차 안 되네요."

순진무구하고 풋풋한 로쿠로바 씨……. 의외로 괜찮겠는걸.

지금은 무기 삼아 마구 이용하고 있는 저 풍만한 가슴 때문에 대국 도중에 허둥대는 모습을 상상하기만 해도 흥분되는걸…….

"그런데 나는 야샤진 아이 양과 처음 만나는데 말이야. 장기도 잘 두면서, 인기도 상당하다며?"

"예. 아이는 일제 예선 때도 개인 스폰서 숫자로 신기록을 냈고, 이미 상당한 숫자의 팬이 있죠."

"타마요 양이 술만 취했다 하면 그때 일로 투덜거려. '초등학생에게 장기만이 아니라 인기로도 졌다. 이제 할망구니까 죽어야겠다.' 하고 말이야."

"로, 로쿠로바 씨…… 그때 일로 아직 삐쳐 있나 보네요……."

예전에만 해도 로쿠로바 씨는 압도적인 인기 넘버원 여류기사였다.

그런데 사저가 등장하면서 압도적 넘버투로 추락했다.

그래도 사저는 장려회 회원이라서 장기 이벤트에 등장할 기회가 적기에, 여류기사 중에서는 로쿠로바 씨의 인기가 압도적이었지만…… 내 두 제자가 등장하면서 단숨에 3위권 밖으로 밀려나고 말았다.

프로 근성 때문에 저렇게 밝은 척하고 있지만, 아마 나름대로 생각하는 바가 있을 것이다.

장기만이 아니라, 어떤 걸로도 지고 싶지는 않을 테니까.

그것이 장기 기사라는 인종이다.

"자아~☆ 두 사람도 스마일~. 예쁜 얼굴로 태어났으니까, 매스컴 관계자 여러분 앞에서 아양 좀 떨자고요~."

""………….""

야야진 아이는 침묵을 유지했고, 사저는 경멸에 가까운 시선으로 쳐다봤지만, 그래도 로쿠로바 씨는 전혀 주눅 들지 않았다.

——……저 사람은 진짜 프로구나…….

그 후의 전야제에서도, 로쿠로바 씨의 밝은 목소리만이 사방에 울려 퍼졌다.

# ♟ 미녀와 야수

다음 날.

여왕전 제2국은 야샤진 아이의 선수로 막이 올랐다.

『호쿠리쿠에 계신 여러분~! 안녕하세요~~~!!』

한낮부터 시작된 보드 해설회는 로쿠로바 씨의 독무대였다.

가슴골이 드러나는 섹시 의상인 니트 원피스를 입고 나타나자, 호쿠리쿠의 장기 팬 여러분도 정말 기뻤다. 나? 물론 기쁘죠.

"타마용~!", "사랑해~!! 결혼해 줘~!!"

『여러분, 고마워요~☆ 하지만 죄송해요. 저는 장기와 결혼했으니까, 너희와 결혼하는 건 무리~!!』

그 순간, 행사장의 분위기가 뜨겁게 달아올랐다. 독설과 자유분방한 토크가 허락되는 로쿠로바 씨만이 가능한 손님 놀리기다.

의상과 토크가 이렇게 열정적인 것은——.

이번 장기가 일찌감치 끝나고 말았기 때문이다.

선수인 아이는 특기인 각교환을 통해 적극적인 공세를 펼쳤지만, 준비해 온 연구수가 헛손질로 끝나면서 사저가 그 점을 정확하게 지적했다.

그 결과, 점심 식사 휴식 직후에는 프로가 보기에도 이 승부는 완전히 갈리고 말았다.

현재는 장기 내용이 아니라 야샤진 아이가 언제 투료하는가 하는 데 이목이 집중됐다.

그래서 로쿠로바 씨가 이렇게 분위기를 띄우고 있는 것이다.

장기 해설은 일찌감치 끝났고, 입회인인 나타기리 씨와 해설자인 키요타키 사부님, 그리고 내가 번갈아 무대에 서면서 폭소 토크를 펼쳤다. 그리고 로쿠로바 씨는 한 번도 무대에서 내려가지 않으며 계속 활약했다.

사인 색지를 몇 장이나 써댔고, 가위바위보 대회(수를 두지 않으니 다음 한 수 퀴즈를 할 수 없다)를 몇 번이나 하면서 기념품을 나눠줬다.

미소와 악수와 여류기사의 뒷담화를 구사하며, 손님들이 질리지 않게 하는 것이다. 그들이 이곳에 온 것을 후회하게 만들지 않는다.

남성 프로 기사라도 이렇게 보드 해설회를 재미있게 만들 수 있는 사람은 없다. 아니, 이벤트를 중요시하는 여류기사이기에 가능한 걸지도 모른다. 로쿠로바 씨가 인기 여류기사인 것은 외모와 장기 실력보다 이 서비스 정신과 책임감 때문이라는 것을 다시 실감했다.

프로의 능력과 근성을 코앞에서 본 나는 감동마저 느꼈다.

나란히 무대 위에 선 내가 그렇게 말하자——.

『에이, 이게 정상이에요~.』

로쿠로바 씨는 당연한 소리를 하듯 그렇게 말했다.

『긴코 양이 등장하는 타이틀전의 보드 해설회 때는 이 정도로 서비스를 해야 분위기가 살거든요.』

『예?』

이 사람이 무슨 소리를 하는 거지?

오늘은 대국 내용이 좀 그렇기는 하지만, 인기가 엄청난 사저가 등장하니까 이 정도 숫자의 손님이 모인 걸 텐데…….

아, 이야기가 끊기면 안 된다. 나는 화제를 바꿨다.

『그러고 보니 로쿠로바 씨는 소라 여왕과 대국을 한 적이 있죠? 그런 로쿠로바 씨 입장에서 봤을 때 여왕의 인상은 어떠한가요?』

『으음~…… 뭐라고 말하면 의미가 잘 전달되려나요? 한마디로 표현하자면——.』

『표현하자면?』

『HP가 9999에서 줄어들지 않는 보스.』
<small>최 대 치</small>

『…………예?』

『RPG 같은 걸 하다 보면 때때로 나오잖아요? 무슨 짓을 해도 못 이기는 적 말이에요. 때리고 있는데 HP가 전혀 줄어들지 않는 무적 캐릭터 말이에요.』

『아……하?』

장기 기사는 다들 게임을 좋아한다.

보드게임만이 아니라, 평범하게 텔레비전 게임도 한다. 자유 시간이 많기 때문에 게임에 엄청 빠져들기도 하며, 기본적으로 시행착오를 반복하며 공략법을 찾는 것을 좋아하기 때문에 게임

대회에서 상위에 입상하기도 한다.

요즘 들어서는 그런 기사들이 온라인 게임 방송 같은 것도 하며, 로쿠로바 씨도 출연한 적이 있다.

그런 쪽으로 이야기를 가져가려는 건 줄 알았는데…… 로쿠로바 씨의 이야기는 내가 상상했던 것보다 훨씬 심각했다.

『저는 말이죠? 여류기사가 상대라면, 설령 타이틀 보유자라더라도 한 방 먹일 자신이 있어요. 세 번 대국을 하면 한 번은 진다. 그게 장기라는 게임이니까요.』

『뭐, 그렇죠.』

『하지만 긴코 양은 달라요. 한 방도 먹일 수 없어요. 그뿐만 아니라 대미지를 주고 있다는 실감조차 나지 않죠. 제가 아무리 필살기를 날려도 전부 노 대미지에, 상대방이 날리는 일반공격의 대미지는 9999예요. 방어 마법도 무효화되고요. 이래 가지고 어떻게 이기냐고, 게임 밸런스가 이상한 거 아니야? 같은 느낌인 거죠.』

『아니, 하지만…… 사이노카미 여류제위는…….』

『이카 양은 속기 장기를 두는 데다가 재능도 엄청나다고 생각해요~. 그래도 승부는 그것만으로 결판이 나는 게 아니잖아요. 그래서 승률도 그렇게 높지 않은 거예요. 그 애는 방어력 제로인데다, HP도 낮아요. 뭐, 속도와 공격력은 어마어마하지만요.』

『사저…… 소라 여왕은 방어력과 HP도 뛰어나다는 건가요?』

『열다섯 살에 장려회 3단이라면, 남자라도 유망주잖아요. 그러니 여류기사는 다들 포기한 거예요. 소라 긴코는 자신과 다른 인종이라고 여기는 거죠. 그래서 이기지 못해도 당연하다고 생각해요. 빨리 프로가 되라고 바라는 거예요.』

로쿠로바 씨의 목소리는 차가웠다.

농담을 하거나, 분위기에 휘둘려 빈말을 하는 것이 아니었다.

지금껏 자신이 속에 품고 있던 말을 털어놓고 있는 것이다.

『긴코 양의 장기는, 아무리 봐도 괴로울 뿐이에요. 질려버리죠. 저 애가 앞으로도 쭉 자기 위에 군림한다면, 장기 공부를 해봤자 의미가 없다는 생각이 들지 않겠어요? 아무리 노력해 봤자 이기지 못하는 것으로도 모자라 생채기 하나 낼 수 없는 걸요.』

『…………』

『솔직히 말해 현재 여류장기계는 정체되어 있어요. 승패가 정해진 승부만큼 재미없는 건 없고, 아무리 멋진 장기를 둬도 '어차피 소라 긴코보다 약하잖아?' 같은 소리를 듣죠. 여류장기계의 장기란 결국 마지막에 가선 반드시 소라 긴코가 이기는 게임이에요. 그런 걸 보는 사람도 재미없을 테죠~?』

로쿠로바 씨는 관객석을 쳐다보며 그렇게 말했다.

『저, 저기, 로쿠로바 씨?! 재미없다, 같은 소리를 해선——.』

이곳에 온 손님들의 대다수는 사저의 팬일 것이다. 《나니와의 백설공주》를 비판하면 반발하지 않을까……?!

하지만 내 예상과 전혀 다른 반응이 눈앞에서 벌어졌다.


갈채를 받은 것이다.

『………….』

나는 할 말을 잃었다. 웃으며 얼버무려야 하지만, 계속 이야기를 해야 하지만, 입에서 말이 나오지 않았다.

믿기지 않았다. 이곳에 있는 이들은 사저의 팬이 아닌 걸까?

아니, 하지만…….

확실히 오늘 장기도 중반에 이미 승패가 갈렸다. 격전을 기대하며 모인 장기 팬이라면 분명 '재미없다'고 생각할 것이다.

그리고 사저는 초등학생 때 여류기전에 출전한 후로 여류기사에게 진 적이 없다. 그 명인조차도 승률은 7할을 겨우 넘는다. 전성기 때도 8할 가량이었다. 즉, 다섯 번 대국을 하면 한 번은 졌다. 타이틀전에서도 전승으로 타이틀을 탈취한 적은 흔하지 않다.

사저는—— 55전 55승 무패다.

게다가 그 대부분의 대국이 완승이었다.

오늘 유독 대국의 내용이 재미없었던 것이 아니다. 오늘 유독 보드 해설회의 분위기가 뜨거운 것이 아니다.

쭉 이랬던 것이다.

열성적인 팬조차 사저의 승리에 질릴 정도로…….

지, 지금은 이런 생각을 할 때가 아니다. 일단 계속 말해야 한다!

『그, 그럼 도전자는 어떤가요?! 로쿠로바 씨는 아이와도 대국을 한 적이 있죠? 기풍이라거나…… 뭔가 느낀 건 없나요?』

『야샤진 양은…… 으음? 글쎄요? 으음~…… 재미있다, 라고나 할까요?』

『재미있다? 장기가 말인가요?』

『건방지고, 장기와 성격도 어린애 같은 구석이 전혀 없죠. 솔직히 말해 마음에 안 드는 후배예요. 하지만 왠지 신경이 쓰인다니까요~. 저 애의 장기에는 뭔가 있다. 그게 신경 쓰이니 앞으로도 계속 같이 장기를 두고 싶다는 생각이 들어요.』

로쿠로바 씨는 그렇게 말하면서 뜻밖의 이름을 입에 담았다.

『기록 담당인 카렌 양도 마찬가지겠죠.』

『노보료 씨도요……?』

『본선에서 야샤진 양에게 졌을 때는, 얼굴이 새파랗게 질려서 일어서지도 못했을 정도였다고 들었어요. 뭐, 장려회 2급이 여류기사도 못 된 연수생에게 졌으니까 충격을 받기는 했겠죠.』

『……그럴 거예요.』

『하지만 카렌 양은 일부러 지원까지 하면서 일부러 이 여류 타이틀전의 기록을 맡았거든요. 아마 긴코 양만을 보러 온 건 아닐 거라고 생각해요.』

『지원했다고요?』

『그렇게 들었어요~.』

의외였다.

기록 담당은 장려회 회원의 의무에 가까우며, 어떤 대국의 기록을 맡을 건지는 3단부터 차례차례 고른다. 그러니 급이 낮은 자는 희망자가 적은 대국…… 장시간 대국이거나 딱히 공부가 안 되는 여류기사의 대국을 맡게 된다. 적어도 칸사이의 장려회에서는 그렇다. 칸토는 다른 건가?

그러고 보니…… 나는 문득 생각이 난 점에 대해 물었다.

『그러고 보니 로쿠로바 씨도 본선 준결승에서 기록 담당을 자처했죠? 어떤 의도로 그런 거죠?』

『공부가 될 거라고 생각했어요. 취재진도 잔뜩 왔으니, 기록석에 앉아 있는 것만으로도 눈에 많이 띌 테니 러키~ 같은 느낌으로요. 장기도 엄청 재미있었어요. 그 츠키요미자카 씨 상대로 후수가 각두보를 썼으니까요. 옆에서 지켜보고 있는데도 가슴이 뛰었어요.』

확실히 그 장기는 아이에게 있어 회심의 대국이었다.

돌아오는 열차 안에서 머리에 열이 나서 뻗어버릴 정도로 집중한 싸움…… 그 장기를 보고서야, 나는 야샤진 아이가 도전자가 될지도 모른다고 믿기 시작했다.

아니다.

사저에게 이길지도 모른다고——.

『그 장기는 기록 담당으로 지켜보고 있을 뿐인데도, 시간 가는 줄 모를 정도로 재미있었어요. 하지만 오늘 같은 장기였다면 괴로웠………… 아, 수를 두는군요.』

말을 하면서 발치의 모니터를 계속 신경 쓰던 로쿠로바 씨는 아이가 둔 수를 누구보다 먼저 눈치챘다.

지금까지 초기 위치에서 꼼짝도 하지 않던 아이의 옥(玉)이 비로소 이동한 것이다.

하지만 그것은 끈질기게 버티기 위해서가 아니다.

『기보 꾸미기군요.』

로쿠로바 씨의 말이 옳다는 듯이, 아이는 몇 수 후에 투료했다.

## ◌ 청개구리

제2국도 졌다. 꼴사나운 장기였다.

아버님의 장기말을 써서 아버님의 기풍을 떠올리며 연구한 수는, 소라 긴코에게 전혀 통하지 않았을 뿐만 아니라 그대로 패착으로 이어졌다.

"…………."

대국이 끝난 후, 나는 기모노를 갈아입기 위해 대기실로 돌아왔다.

기모노는 옷가게에서 관리해 주니, 벗으면 그대로 동그랗게 뭉쳐서 트렁크에 넣어 가게에 보내면 된다고 들었다.

하지만 허리띠를 풀려고 하는데도, 울분과 분노 때문에 떨리는 손으로는 풀 수가 없었고——.

"큭! 이게……!!"

확 찢어버리려고 한 바로 그때였다.

"그러면 안 돼요."

대기실의 입구에서 누군가의 목소리가 들리자, 나는 움직임을 멈췄다.

그곳에 서 있는 사람은 이 여관의 주인이자——히나츠루 아이의 어머니.

"그래 봤자 더 괴롭기만 할 뿐이에요. 제가 벗겨드리죠."

"…………."

솔직하게 말하자면, 지금은 혼자 있고 싶었다. 누구의 도움도 받고 싶지 않았다.

하지만 이대로는 도저히 옷을 갈아입을 수가 없다.

내 침묵을 긍정으로 받아들인 여관 주인은 내 앞에서 무릎을 꿇더니, 솜씨 좋게 허리띠를 풀기 시작했다.

"많이 괴로웠죠? 금방 편하게 해드릴게요."

"별로……."

내가 허세를 부렸다. 기모노 차림으로 대국을 하면, 가슴이 너무 갑갑했다. 게다가 소매도 계속 주의를 기울여야 했기에, 대국에 집중하지 못해서 정신적으로 힘들었다.

……그것들을 패배의 변명으로 삼을 수는 없겠지만…….

"딸에게서 당신에 대한 이야기를 자주 들어요."

"……험담만 늘어놓지?"

"아뇨. 정말 강한 아이라고 하더군요."

"…………하지만, 졌어."

"그래요."

여관 주인은 위로를 하지도, 말끝을 흐리지도 않으며 말을 이었다.

"하지만 딸이 강하다고 말한 면은 장기 실력이 아니에요."

"……뭐?"

"야샤진 아이라는 동갑내기 여자애가 있다. 자신과 이름이 같고, 스승도 같지만, 많은 사람들에게 어리광을 부리며 사랑을 받아온 자신과 다르게, 그 애는 쭉 혼자서 싸워왔다. 그 강한 면이 부럽다……고 하더군요.”

“그래서 뭐야? 부모가 없는 내가 불쌍해서 찾아온 거야?”

“아이가 말한 그대로의 애구나.”

여관 주인은 내 얼굴을 쳐다보며 미소 지었다.

방금 반말로 한 말에서는 『여관 주인』이 아니라 『어머니』라는 느낌이 감돌았기에, 나는 그대로 울음을 터뜨릴 뻔했다.

어린애 취급을 당해서 조금 화가 나지만…… 그래도 나는 저항하지 않았다. 그리고 기모노를 벗겨 줄 때까지 기다렸다.

“오늘 수고 많으셨어요. 뒷정리는 저희 쪽에서 할 테니, 파티장으로 가시죠.”

여관 주인으로 되돌아간 히나츠루 아이의 어머니는 정중한 어조로 그렇게 말하며 나를 위로했다.

“……고마워.”

나는 그렇게 말한 후, 옷을 갈아입었다.

──……어머니…….

내 어머님과는 다르다. 하지만…… 만약 어머님이 살아 계셨다면, 지금처럼 내 옷을 벗겨줬을까?

안 된다.

──이런 생각을 하는 건, 져서 마음에 약해졌다는 증거야…….

아직 승부는 끝나지 않았다. 파티장에 가서 태연한 표정을 짓고 있어야 한다. 약해진 모습은 절대 보여줄 수 없다.

나는 세면장에서 세수를 해서 몸과 표정을 진정시켰다.

그리고 대기실로 돌아가 보니── 그곳에는 교복을 입은 여자가 서 있었다.

"으⋯⋯?!"

소라 긴코인 줄 알고, 한순간 긴장했다.

하지만 그렇지 않았다. 머리카락도 검은색이며, 저 까무잡잡한 피부는 《백설공주》의 하얀 피부와 달랐다.

저 사람은 고등학교 교복으로 갈아입은 장려회 회원이다.

"너⋯⋯."

허를 찔린 탓인지 이름이 바로 생각나지 않았다.

오늘 대국의 기록 담당이다.

본선 1회전에서 나한테 진 상대이기도 했다. 이름이⋯⋯ 그렇다. 노보료 카렌이다.

"나는 소라 선생님을 존경해."

그 녀석은 느닷없이 입을 열었다.

"소라 선생님은 나보다 어리지만, 그래도 진심으로 존경하고 있어. 그 사람이 지금까지 해온 일과 이제부터 해낼 일은 나를 비롯한 여성 장려회 회원이 말로 형용할 수도 없는 위업이야. 그리고 장려회 유단자가 여류기사에게 지는 모습도 보고 싶지 않고, 져서도 안 된다고 생각해. 애초에 여류기사가 장려회 3단과 맞장기를 두는 것 자체가 말도 안 되는 일이야. 그러니까 네가 3연패를 해도 전혀 상관없어. 하지만──."

노보료는 감정을 억누른 듯한 목소리로 말을 이었다.

"이 말만 하겠어. 언제까지 그 서툴러 빠진 정석형의 장기를 둘 생각이야?"

"윽……!!"

"오늘 장기도 정말 아마추어 같았어. 뭐, 여류기사는 어차피 아마추어니까 어쩔 수 없을지도 몰라. 하지만 그런 여류의 대국 또한 나 같은 장려회 회원이 기록 담당을 맡게 돼. 내가 이번 대국의 기록 담당을 맡은 건 아마추어 초등학생에게 졌다는 울분을 마음에 새기기 위해서지만, 공부조차 안 되는 장기를 일이라 억지로 봐야 하는 건 괴롭기만 하거든?"

지금까지 살아오며 들은 말 중에서 가장 분한 말이었다.

나만이 아니라, 아마추어 명인으로 장기를 사랑했던 아버님까지 모욕당한 것 같았다. 무엇보다…… 그 말에 반론하지 못하는 나 자신의 무력함 때문에 화가 치밀었다.

"이 말을 해두고 싶었을 뿐이야."

배낭을 등에 멘 장려회 회원은 "수고하셨습니다. 이만 실례하겠어요." 하고 말하며 깊이 고개를 숙인 후, 뒤도 돌아보지 않으며 여관을 나섰다.

나는 너무 분한 나머지 그 자리에 우뚝 서서 꼼짝도 못했다.

"어머?! 카렌 양, 돌아가는 거야? 혼자서?"

"배가 나가는 시간이 있어서요. 로쿠로바 선생님, 오늘 수고 많으셨습니다."

"배…… 하치죠지마에 혼자 돌아가려는 거야?! 이 시간에에?!"

"밤에 도쿄만에서 출항하는 배를 타면 섬에는 아침에 도착할 수 있거든요."

"그래도 여자애가 이런 시간에 혼자서 돌아가는 건 절대 안 돼! 잠깐만 기다려! 진진한테 도쿄까지 데려다주라고 부탁해 볼게!"

그런 대화가 들려왔다.

"…………."

홀로 이 자리에 남아 있던 나는 입술을 깨물며 울분을 참았다. 감정이 커다란 파도가 되어 내 마음을 뒤흔드는 것을, 필사적으로 버텨냈다.

그리고 그 파도가 잦아든 후에 숨을 고르려는 듯이 입을 열자, 이런 말이 흘러나왔다.

"…………나보고, 대체 뭘 어쩌라는 거야……."

태어나서 처음으로, 정말 모르겠다.

어떻게 하면 이길 수 있을지를, 모르겠다는 것이 아니다.

어떤 장기를 두면 되는 건지, 알 수가 없었다.

제4보

휘젓기의 마에스트로

Maestro

Mitsuru Oishi 오이시 미츠루

©shirabii

# ♜ 황금 열쇠

요즘 들어, 아침 식사 때마다 분위기가 무거웠다.

"……."

"……."

나와 아이는 묵묵히 식사했다.

분위기가 너무 무거워서, 평소 식사 때는 꺼 두는 텔레비전을 켜봤지만…….

『오늘 아침의 특집은 장기입니다! 이시카와현에서 벌어진 여왕전 제2국은 오사카 출신의 《나니와의 백설공주》 소라 긴코 여왕이 승리했으며, 타이틀 방어까지 단 한 번의 승리만 남았습니다. 소라 양이 이번에 타이틀을 방어하면, 사상 첫 영세 여왕이──.』

삐잇.

나는 텔레비전을 껐다.

동문간의 타이틀전이 이렇게 괴로울 줄이야…….

지금까지 묵묵히 시리얼을 먹던 아이가 머뭇거리며 나에게 말을 걸었다.

"저기, 사부님……?"

"왜 그래?"

"그게…… 제2국에서 텐짱이 둔 장기말인데…… 서반부터 잘 풀리지 않은 것 같은 느낌이 들었어요……."

"그래. 완패였지."

"다음은 후수……죠? 서반이 더욱 중요해질 테니까, 비장의 작전을 쓰는 편이 좋지 않을까요……?"

"비장의 작전? 예를 들자면?"

"그러니까, 『각두보』라던가요!"

아하.

각두보는 원래 선수가 사용하는 수지만, 야샤진 아이는 그것을 후수가 쓸 수 있는 작전으로 개량해 연수회와 여류기전에서 써 왔다. 여왕 도전의 원동력이라 해도 과언이 아니다.

아직 사저 상대로 쓴 적이 없으니, 히나츠루 아이가 각두보에 희망을 걸어보려 하는 생각 또한 이해가 됐다.

하지만——.

"……야샤진 아이의 각두보는 확실히 우수한 전법이지만, 치명적인 약점이 있어. 아마 지금 상황에서는 사저에게 통하지 않을 거야."

"약점? 그게 뭔가요……?"

"지구전."

"아……!!"

히나츠루 아이는 손에 쥔 수저를 무심코 놓쳤다.

"각두보는 약점인 각 앞의 보를 일부러 전진시키는 전법이야. 스스로 약점을 드러내서 상대가 그곳을 노리게 하는 거지. 즉, 상대의 행동을 심리적으로 컨트롤해서 두게 될 수를 한정되게 해서 자신의 연구 범위로 유도하는 거야. 하지만——."

"상대가 응하지 않고 평범하게 자신의 진형을 짜면……."

"그래. 그 약점을 상대가 노리지 않을 경우, 준비한 연구가 아무짝에도 쓸모없어져."

애초에 기습 전법이란 것은 의표를 찌르기 위해 펼치는 쪽에서 무리한 행동을 하게 되는 만큼, 상대방이 놀라주지 않는다면 자신이 위험해지고 만다.

『기습』의 숙명인 것이다.

"선수가 그 유도에 걸려들지 않으며 지구전을 선택할 경우, 각두보는 그저 한 수를 손해 보는 거야. 아무리 현대 장기에서 수를 손해 보는 것을 개의치 않는다고 해도, 아무런 소득 없이 수를 손해 본다면 사저 상대로는 만회하기 힘들 거야. 그리고 사저의 성격을 생각해 보면 그 도발에 걸려들지도 않아. 야샤진 아이 또한 그걸 이해하고 있지. 그래서 사저 상대로는 쓰지 않아. ……아니, 쓸 수 없는 거야."

야샤진 아이는 츠키요미자카 씨와 치른 준결승에서 후수 각두보를 채용했고, 성미가 급한 《공세의 대천사》를 농락하는데 성공했다.

하지만 그다음에 치른 도전자 결정전…….

지구전을 개의치 않는 《유린의 마치》 상대로는 각두보를 쓰지 않았다.

타이틀전에 대비해 온존한 게 아니다. 통하지 않기 때문이다.

사저가 그 점을 놓칠 리가 없다.

제1국에서 야샤진 아이가 각두보를 쓰지 않았으니, 사저의 추측은 확신으로 변했으리라.

『야샤진 아이의 후수 각두보는 지구전 대비가 미완성.』

미지의 전법에 대한 대처만 완벽하다면, 타이틀 방어는 성공한 것이나 다름없다. 일반적인 정석 연구에 있어서는 장려회 3단이 프로 기사를 능가하니까 말이다.

"궁지에 몰려서 불완전한 작전에 의지하려 한다면, 그야말로 사저가 바라는 바일 거야. 게다가 타이틀전에서 기습전법을 쓴다면, 자신에 대한 주위의 평가가 하락할 리스크도 있어."

"…………."

히나츠루 아이는 자신이 놓친 수저를 움켜쥐면서 말을 이었다.

"사부님이라면……."

"응?"

"사부님이라면, 텐짱에게 엄청난 해결책을 제시해 줄 수 있지 않나요?! 여왕보다도, 명인보다도 강한 사부님이라면…… 이 세상에서 가장 강한 『용왕』이라면, 미완성인 각두보를 완성해 줄 수 있지 않나요?! 프로 선생님들도 한 방 먹일 수 있는──."

"스스로 깨닫지 못하면 의미가 없어."

"하지만……!!"

"내가 가르쳐 준다고 해서 이길 수 있을 만큼 녹록한 상황이 아니야. 그건 아이도 알고 있지?"

"그, 그래도…… 그래도 이대로 가다간, 텐짱이……."

"애초에 내가 가르쳐 준 수를 그 녀석이 쓸 것 같아? 고집을 부리면서 절대로 안 쓸 게 뻔해."

"아……."

"게다가 나도 지금 중요한 승부를 앞두고 있어. 프로에게는 자신의 대국이 가장 중요해. 제자가 승리를 거두게 대책을 생각해 줄 여유는 없어."

"…………."

아이는 풀이 죽은 것처럼 고개를 숙였다.

곧이어 체념한 것처럼 묵묵히 식사를 시작했다. 나도 묵묵히 식사를 했다.

아이는 식기를 정리하면서 물었다.

"……오늘은 집에서 쭉 대국 준비를 하실 건가요?"

"아니, 만날 사람이 있어서 나가야 해."

식사를 마친 나는 방구석에 놓인 종이 가방을 들어 보이면서 말했다.

"호쿠리쿠에서 산 선물을 줘야 하거든."

## △ 울어버린 빨간 도깨비

"……씨. 아가씨."

………….

"아가씨. 잠시 실례해도 되겠습니까?"

아.

"아키라? ……무슨 일이야?"

"방해를 해서 죄송합니다. 주제넘은 소리인 건 압니다만, 혹시 휴식을 취하실 거라면 침대에 누워서 쉬시는 게 어떨까요?"

정신을 차려보니, 나는 책상에 엎드려서 자고 있었다.

어제, 타이틀전을 마치고 이 방에 돌아오자마자 패배한 대국을 분석하기 시작했고…… 그 도중에 잠들어버린 것 같았다.

──못난 꼴을 보였어…….

나는 이마에 붙은 머리카락을 손등으로 쓸어 넘긴 후, 짜증 섞인 목소리로 아키라에게 말했다.

"……딱히 피곤한 건 아니야. 이제부터 연구를 시작하려던 참이거든."

"실례했습니다."

"그런데, 무슨 일이야?"

"지인이 근처까지 찾아온 것 같으니, 잠시 안내해 주고 와도 되겠습니까? 두 시간 안에 돌아오겠습니다."

그 말을 들은 순간, '또구나.' 하고 생각했다.

얼마 전부터, 아키라는 혼자 누군가를 만나러 다녔다.

아무래도 내가 학교에 간 사이에도 몰래 만나고 있는 것 같으니, 어쩌면 내가 눈치채기 전부터 만나고 있는 걸지도 모른다.

대체 누구일까? 같은 상대인 걸까?

갑자기 어떤 상상이 머릿속을 스쳤다.

──애인이라도 생긴 걸까?

아키라는 스무 살이 넘었고, 미인이라 해도 과언이 아닌 외모를 지녔다.

항상 나를 따라다니기에 사생활을 전부 파악하고 있다 생각했지만, 애인이 생겨도 이상할 게 없는 나이이기는 했다.

"…………."

나는 이렇게 괴로워하는데, 아키라는 연애나 하고 있다……

내 상상에 불과하지만, 정말 짜증이 났다.

게다가 그 《가시나무 공주》가 했던 말이 떠오르자, 짜증이 폭발했다.

──나를 어린애 취급하지 마……!

『어차피 네가 알 리 없어. 애니까 말이야.』

그런 의미가 있는 듯한 거만한 시선이 정말 짜증 났다.

"아가씨? 혹시 두 시간이 너무 길다면 한 시간…… 아니, 30분 만이라도──."

내 침묵을 다른 의미로 받아들인 아키라가 그렇게 말하자, 나는 그녀의 말을 끊으며 대꾸했다.

"내가 연구에 집중하고 있는 동안에는 자유롭게 쉬어도 된다고 전에 말했을 텐데?"

"예. 감사합니다."

"오늘은 혼자서 연구하고 싶어. 그러니까 돌아오지 않아도 돼."

"예. 그럼 실례하겠습니다."

아키라는 공손히 인사한 후, 소리가 나지 않게 문을 닫았다.

"……."

말이 좀 심했을까?

하지만 곧, 그런 것을 신경 쓰는 나 자신에게 화가 났다.

"쳇……!"

나는 혀를 찬 후, 눈앞에 있는 컴퓨터를 쳐다보았다.

내가 잠든 사이에도, 컴퓨터는 어제 대국을 분석하고 있었다.

중반 초입에서 형세가 완전히 나쁜 쪽으로 기울었다.

"겨우 손에 넣은 선수를 쓰레기통에 버린 듯한 장기네……."

다음 대국까지 시간이 없다.

장기 공부에 집중해야만 한다.

하지만 아무리 생각하지 않으려 해도, 제1국과 제2국에서의 무참한 기보를 머릿속에서 지울 수가 없다.

──아키라가 말했던 것처럼, 잠시 누워서 쉬는 편이 나을지도 몰라…….

나는 침대로 도망치려 했지만, 베개에 머리를 얹어도 제1국과 제2국이 계속 떠올랐다.

완패.

참패.

정신적으로 흔들렸다는 점은 변명이 되지 못한다. 사전 연구에서도, 소라 긴코의 장기에는 빈틈이 존재하지 않았으니까…….

"이게………… 장려회, 3단……."

강하다.

이제까지 싸워온 여류기사들과는 수준 자체가 달랐다.

장려회 회원── 특히 장려회 유단자의 장기는 아마추어와 차원이 달랐다. 탄탄한 지반 위에 세운 난공불락 요새를 연상하게 했다.

노보료 카렌이 여류기사와 아마추어 장기를 깔보는 것도 당연하다. 승리를 떠올릴 수가 없다…….

"…………그딴 괴물을 어떻게 이길 수 있냔 말이야……."

침대 위에서 베개에 얼굴을 묻었다. 자신의 약한 소리를 남들이 듣지 못하도록 말이다.

연패한 나에게, 뒤풀이 파티장에 온 어른들은 이렇게 말했다.

『아직 열 살밖에 안 됐으니까, 이제부터 경험을 쌓으면 된단다.』

『열 살에 타이틀전까지 올라왔으니까, 이번에는 지더라도 다음에는 타이틀을 따겠지.』

『패배도 좋은 경험이야.』

그들은 나를 위로한답시고 그런 소리를 한 것이리라. 그래도 바보다. 패배에서 대체 뭘 얻는다는 걸까?

너무 화난 나머지, 대국 당일 마지막 열차를 타고 그 여관을 떠났다. 그런 자들과 1초라도 더 같은 공기를 마시고 싶지 않았다.

"……아무것도 모르면서 멋대로 지껄이지 말란 말이야!!"

나는 벽을 향해 손에 쥔 베개를 힘껏 휘둘렀다.

누가 듣든 말든 상관없다.

그저 고함을 지르고 싶었다.

"내가 어떤 각오로 장기를 두는지 알기나 해?! 져도 분하지 않을 거라고 생각하는 거야?!"

고함을 지르면서, 몇 번이나 벽을 향해 베개를 휘둘렀다.

커버가 찢어지더니, 안에서 튀어나온 깃털이 방 안에 흩뿌려졌다. 하지만 나는 개의치 않으면서 계속 휘둘렀다.

"열 살이라는 게 뭐 어쨌다는 건데?! 열 살이라서 노력을 안 했다는 거야?! 열 살이니까 다음에 또 타이틀전에 반드시 진출할 수 있다는 거야?! 틀림없이 지금보다 더 강해질 거라는 거야?! 앞으로도 계속 이긴다는 보장이 어디 있는데?!"

연승가도를 타며 타이틀전에 진출한 기사라면 얼마든지 있다.

그리고 순식간에 추락해버린 기사 또한, 무수히 있다.

단판승부인 마이나비에서는 아마추어가 유리하다. 나도 초등학생 아마추어라는 입장을 이용해서 프로에게 압박을 가하며 이기고 올라왔다.

그 압박이 통하지 않는 상대와 싸우면 어떻게 될까…… 거꾸로 자신이 압박을 받게 됐을 때 어떻게 될 것인가…… 이 두 대국을 통해 그것을 처절하게 깨달았다.

이제 소라 긴코 이외의 상대와 대국을 하게 되더라도 쉽게 이기지는 못할 것이다.

"이게 한 번뿐인 기회인데!! 가장 확실한 기회인데!! 그걸!! 그걸, 이런 쓰레기 같은 장기로 날리다니이이잇!!"

용서할 수 없다.

자기 자신을…….

약해빠진 자신을, 서투른 기술을, 얕은 수읽기를…….

그 무엇보다도, 약해빠진 마음을 말이다.

"하아…… 하아…… 하아………… 아아아아아아…………."

분노에 찬 절규는 언제부터인가 고통에 찬 숨소리가 됐고――.

그것은 어느새 오열로 변했다.

"아아아아아아아아아아아아아아아아아아앗!! 아아아아아아아아아아아아아아아아아아아아악!!"

나는 닭똥 같은 눈물을 흘리면서, 절망에 빠졌다.

약한 자는 지고, 강한 자는 이긴다.

인간은 죽는다.

그 최후는 허무할 정도로 간단히 찾아온다.

전부 알고 있다. 아무리 울어도, 아무리 응석을 부려도, 현실은 잔혹하고 비정하다. 그리고 어린애의 뜻대로 되지 않는 것이다.

이곳까지 쉽게 온 것은 아니다.

하지만 노력을 해왔다고 해도, 할 수 있는 일은 한정되어 있다.

결국 내가 바꿀 수 있는 건, 나 자신뿐이다.

이 세상의 섭리를 바꿀 수는 없는 것이다.

"아아아아아아아아아아아아아!! 아아…… 아————……!! 아아아————…………."

나는 어린애처럼 울음을 터뜨리며, 이 잔혹한 세계에 열심히 저항했다.

나에게는 이제 시간이 남아 있지 않다.

왜냐하면——.

"……아버님의 무릎 위에서 앉았을 때 느꼈던 온기도, 어머님의 상냥한 목소리도…… 점점 잊어 가고 있어……."

무섭다.

외톨이가 되는 것이 무섭다.

내가 장기에 매달리는 건, 그것만이 가족을 느낄 유일한 방법이기 때문이다.

장기를 두면, 이 손가락 끝이 부모님과의 추억을 기보에 표현해 준다.

하지만…….

가족이 함께한 기억이, 내 안에서 사라져버린다면…….

"…………무엇을 위해…… 장기를 둬야 하지……?"

그래서 나는 지금 바로 타이틀을 거머쥐고 싶다.

내 안에 아버님과 어머님이 남아 있는 동안, 세 사람의 추억이 존재하는 동안, 그것을 역사에 새기고 싶다. 영원히 사라지지 않을 거란 증거를 가지고 싶다.

나에게 있어서는 그것이 타이틀이다.

세 사람의 꿈을 현실에 남기고 싶다.

'장기의 여왕님이 될래요!' 라고 말하며 웃었던 그 순간을 말이다.

하지만…….

"소라 긴코가 있어……. 츠키요미자카 료도, 쿠구이 마치도, 샤칸도 리나도, 사이노카미 이카도……."

설령 소라 긴코가 사상 첫 프로 기사가 되어서 여류기전에 출전하지 못하게 되더라도…… 최정상 여류기사와 선승제 승부를 해서 타이틀을 탈취할 수 있을 거란 보장은 없다. 단판승부라면 몰라도, 종합적인 역량으로 본다면 다들 나보다 강하다.

그리고 급격하게 강해지고 있는—— 히나츠루 아이도 있는 것이다.

내가 10년 걸려 걸어온 길을, 겨우 1년 만에 주파한, 진정한 괴물이 말이다.

아직 기술적인 면과 정신적인 면에 미숙한 부분이 존재하기 때문에 지지 않겠지만…….

"계기만 있다면 단 하루 만에 변하고 말 거야……. 아니, 하루도 필요 없어. 단 한 번의 대국으로도……."

나는 그렇게 중얼거리면서 소름이 돋았다.

그 녀석은 나보다 열 배는 빠른 속도로 강해지고 있다. 그리고 앞으로도 계속 강해지리라. 그리고 나를 추월할 것이다. 동갑내기 여류기사가 말이다.

그렇게 되면, 나는 영원히 최고가 되지 못한다.

즉——타이틀을 거머쥘 수 없는 것이다.

"…………아버님…… 어머님………… 도와주세요……."

충동적으로 자리에서 일어난 나는 비틀거리면서 벽에 의지해 걸음을 옮겼다.

몇 번이나 발을 헛디뎌서 쓰러졌지만…… 그래도 바닥을 기듯 나아가고 있는 내 다리는 자연스럽게 그곳으로 향하고 있었다. 타이틀을 거머쥘 때까지는 가지 않겠다고 맹세했던 그곳에 말이다.


## ■ 북풍과 태양

평소와 마찬가지로, 그곳에는 짙은 안개가 끼어 있었다.

원래 야샤진 가문의 묘소는 함부로 드나들 수 없게 잠겨 있으며, 권한을 지닌 자의 허가 없이는 출입할 수 없다.

하지만 야샤진 아이가 도착했을 때, 이곳의 자물쇠는 풀려 있었다.

 ──……누가 와 있는 걸까?

 그렇게 생각하며 발소리를 죽인 채 부모님의 무덤을 향해 걸어간 아이는 그곳에서 뜻밖의 인물을 본다.

 "아키라……?"

 아이는 반사적으로 근처에 있는 나무 뒤편에 숨었다.

 ──어, 어째서, 아키라가 여기 있는 거지……?!

 사람을 만나러 나갔던 아키라가 부모님의 묘 앞에 서 있었다.

 ──혹시 '그 사람' 이…… 아버님과 어머님이었을까……?

 아이는 문득 그렇게 생각했지만, 곧 자신의 생각이 잘못됐다는 것을 깨달았다.

 "저 사람은……?!"

 그 자리에는, 아키라 이외에도 누군가가 있었다.

 "……그렇게, 아이는 60수에 투료를 했습니다."

 검은 묘비 앞에 선 그는 방금 읽은 기보를 그 묘비 앞에 뒀다.

 "저 자신이 한심스러워요. 자기 실력을 다 발휘한 끝에 졌다면 그나마 나을 테죠. 하지만 실력을 제대로 발휘해 보지도 못한 채 진 건…… 전부 스승인 제 책임입니다."

 바람을 타고 들려온 그 목소리에, 아이는 숨어서 귀를 기울였다.

 모습을 보고도, 목소리를 듣고도, 믿기지 않았다.

 저 인물이 이곳에 있다는 사실이 말이다.

 "아이는 똑똑한 아이예요. 처음 만났을 때부터, 저는 그 아이에게 가르칠 게 하나도 없었죠. 그 애는 자신의 힘만으로 성장했어요. 부모님에게 물려받은 것만으로 강해졌죠. 오히려 제가 그 애에게 많은 것을 배웠어요……. 그러니 제가 할 수 있는 건, 이렇게 두 분에게 아이가 둔 장기를 전해드리는 것뿐──.”

아이는 너무 놀란 나머지 눈을 치켜떴다.

──설마…… 설마 지금까지도 쭉……?!

“그 애를 제자로 받기로 정한 날, 저는 두 분 앞에서 맹세했어요. 저의 제자가 된 야샤진 아이라는 소녀를, 반드시 행복하게 해 주겠다고요. 부모님이 장기를 통해 진정으로 전하고 싶어 했던 것을, 저 아이에게 가르쳐 주겠다고요.”

그리고 그는 말했다. 그때, 아이와 했던 약속을…….

“그 애에게…… 새로운 일문<sup>가족</sup>을 만들어 주겠다고 말이에요.”

──윽……!!

영문을 모르겠지만, 눈에서 뜨거운 무언가가 흘러나왔다.

“지금 아이는 괴로워하고 있어요. 이런 고통을 느끼는 건 태어나서 처음이겠죠. 그건 혼자서 극복해야 할 고통이겠지만…… 아이라면, 반드시 극복할 수 있을 거라고 믿어요. 그 애의 장기는 누구에게도 지지 않을 거라고 말이죠.”

──믿는다…….

겨우 그 말을 들었을 뿐이지만, 아이는 자신의 마음을 뒤덮고 있던 검은 구름이 단숨에 사라지는 것이 느껴졌다.

하지만 그와 동시에 마음 한편으로 반발했다.

──믿는다니…… 그런 뻔한 말을 듣는다고 장기 실력이 늘 리

가 없잖아!

《가시나무 공주》가 말했던 '사랑'과 마찬가지다, 하고 생각한 아이가 반발했다.

눈가에 뜨거운 눈물이 맺힌 채 말이다.

"스승인 제가 해 줄 수 있는 건 이제까지도, 그리고 앞으로도 없겠지만…… 제자의 가능성을 앞으로 계속 믿을 것, 그리고 제자에게 부끄럽지 않은 장기를 둘 것을 두 분께 맹세하겠습니다. 그러니까——."

쿠즈류 야이치는 묘비 앞에 놓인 아이의 기보를 품에 넣으면서 이렇게 말했다.

"저희를 믿고, 지켜봐 주세요."

"……선생, 끝났나?"

"예."

나는 돌아보면서 고개를 숙였다.

"아키라 씨, 항상 죄송해요. 그리고 내 자기만족에 이렇게 어울려주셔서 고마워요……."

"그렇게 생각하진 않아."

아키라 씨는 씨익 웃으면서 말했다.

"게다가 아가씨께서 연수회에 다닐 때는 한 번 올 때마다 네 번의 대국을 이야기했지 않느냐. 이번에는 한 대국뿐이라 한 시간 만에 끝났지."

"그만큼 해설해야 할 내용도 많지만 말이죠."

야샤진 아이의 장기는 처음 만났을 때에 비해 훨씬 복잡해졌다.

연수회는 둘째, 넷째 일요일에 열린다.

연수회 다음 날인 월요일이면, 나는 아키라 씨에게 부탁해서 이 묘를 방문했다.

이곳에 잠든 아이의 부모님에게, 딸이 둔 장기를 보고하기 위해서다.

그리고…… 아이를 어떻게 기르면 좋을지 상의하기 위해서 말이다.

월요일에 대국이 있을 경우에는 화요일에, 화요일에 일이 있다면 수요일에…… 그런 식으로 날짜를 변경하기도 하지만, 가능한 한 빨리 이곳을 방문하려 했다.

내가 아이의 부모님이라면, 한시라도 빨리 딸의 활약상을 듣고 싶을 테니까 말이다.

"선생이 이곳에 오고 싶다는 말을 한 건, 츠키미츠 회장님과 장기를 둔 직후였지?"

"그랬죠."

아이를 정식으로 내 제자로 삼을 각오를 다진 후, 그것을 부모님에게 보고하고 싶다고……. 아이의 부모님에게 내가 따님을 어떻게 생각하고 있으며, 어떤 여류기사로 기르면 좋을지 상의하고 싶어서, 아키라 씨에게 부탁했다.

아키라 씨는 자신의 개인 시간을 희생하면서까지, 쭉 나와 함께 이곳에 와 줬다…….

"그나저나, 언제까지 이렇게 몰래 이곳에 드나들 생각이지?"

아키라 씨는 내가 건네준 『킨츠바』를 상자에서 꺼냈다.

© shirabii

그중 두 개는 아이의 부모님에게 바쳤다.

그리고 남은 건 이 저택에서 일하는 동료들과 나눠 먹는다고 했다.

그리고 이 묘에 바친 것도 아이가 성묘를 하러 올 때 눈에 띄지 않도록 숨길 것이다. 매번 그래왔듯이 말이다.

"아가씨께서도 대국이 끝나면 바로 이곳에 오시지. 그냥 같이 오면 되지 않느냐?"

"자기 스승이 부모님의 묘 앞에서 약한 소리를 늘어놓는 모습을 보면, 아이가 자기를 파문해 달라고 할 거라고요. 안 그래도 나를 아무짝에도 도움이 안 된다고 여기는데……."

"용왕전에서 궁지에 몰렸을 때도 성묘를 안 왔지."

"……면목이 없어요."

당시 일을 떠올리면, 쥐구멍에 들어간 후에 그 위에 묘비라도 세워 달라고 부탁하고 싶을 지경이다……. 하지만 지금은 당시의 경험이 여러모로 도움이 되고 있었다.

궁지에 몰린 인간의 사고방식을 이해할 수 있게 된 것이다.

아이도 당시의 나와 같은 심정일 것이다.

"당시에는 나도 전부 내팽개치려 했어요. 장기 이외의 모든 것을 말이죠. 하지만 그래 봤자 아무것도 해결되지 않는다는 걸 깨달았죠."

그때, 나를 구해 준 이는——.

"내가 명인전에서 이길 수 있었던 건, 그 사람에게는 없고 나한테는 있는 것…… 예를 들자면, 제자들 덕분이에요. 그러니까 아이는 내 보물이에요."

"호오. 쿠즈류 선생은 아가씨를 그렇게 좋아하는 건가?"

"당연히 좋아하죠. 아이의 할아버님께도 말씀드렸다시피, 평생 돌봐줄 각오는 되어 있다고요."

부스럭!!

등 뒤에 수풀에서 커다란 동물이 움직이는 소리가 들렸다.

"윽?! 바, 방금 저 나무 뒤에 뭔가 있지 않았나요?!"

내가 화들짝 놀라면서 뒤를 돌아보자, 아키라 씨는 방금 소리가 들린 수풀 쪽을 쳐다보면서 차분한 어조로 말했다.

"고양이겠지. 이 근처에 꽤 있거든."

"예? 하지만 나는 1년쯤 이곳에 드나들면서도 고양이를 한 번도 못 봤는데요? 게다가 고양이보다 더 큰 것처럼……."

내가 수풀 쪽을 쳐다보며 고개를 갸웃거리자…….

"냐옹…… 냐옹~♡"

그런 귀여운 울음소리가 들렸다.

"뭐야. 진짜로 고양이잖아."

그 울음소리에서는 자신감이 느껴지지 않았다. 아마 태어난 지 얼마 안 된 새끼 고양이일 것이다.

그러고 보니 이곳은 녹음이 꽤 우거진 편이니, 이 근처에서 최근에 태어난 것이리라. 혹시 묘에 바친 음식을 노리는 걸까? 천벌 받을 새끼 고양이인걸.

"어떤 고양이일까? 나는 고양이를 좋아해요. 특히 검은 고양이를——."

"쿠즈류 선생."

내가 고양이를 찾으러 가려고 하자, 아키라 씨가 뒤편에서 내 어깨를 매우 세게 움켜쥐며 말했다.

"나는 말이지? 지금은 아름다운 커리어 우먼이지만, 옛날에는 꽤나 막 나가는 애였지."

"……."

"방금 그 말은 웃으라고 한 소리다."

아키라 씨는 진지한 표정을 지은 채 볼을 붉혔다. 귀엽네…….

"세간에서는 나를 쓰레기 취급했지. 뭐, 자업자득이지만…… 그런 나에게 일자리를 준 곳이 바로 야샤진 가문이고, 그런 나를 처음으로 인간처럼 대해 준 분이…… 아이 아가씨였다."

아키라 씨는 가늘게 뜬 눈으로 먼 바다를 응시하며 말을 이었다.

"나처럼 야샤진 가문에 거둬진 사회의 낙오자들을, 아가씨께서는 평등하게 대해 주셨다. 겉모습과 출생, 과거…… 그런 것으로 상대를 평가하지 않아. 있는 그대로의 모습으로 받아주신다."

그렇다. 아이는 성격이 모난 것 같지만, 누군가를 편애하지 않는다. 자기 자신조차도 엄격하게 대하는 자가 야샤진 아이라는 소녀다.

"선생한테서 장기를 배운 후, 나는 신기한 느낌이 들었다. 예전부터 이 게임을 알고 있었던 것 같은…… 나는 장기말을 옮길 줄도 몰랐지만, 장기를 배우면 배울수록 그 느낌이 명확해졌지. 장기가 누군가와 흡사하다는 생각이 든 거다. 그 누군가가 누구인지 알겠느냐?"

"아이……?"

"그래."

아키라 씨는 고개를 끄덕였다.

"그분은 장기 그 자체다. 말보다 먼저 장기를 익혔고, 목숨의 형태 자체가 장기와 같은 모양이 된 거지. 누구보다 결벽하고 순수한 영혼…… 그런 사람이 바로 아가씨다."

아키라 씨는 진지하기 그지없는 표정으로 그렇게 말했다.

"선생, 알겠느냐? 나를 비롯해, 이 저택에 있는 모든 이들이 아이 아가씨를 사랑하고 있는 거다."

"……예."

좀 어렵기는 하지만, 배우면 배울수록 그 깊이를 알 수 있다.

기쁨과 즐거움을 안겨주고, 그 몇 배나 되는 고통과 울분을 맛보게 되지만, 한 번 그 매력에 빠져들게 되면, 두 번 다시 벗어날 수 없다.

그야말로 장기다.

그러니 누구든 좋아하게 되는 게 당연했다.

왜냐하면 장기는 우주에서 가장 재미있고 매력적이며, 깊이 있는 게임인 것이다.

"쿠즈류 선생. 아가씨를 도와다오."

아키라 씨는 나를 향해 고개를 깊이 숙이면서 그렇게 말했다.

"대국에서 이기게 해 달라는 게 아니다. 타이틀을 따게 해 달라고 부탁하는 것도 아니다. 그런 게 아니라………… 그래, 그런 게 아니라……!"

아키라 씨는 말을 골라가면서 필사적으로 뭔가를 전하려 했다.

"굳게 닫힌 아가씨의 마음을, 선생의 장기로 열어다오! 얼어붙은 아가씨의 마음을, 선생의 뜨거운 장기로 녹여 줬으면 한다!"

내…… 장기로…….

"선생이라면 할 수 있다. 아니, 선생만이 할 수 있을 거다. 이 세상에서 가장 뜨거운 장기를 두는, 용왕—— 쿠즈류 야이치만이 할 수 있는 일이야."

"…………."

"분하지만, 우리는 못한다. 그 어떤 말도, 그 어떤 선물도, 아가씨의 마음속 깊은 곳까지 닿지 않아……."

아키라 씨는 울분과 선망이 묻어나는 목소리로 그 이유를 말했다.

"왜냐하면 아가씨의 영혼은…… 장기와 같은 모양을 하고 있으니까……."

장기에 마음을 빼앗긴 소년소녀는 그 영혼의 형태도 장기로 바뀐다.

아이는 아마추어 명인인 아버지에게 장기를 배웠지만, 그 과정에서 슬픈 일을 겪었고…… 그 후로 아버지가 남겨준 기보와 정석 서적만으로 장기를 공부했다. 실전은 인터넷으로 다소 경험했을 뿐이다.

평범한 아이의 성장 과정과는 명백하게 다르다.

하지만 그렇기 때문에, 그 아이의 장기에는 남들에게 없는 독창성이 존재한다.

남들이 아이의 장기에 끌리는 이유 또한 바로 그것이다. 콧대가 높고 건방진 아가씨지만…… 엄청 순수하고 보는 이들의 가슴을 뛰게 하는 장기<sup>영혼</sup>를 지닌 것이다.

명인 때문에 궁지에 몰려 방에 틀어박혔던 나를 구해 준 것은 바로 케이카 씨가 둔 장기였다.

그렇다면, 나도…….

"……내 장기가, 전해질까요……?"

"전해질 거다."

아키라 씨는 부자연스러울 만큼 큰 목소리로…… 눈앞에 서 있는 내가 아니라 떨어진 곳에 있는 누군가를 향해 호소하는 듯한 목소리로, 이렇게 말했다.

"분명 전해질 거야."

## 🔔 마법사의 제자

어느 대국이 있는 날 아침에 생긴 일이에요.

아직 아무도 없는 칸사이 장기회관의 기사실에서, 두 사람은 얼굴을 마주했어요.

"히나츠루 양. 관전기 준비는 잘되고 있나요?"

긴 흑발을 묶어 올리고, 커다란 카메라를 어깨에 걸친 쿠구이 기자는 필기도구와 녹음기를 장비한 아이 양에게 상냥한 어조로 그렇게 물었어요.

아이 양은 약간 긴장한 표정으로 대답했어요.

"예! 저기, 텐짱과 연습 장기를 두거나, 공부하러 갈 때 동행하기도 했어요……."

"취재는 진행하고 있군요. 잘했어요."

쿠구이 기자는 어린 후배 기자를 향해 미소를 지으며 고개를 끄덕였어요.

"아이 양의 사부님에게 이미 들었겠지만, 아무리 사소한 질문이라도 괜찮으니 얼마든지 물어보세요. 제3국에 대비한 최종 트레이닝이라고 생각하면서, 불안 요소를 전부 없애도록 하죠."

"감사합니다!"

아이 양은 큰 목소리로 대답을 한 후, 바로 질문을 했어요.

"……저기, 선생님은 뭐라고 부르면 될까요?"

"관전기자일 때는 '선생님'이라고 부르지 않아도 돼요. 그냥 쿠구이 씨나 쿠구이 기자라고 불러 주세요."

"하, 하지만……."

아이 양은 여류기사가 된지 얼마 안 된 초등학생이에요.

그리고 쿠구이 씨는 영세위를 지닌 대선배죠. 그런 분은 그런 호칭으로 부르라는 건 너무 허들이 높아요.

"편한 호칭으로 부르면 된답니다."

아이 양과 마찬가지로 초등학생 때 여류기사가 됐던 쿠구이 기자는 당시의 일을 떠올리며 빙긋 웃은 후, 바로 본론에 들어갔어요.

"저희가 오늘 할 일은 관전기가 아니라 중계지만, 양쪽 다 장기 대국을 문장으로 만든다는 의미에서는 동일해요."

"예!"

"프로 기사와 여류기사가 관전기를 쓰는 건 드문 일이 아니죠. 그리고 자기가 둔 장기를 스스로 문장으로 쓸 때도 있어요. 자전기(自戰記)라고 하는 거죠."

"자전기……."

"그래요. 장기를 잘 둘수록 전법서를 집필하거나 자서전이나 칼럼을 쓰는 등, 문장을 쓰는 일을 할 기회가 늘어나요. 히나츠루 양처럼 장래가 유망한 기사라면 지금 이런 쪽으로 경험을 쌓아두면 나중에 많은 도움이 될 거예요."

"감사합니다! 힘낼게요!!"

"장기를 문장화하면서 장기 지도가 능숙해지거나, 막연한 감각으로 파악하고 있던 전법을 체계화하는 등, 장기 실력 면에서 얻을 수 있는 이점도 많답니다. 대국실을 자유롭게 드나들고, 감상전에서 자유롭게 질문을 할 수 있다는 것도 관전기자의 특권이죠. 충분히 활용하도록 하세요."

"예!!"

"……하지만 기사가 관전기를 쓰면서 얻을 수 있는 가장 큰 이점은 따로 있어요."

"예?"

"히나츠루 양은 이번 여왕전에서 누가 이기기를 바라죠?"

"그게……."

아이 양은 잠시 망설인 후, 솔직하게 대답했어요.

"저기, 역시…… 텐짱이 이겼으면…… 해요. 저의 사매이기도

하고…… 엄청 노력하는 모습을, 가장 가까운 곳에서 지켜봐왔
으니까요…….”

“…………그런가요. 그래요. 그래서 케이카 씨는…….”

“어? 무슨…… 일이죠?”

“개의치 마세요. 언젠가 분명 알게 될 일이니까요.”

쿠구이 기자는 상냥한 표정으로 질문을 던졌다.

“저만 계속 질문을 해서 죄송해요. 히나츠루 양은 혹시 불안을
느끼는 점이 없나요?”

“으음…… 제1국 때, 대국실에 거의 있지 않던 게…… 그리고
역시 텐짱이 진 후에 진 장기에 대해 질문할 수도 없어서…….”

“이해해요. 친구가 진 장기에 대해 캐물으려면 용기가 필요하
니까요.”

“…………”

“그 마음을 소중히 여기세요.”

“예……?”

자신의 취재 내용이 부족하다며 꾸짖음을 당할 거라고 생각하
고 있었던 아이 양은 뜻밖이라고 생각하며 쿠구이 기자의 말에
귀를 기울였어요.

“취재 대상을 누구보다 이해할 것. 그것이 관전기 집필의 첫 걸
음이죠. 대국자 본인에게서 취재한 내용만 적는다면, 자전기와
별반 다를 게 없어요. 그런데 왜 관전기를 쓰느냐 하면…… 기사
가 쓰는 관전기가 추구해야 할 바가 뭔지 생각해 보세요. 관전기
의 의미를 말이죠.”

"관전기의…… 의미?"

"저희 같은 여류기사가 관전기를 쓰는 의미. 그것은 대국자 본인 이상으로 그 인물을 이해함으로써, 대국자조차 그 장기에서 눈치채지 못한 일면을 그려내는 거예요."

"대국자조차 눈치채지 못한 일면을요……?!"

"기사에게는 누구나 개성이——『기풍』이 있어요. 자기 자신은 모르지만 남들이 보면 눈치챌 수 있죠. 일상생활에서도 마찬가지잖아요?"

"아……!! 그렇군요……!!"

"하지만 상대를 깊이 이해한 후에 하지 않는다면, 그것은 그저 자신만의 망상이 되어 버려요. 그렇기에 기보를 보는 것만이 아니라, 대국 중은 물론이고 평소에도 취재 대상을 관찰할 필요가 있는 거죠."

거기까지 말한 쿠구이 기자는 안경을 고쳐 쓰며 말을 이었다.

"저는 오랫동안 쿠즈류 용왕을 취재해 온 덕분에, 동거하고 있는 히나츠루 양보다 용왕에 대해 더 이해하고 있다고 자부해요."

"윽?!"

"시험해 볼까요?"

아이 양은 그 도발을 듣고 경쟁심을 불태웠어요. "뿌우~!" 하면서 새빨개진 볼을 부풀리더니…….

"그럼——."

아이 양은 진짜 쿠즈류 선생님에게 말을 거는 듯한 투로 이렇게 말했어요.

"사부님은 샤를을 진짜로 아내로 삼을 건가요?"

**"그, 그럴 리가 없잖아~? 하지만 샤를 양이 내 아내가 되고 싶다고 말하는걸~. 거절했다간 마음에 상처를 입을 거야~. 나는 그럴 생각이 딱히 없지만 말이야~."**

"윽?!"

아이 양은 한순간 말문이 막혔어요. 사부님이라면 진짜로 저렇게 말할 것 같아요!!

"그, 그럼…… 아주머니와 샤를과 텐짱과 저 중에서, 누가 첫 번째죠?!"

**"첫 번째? 그야 물론 아이지~. 아이가 첫 제자거든~."**

"사부님은 모지리!! 아이는 그런 뜻으로 물어본 게…… 앗?!"

──방금, 쿠구이 선생님을 사부님이라 생각하고 반응했어!!

아이 양은 경악했어요. 마치 진짜로 사부님과 이야기하는 것만 같았죠……!!

우유부단하고 두루뭉술한 대답은 물론이고, 말투와 표정까지도 쿠즈류 선생님과 똑같았어요.

──단순한 성대모사 레벨이 아니야……. 사부님이 한 명 더 있는 것 같아!!

자기보다 쿠즈류 선생님에 대해 오랫동안, 그리고 깊이 관찰해온 인물이 있다는 사실을 안 아이 양은 격렬한 질투심을 느꼈지만──.

──나…… 이 사람한테, 더 많이 배워야 해!!

그렇게 생각한 아이 양은 반사적으로 외쳤어요.

"저, 저기!"

"왜 그러죠?"

"쿠구이 스승님……이라고 불러도 될까요?!"

"훗. 괜찮아요."

이 순간, 새로운 사제지간이 탄생했어요.

## ◤ 대부가 된 죽음의 신

　제위전 도전자 결정 리그 최종 일제 대국이 칸토와 칸사이의 장기회관에서 열린 날, 나는 대국 한 시간 전에 연맹에 와서 어상단의 방에 들어섰다.

　칸사이에서는 유일하게 열리는 이 대국을 준비하고 있던 장려회 회원이 나를 보고 깜짝 놀랐다.

　"쿠즈류 선생님?"

　"신경 쓰지 마. 헝겊 좀 빌려도 될까?"

　장려회 회원에게서 헝겊을 빌린 나는 정좌하고 앉아서 장기판을 닦기 시작했다. 이러는 이유는 두 가지다.

　하나는 오늘 상대에게 경의를 표하고 싶기 때문이다.

　각자가 지닌 타이틀의 격 때문에 용왕인 나는 상석에 앉아야 하지만, 직접 장기판을 닦는 행위를 통해 이 마음을 표현하고 싶었다.

　그리고 다른 하나의 이유는——마음에 한 점의 먹구름도 남겨두고 싶지 않았다.

키요타키 사부님이 아유무와의 순위전 전에 장기판을 닦았다는 이야기를 듣고, 나 또한 그런 심정으로 이 대국을 두고 싶다는 생각을 했다.

그 정도로 마음을 담아서 둬야만 하는 장기인 것이다.

"……그 사람을 상대로, 그 전법을 쓴다는 건…………."

"누구를 상대로, 뭘 쓴다고?"

"윽!! …………좋은 아침입니다."

"그래."

오늘 내 상대…… 오이시 미츠루 옥장은 가볍게 인사를 한 후, 하석에 털썩 주저앉았다.

──……수척해졌는걸.

거의 한 달 만에 만난 《휘젓기의 마에스트로》는 볼이 헬쑥해졌으며, 눈도 쑥 들어갔다.

하지만 트레이드마크인 수염은 단정했다. 타이틀전 기간 중이라 몸가짐을 단정하게 할 기회가 많았을 것이다.

장기판을 닦느라 시간이 흐르는 줄 몰랐던 것이 아니라, 오이시 씨도 대국실에 일찍 왔다. 아직 대국이 시작되려면 30분 넘게 남았다.

──오키토 씨에게 도전하기 위해서는 꼭 이겨야만 하는 일전이지…….

두 조로 나뉘어서 리그전을 치르는 제위전에서, 오이시 씨와 나는 백조에서 4승을 거두며 선두를 달리고 있다. 즉, 이긴 쪽이 홍조(紅組) 우승자와 도전자 결정전을 치른다.

오키토 요우 제위에게서 옥장을 빼앗길 위기에 처한 오이시 씨로서는 제위 도전을 결정지어서 역습을 하고 싶겠지만⋯⋯.

──혹시⋯⋯ 나와 처음으로 두기 때문일까?

공식전에서 우리가 맞붙는 것은 이번이 처음이다.

만약 그런 이유로 일찍 온 거라면⋯⋯⋯⋯ 기쁠 것이다. 순수하게 말이다.

하지만 우리 둘 다 잡담을 나눌 기분이 아니었다.

잠시 자리를 비울지 생각하고 있던 바로 그때였다.

"좋은 아침입니다."

대국실에 들어온 정장 차림의 여성이 자기를 따라온 초등학생 여자애와 함께 우리에게 인사와 설명을 했다.

"핸드폰 중계를 맡은 쿠구이입니다. 오늘은 여왕전의 관전기를 담당하는 히나츠루 여류도 공부를 위해 임시 스태프로서 자리에 함께할 예정입니다. 대국실 구석에서 취재를 할 텐데, 괜찮겠습니까?"

"음."

오이시 씨는 부드러운 표정을 지으며 아이를 쳐다보았다.

"아이 양, 오래간만이구나. 여류기사가 된 걸 아직 제대로 축하해 주지 못해 미안한걸. 다음에 우리 집에 와서 아스카가 직접 만든 요리라도 먹지 않겠니?"

"아, 예! 감사합니다!"

"몰이비차는 두고 있어?"

"예! 저기⋯⋯ 때때로⋯⋯."

"그렇구나. 나는 관뒀어."

"아…………."

아이는 무슨 말을 하면 좋을지 모르겠다는 듯이 고개를 숙이며 입술을 깨물었다.

쿠구이 씨가 그런 아이의 등에 손을 얹었다. 그 모습을 보고 안심한 나는 오이시 씨와 호흡을 맞추며 대국 준비에 전념했다.

장기말을 깐 후, 시간이 될 때까지 눈을 감고 정신을 집중했다.

오늘 대국실에서 펼쳐지는 건 나와 오이시 씨의 장기뿐이다. 기자가 누르는 셔터음, 그리고 촬영 포지션을 찾아 움직이는 희미한 발소리가 들렸다.

──아이의 발소리는 쉽게 분간이 되는걸…….

아이가 대국실에 있는 것만으로도 마음이 편안해졌다. 말은 못하지만 말이다. 대국을 앞둔 용왕이 제자의 발소리를 들으며 마음을 치유한다는 것도 좀 그러니까 말이다.

제위 리그는 미리 선후수가 정해져 있다. 오늘은 내가 후수다.

"잘 부탁드립니다."

대국 개시 시간이 되자, 나는 그렇게 말하며 고개를 숙였다. 오이시 씨도 아무 말 없이 가볍게 고개를 숙였다.

오이시 씨는 가벼운 손놀림으로 각의 길을 열었다.

그리고── 비차(飛車) 앞의 보(步)를 전진시켰다.

"……앉은비차 명시(明示)……!"

홀로 대국실에 남아 있던 아이가 무심코 그렇게 중얼거렸다. 쿠구이 기자는 기보 코멘트를 작성하기 위해 기사실로 갔다.

"…………."

나는 잠시 손을 멈추며 생각에 잠겼다.

──진짜로, 오이시 씨 상대로 그것이 통할까……?

만약 실패한다면 대미지를 입는 건 나만이 아니다. 그것을 쓰는 이상, 절대로 질 수 없지만…….

그런 내 마음을 꿰뚫어 본 것처럼…….

"야이치, 왜 그러지? 비차를 흔들겠다고 말하는 듯한 면상을 하고 있잖아."

"윽……!!"

내가 정곡을 찔린 듯한 반응을 보이자, 《휘젓기의 마에스트로》는 차분한 어조로 말했다.

"좋아. 네 휘젓기를…… 보여 달라고."

몰이비차를 가장 잘 상대하는 기사가 누구일까?

그것은────── 몰이비차 파다.

특히 《휘젓기의 마에스트로》는 몰이비차 상대로도 끝내준다. 앉은비차로도 엄청 강하다.

앉은비차 파는 서로 앉은비차 국면을 연구할 때가 많지만, 몰이비차 파는 앉은비차에 대한 대항책을 연구할 때가 압도적으로 많기 때문이다.

물론 몰이비차를 통한 대항책이지만, 장기판을 쳐다보고 있다는 의미에선 동일하다. 즉, 그 국면을 본 숫자가 압도적으로 많은 것이다.

그렇기 때문에, 차원이 다를 정도로 강하리라!

"윽⋯⋯."

나는 입술을 깨물면서 각오를 다졌다.

내가 옮긴 것은── 중앙의 보(步)다.

"싱글벙글 중비차, 인가. 나를 상대로 싱글벙글 중비차를 두려는 거냐? 여전히 머릿속이 해맑은 꼬맹이군⋯⋯. 내가 버린 전법으로 나에게 이기겠다는 건가?"

"⋯⋯⋯⋯⋯."

"뭐, 좋아. 해 보라고, 쓰레기."

오이시 씨는 비차 앞의 보(步)를 더욱 전진시켰다.

『흔들어라.』

⋯⋯하고 재촉하듯이 말이다.

나는 비차를 쥔 후, 《휘젓기의 마에스트로》의 손놀림을 최대한 흉내 내며 흔들었다.

그 순간──.

"아닛?!"

오이시 씨는 눈을 치켜뜨며 장기판을 향해 몸을 쑥 내밀었고⋯⋯.

""어엇?!""

아이와 기록 담당은 무심코 엉덩이를 방석에서 떼더니, 그대로 굳어버렸다.


내 비차(飛車)는──── 중앙을 그대로 통과했기 때문이다.

"""싱글벙글⋯⋯ 삼간비차?!"""

그렇다.

나는 그렇게 표현할 수밖에 없는 전법을 뒀다. 물론 공식전에서의 전례는 단 한 번도 없다. 어째서일까?

누구도 그런 바보 같은 전법이 성립할 거라고 진심으로 생각하지 않았기 때문이다.

"⋯⋯⋯⋯⋯⋯."

한동안 장기판을 응시하고 있던 오이시 씨는 고개를 들어 나를 올려다보며 말했다.

"⋯⋯실수로 중앙을 지나 삼간비차를 둔 거냐?"

"⋯⋯."

"실수를 한 면상은 아니군."

오이시 씨는 씨익 웃더니⋯⋯.

"그렇다면── 몰이비차를 얕보지 마라."

그의 어조는 차분했다. 오싹할 정도로 차분했다.

오이시 씨는 차분한 손놀림으로 옥(玉)을 왼쪽으로 이동시켰다. 짐승이 당장에라도 달려들 수 있도록 몸을 웅크리며 힘을 모았다.

나는 곧 적진에 각(角)을 투입했다. 각교환을 한 것이다.

"이게 몰이비차라고? 흥!"

오이시 씨는 코웃음을 쳤다.

확실히 나는 아까부터 정석⋯⋯ 아니, 상식을 무시하고 있다.

하지만 이 타이밍에 각교환을 할 필요가 있었다.

그 점을 가장 먼저 눈치챈 건——.

"윽……!! 그래. 그런 거냐……."

《휘젓기의 마에스트로》는 이를 갈면서 몇 번이나 무릎을 쳤다. 간파당한…… 건가. 금방 눈치챘는걸.

"그래. 4이은형(型)의『각교환 맞비차』를 노리는 구상이었던 거군……. 깜찍한 짓을 하는걸!!"

역시 오이시 씨다.

내 눈속임에 속지 않고, 이 작전의 본질을 꿰뚫어 봤다.

싱글벙글 중비차를 하려다 장기말을 잘못 둔 것처럼 보일지도 모르지만, 이 작전은 각교환 사간비차와 다이렉트 맞비차의 개량판이라 할 수 있다.

그리고 또 하나, 각교환 맞비차로 합류하는 전법이 존재하지만——.

"윽!! 이건…… 이건, 혹시……?!"

대국실 구석에 있는 아이가 뭔가를 눈치챈 것 같지만, 지금은 오이시 씨에게서 눈을 뗄 수 없다.

"묘한 서반이라 놀랐지만—— 노림수를 알았으니 아무것도 아니지!"

《휘젓기의 거장》은 빠르게 결단을 내렸다. 은을 재빨리 전선에 투입하고, 가진말인 각을 바로 장기판에 올려서 내 옥두(玉頭) 전법을 견제했다!

"벌써……?!"

오이시 씨는 적극적인 수를 두고 있었다. 이 상황에서 공격을 펼치다니……!

하지만, 나도 물러설 수 없다.

마찬가지로 은(銀)을 전선에 투입하고, 각(角)을 수비에 이용했다.

"뭐?! 이상한 짓을 하는군……."

오이시 씨의 중얼거림이 들렸다. 나는 가지고 있던 각(角)을 내팽개치는 듯한 수를 둔 후, 자세를 낮추면서 언젠가 올 그 순간에 대비했다.

그 순간── 휘젓기의 순간에…….

나는 비차(飛車)를 하단으로 내리면서 지하철을 개통시킨 후, 그대로 중앙으로 옮겼다.

그 모습을 본 오이시 씨는 자신의 비차(飛車)를 5열로 이동시켰다. 네가 흔든다면 나도 흔든다. 항상 칼끝을 마주 세우고, 빈틈을 보인다면 그대로 베어 넘긴다는 기백을 선보였다!

──신중하게………… 신중하게 진형을 짜야 해…….

나는 싸기를 미노싸기에서 은관으로 강화했다.

"괜찮겠냐? 지구전이 되면, 보가 많은 내가 유리하다고."

"…………."

알고 있다.

오히려 지구전이야말로 내가 바라는 바다.

"그럼 너도 보겠군. 우리, 몰이비차 파가 쭉 봐왔던 악몽을 말이다!!"

오이시 씨는 싸기를 변형시켰다.

최강의 싸기—————『동굴곰(穴熊)』으로 말이다.

'폭력적'이라는 말까지 듣는 이 싸기의 튼튼함은 지금까지 수많은 몰이비차 파의 마음을 부쉈다.

"윽……!! 왔구나……."

최강의 방어력을 자랑하는 동굴곰은 몰이비차 파의 천적이다.

온갖 몰이비차 전법은 앉은비차 동굴곰을 공략하기 위해 탄생했다 해도 과언이 아니다.

그렇기에…….

이것을 부수지 못한다면——!!

"나는…… 비차를 흔들 자격이!! 없어!!"

기록 담당이 시간을 알려줬다.

"쿠즈류 선생님, 제한시간이 10분 남았습니다. 몇 분부터 초읽기를 할까요?"

"지금부터 해 줘!!"

나도 모르는 사이에 제한시간이 바닥나고 말았다. 물론 어린 제자의 모습 또한, 옛날 옛적에 대국실에서 사라졌다.

——익숙하지 않은 몰이비차를 두느라 서반에 시간을 너무 많이 썼어! 이제부터는 망설이지 않겠어!

나는 멀뚱멀뚱 있는 왼쪽의 금(金)을 움켜쥔 후, 그대로 전선에 투입했다. 평소 수비에 이용하는 금을 공격에 투입해서 동굴곰을 억지로 비집어 열겠다는 발상이지만——.

"둔해 빠진 수로군! 그런 실력으로 몰이비차를 둔다고? 백억 년은 일러!!"

오이시 씨는 동굴곰을 더욱 견고하게 만들어갔다.

나도 진형을 더욱 두텁게 만들면서, 국면의 균형을 유지했다.

조바심을 내지 마! 아직이야……. 아직 그때가 아니라고!!

우리는 서로의 진형이 완전히 맞물린 상태에서 그 순간을 기다렸다. 아니, 그 순간을 맞이하기 위해, 장기말로 진형을 짰다고 해도 과언이 아니다.

내 앞에 앉아 있는 사람은 《휘젓기의 마에스트로》다.

설령 앉은비차를 두더라도, 그 뜨겁고 섬세한 손끝에 담긴 필링은 변하지 않는다.

즉, 오이시 씨가 노리는 건————— 휘젓기다.

문제는 어느 타이밍에 그 휘젓기를 쓰려는 건가, 인데…… 방어 면에서 세 수나 뒤지면서도 공격의 스피드업을 도모한 나를 비웃듯, 오이시 씨는 경악스러운 수를 뒀다!

느닷없이 각(角)을 올려서 옥(玉)을 노린 것이다.

"너무 억지스럽잖아?!"

너무 놀란 나머지 심장이 늑골을 부술 것처럼 격렬하게 뛰었다. 강렬한 한 방이다!

"훗. 뭘 그렇게 놀라는 거지?"

오이시 씨는 각(角)이라는 최강의 탄환이 장전된 권총을 내 관자놀이에 겨누면서 비웃음을 흘렸다.

"네 앞에 앉아 있는 사람이 누구인지 잊은 거냐?"

방아쇠를 당기면…… 그 순간부터 시작된다.

오이시 미츠루 옥장의 휘젓기가……!

"······큭!"

나는 비차(飛車)를 내 진지로 후퇴시켜서 오이시 씨의 각올림에 응수했다.

"느려!!"

예정대로 날리면서 휘젓기를 시작한 오이시 씨는 은(銀)을 투입해서 비차(飛車)를 잡으려 했다. 수순에 따르면서 싸기를 무너뜨리는, 몰이비차 파훼법이다!

"자아! 이건 어떻게 받아낼 거지?!"

"············."

응수만 해선 이길 수 없다.

──······최강의 기술에 이기기 위해선 어떻게 해야 하지?

대답은 뻔하다. 나는 비차(飛車)가 잡히게 두면서 말받침에서 각(角)을 움켜쥔 후──.

"으윽?! 야이치, 뭘 하려는 거냐?!"

"······먹어 주려는 거예요."

나는 방금 빼앗은 각(角)을 장기판에 두면서, 그 기술의 이름을 입에 담았다.


"휘젓기를 말이죠."


"이야아아아아아아아아아아아아아아아아아압!!!!"

"이 꼬맹이가아아아아아아아아아아아아아아앗!!!!!!"

응수에서 휘젓기로 이어갔다.

그리고 휘젓기에서 외통수순으로 이어갔다.

그 흔들림 없는 흐름 속에서, 자신의 수읽기와 감각에만 의지한 공방일체의 수를 노타임으로 계속 펼쳤다!

그것은 마치 진검을 이용한 발도술 '시범'처럼 보였지만, 그 안에는 미리 짜둔 수순이나 약속은 존재하지 않는다. 팔과 다리가 차례차례 잘려 나갔지만, 그래도 멈출 수는 없다.

견고하기 그지없던 쌍방의 싸기가 어느새 엉망이 됐다.

한 수라도 잘못 둬서 칼날이 몸을 스치기만 해도 치명상을 입는다. 외통수순을 헷갈렸다간 그대로 나락을 향해 떨어지는 공포심 탓에 뇌내 마약이 케첩처럼 뿜어져 나오고 있었다.

너무 무서워서 손가락 끝이 저릴 정도로 떨렸다.

하지만…….

"이게!! 몰이비차라는 거잖아아아아아아아아아아아앗!!"

144수————7팔금올림.

적의 옥(玉)의 배때기에 금(金)을 밀어 넣는 이 수가 내 피니시 블로였다.

오이시 씨는 처음에 올려뒀던 각(角)을 비차(飛車)로 막아냈다. 그리고 오이시 씨가 각을 손에 넣은 덕분에 나는 저 튼튼한 동굴 곰을 공략할 수 있었다.

휘젓기를 휘저은 것이다.

"…………."

오이시 씨는 손가락을 뻗어서 옥(玉)에 댔지만, 그 손가락을 움직이지 못했다.

"장군……인가."

그것은 투료를 알리는 한 마디였다.

"어디서부터가 휘젓기이고, 어디서부터가 외통수순인지 알수가 없을 만큼 매끄럽게 이어졌어. 정말 대단해."

"…………감사, 합니다……."

나는 숨을 헐떡이면서 고개를 숙였다.

오이시 씨는 팔받침에 올려둔 오른손으로 얼굴을 감싸더니, 한숨을 내쉬며 감상전을 시작했다.

"대단했지만…… 이런 묘한 몰이비차에게 지니 부끄러워서 죽고 싶어지는걸. 그 탓에 옥이 잡힐 때까지 버티고 말았어."

"……한 수 버리기가 전법으로서 꽤 어려운 상황에 놓여서, 새로운 카드를 찾고 있었거든요. 그러다 발견한 거예요."

"싱글벙글 중비차로는 안 됐던 거냐?"

"내 감각에 따르면, 싱글벙글 중비차는 전체적인 국면의 밸런스가 나쁜 것 같아서요. 후수가 약간 힘들어지는 변화도 많고요……."

"각교환 맞비차 쪽이 낫다고 느껴진 거냐? 4이은형의?"

"예. 선택할 수 있는 수의 폭이 넓으니 유행은 하지 않겠지만, 나한테는 맞을 것 같아요."

애초에 후수일 때는 한 수 버리기를 비장의 카드로 삼고 있던 나에게 있어서, 그 정도 손해나 각교환 같은 것은 아무것도 아니었다.

은(銀)을 활용할 수 있다는 점도 내 취향에 맞았다.

자신의 힘을 가장 발휘할 수 있는 전법을 찾은 결과, 각교환 맞비차의 4이은형이라는 형태에 귀결됐다.

거기서부터 거꾸로 계산을 해서, 이 형태로 몰아넣을 목적으로 만들어낸 것이 바로 『싱글벙글 삼간비차』다. 정확한 명칭은 아직 없다.

"그래도, 너…… 이런 무모한 전법을 대체 어떻게 찾은 거야?"

"솔직히 말해 저 혼자서는 무리였어요. 실은 다른 장기를 참고했어요……."

"소프트냐?"

"아뇨. 아마추어의 연구에서 힌트를 얻었어요."

"…………."

오이시 씨는 눈을 감으며 하늘을 우러러봤다.

각교환 사간비차와 중비차 왼쪽 동굴곰처럼 프로 기전에서 쓰이는 몰이비차 전법은 원래 아마추어에서 유행하면서 연마된 전법이었다.

프로 장기계보다도 몰이비차 파의 숫자가 훨씬 많은 곳이 바로 아마추어 장기계다. 필연적으로 몰이비차의 새로운 발상 또한 계속 탄생하고 있다.

그런 아마추어 장기계에서 태어난 몰이비차 전법을 프로의 세계에서도 쓸 수 있도록 세련되게 만들면서, 아마추어와 프로 사이의 다리 역할을 해온 이가 바로 오이시 미츠루라는 장기 기사였다. 그래서 팬으로부터 압도적인 인기를 자랑하는 것이다.

그 사실을 떠올린 《휘젓기의 마에스트로》는 땅이 꺼져라 한숨을 쉬었다.

그 후, 뜻밖의 이야기를 시작했다.

"······장려회 회원 시절부터 생각했어. 장기에 필승법이 있다면, 그건 분명 앉은비차일 거라고 말이야."

"······."

"전법은 상관없다······ 그렇게 생각했어. 결국은 강한 녀석이 이겨. 장기는 종반이 전부라고 말이지. 그래서 자신의 세계에 끌어들이면 이길 수 있다고······ 내가 비차를 흔들면, 어떤 녀석에게도 이길 수 있다고 믿었어. 그 명인에게도, 내 몰이비차로 이길 수 있을 거라고 말이야."

그리고 오이시 씨는 그 생각을 실행에 옮겼다.

그 명인에게서 타이틀을 연달아 두 개나 쟁취한 그는 몰이비차파 유일의 타이틀 보유자가 되어서 고독한 싸움을 이어왔다.

"하지만 소프트는 그런 내 자신감을 깨부숴 버렸지. 내 세계를 완전히 부정했어. 연습 장기로 소프트에게 연달아 지고, 타이틀전에서도 오키토에게 연패한 나는 반드시 이기고 싶었어. 쉴 새 없이 하락하는 평가치를 조금이라도 올리는 것만 생각한 거야······."

그리고 오이시 씨는 발견했으리라.

그것은 어이없을 만큼 간단한 방법이었다.

"비차를 흔들지 않으면 평가치가 하락하지 않아. 그뿐만 아니라 점점 상승하지. 기뻤어······. 대국에서도 좋은 결과로 이어졌지. 정신을 차리고 보니, 그렇게 부정하던 소프트에게 칭찬을 받기 위해 장기를 두게 됐어…….”

“소프트에 넣어보면, 비차를 흔들기만 해도 평가치가 확실히 하락해요.”

나는 오이시 씨의 말을 듣고 고개를 끄덕였다.

“하지만, 그 후로 계속 두다 보면…… 제가 오늘 둔 불가사의한 형태의 몰이비차로도, 평가치는 앉은비차에게 버금가거나 혹은 능가해요. 몰이비차가 불리한 게 아니에요. 소프트는 수읽기가 얕기 때문에 비차를 흔들 수가 없는 거죠.”

“흔들 수가…… 없다…….”

“몰이비차만이 아니에요. 망루도 마찬가지죠. 인간이 ‘좋다’고 여기며 파내려간 국면은, 소프트에게 계산을 시켜도 ‘좋다’는 답이 나와요. 그건 대단한 일이라 생각하고, 그것이야말로 인간의 힘이라고 생각해요.”

“인간의 힘?”

“상상하는 것. 집착하는 것. 자신만의 세계를 가지는 것.”

“으……!!”

오이시 씨는 화들짝 놀라면서 내 얼굴을 쳐다보았다.

인류의 계산력은 기계의 발치에도 미치지 못한다.

하지만 그런 인간이 먼 옛날부터 믿어오며 쌓아온 것이 있다.

그것은 장기의 최종적인 해답이 아니며, 인간의 불확실한 계산력이 자아낸 환상에 불과할지도 모르지만…….

“기계는 인간처럼 꿈을 가질 수 없죠. 누군가의 등을 동경하며, 자기도 언젠가 그 누군가처럼 되고 싶다고 생각할 수도 없어요. 연거푸 지고, 부정당하면서도, 자신이 믿는 길의 끝에 있는 세계를 바라보는 건, 기계에게 불가능해요."

그러니까——.

"그 세계를 오늘 장기에서 보고 싶었어요. 함께 보면서, 제 생각이 옳은지 증명해 줬으면 했어요."

내가 원한 것은 소프트에게 인정받는 것이 아니다.

내가 이제부터 탐구하려 하는, 이름조차 아직 지어주지 않았던 이 광대한 토지의 지평선 너머에서 무엇이 기다리고 있는지를, 오이시 씨와 함께 탐험하고 싶었다.

이 전법은 나에게 있어 지금 무엇보다 소중한 것이다.

설령 이 승부에서 지더라도, 이 전법의 우수성만은 반드시 증명해야만 했다.

그래서 가장 먼저 오이시 씨가 이 장기를 봐 줬으면 했다.

"그것을 증명해 줄 사람은—— 《휘젓기의 마에스트로》뿐이니까요."

"…………."

오이시 씨는 거북한 듯한 표정을 지으며 고개를 숙였다.

그리고 시선을 피한 채, 낮은 목소리로 이렇게 말했다.

"……그런 걸 나한테 맡겨도 되겠냐?"

"소프트와 장기의 신은 서로 앉은비차를 연구하느라 바쁘니까요. 몰이비차는 오이시 씨에게 맡긴다고 했어요."

"흥."

내가 어설픈 농담을 건네자, 오이시 씨는 코웃음을 쳤다.

오래간만에 《휘젓기의 마에스트로》의 미소를 떠올렸다.

"건방진 소리를 하는군. 감히 내 앞에서 몰이비차 이야기를 하려고? 잘난 척하지 마라."

"죄송합니다."

내가 허둥지둥 고개를 숙이자, 오이시 씨는 "훗." 하고 웃음을 흘렸다.

나도 무심코 웃고 말았다.

나는 아이와 함께 오이시 씨의 집으로 찾아가서, 목욕탕과 도장 일을 도우면서 비차(飛車)를 흔들던 나날을 떠올렸다.

벽에 부딪쳐서 필사적으로 발버둥 치던 나날을 말이다.

"그런데 저의 새로운 전법은 어떤가요? 유행할까요? 혹시 이 새로운 전법에 제 이름이 붙으려나요?! 하지만 저는 기본적으로 앉은비차 파니까 몰이비차 전법에 처음으로 제 이름이 남는 건 좀 그렇다고나 할까요~."

"아니, 유행하지는 않을 거다."

"예엣?! 왜요? 엄청 우수하잖아요?"

"뭐가 우수하다는 거야. 너무 특성이 강하잖아……. 게다가 『쿠즈류류 각교환 맞비차』는 어감이 너무 나쁘다고."

"그럼 싱글벙글 삼간비차도 괜찮고요. 같이 유행시키죠!"

"그래? 마, 나는 안 할 거대이."

또 웃음을 터뜨렸다. 오이시 씨가 사투리로 농담해 주니 기뻤다.

한동안 웃음을 터뜨린 후, 오이시 씨는 불쑥 입을 열었다.

"……타이틀은 정말 무거운걸."

"예."

"그 명인한테서 빼앗은 타이틀이야. 절대로 잃고 싶지 않다는 마음은 누구보다도 클 거야. ……게다가 내가 인정하지 않는 녀석한테 주는 건 진짜 싫어. 컴퓨터의 노예 따위에게 말이지."

"예."

"타이틀을 손에 넣지 못한 채 그대로 묻혀버린 천재를, 나는 수도 없이 봐왔지. 타이틀을 잃고 인생이 비틀린 녀석들도 실컷 봤어. 나는 절대로 그렇게 되고 싶지 않다…… 결코 저렇게 되지는 않을 거라고 결의했어."

"예."

"하지만 내가 몰이비차를 쓰는 상대에게 지고서야 비로소 깨달았어. 몰이비차를 버리면서까지 지킨 타이틀은 쓰레기야."

오키토 씨는 강하다.

다시 비차(飛車)를 흔들었다간, 오이시 씨는 타이틀을 잃을지도 모른다.

하지만―― 이미 결론은 나왔다.

소프트에 돌려볼 필요도 없다. 오이시 씨는 감상전의 결론을 입에 담았다.

"오늘 장기의 패인을 꼽자면, 그건 내가 비차를 흔들지 않았다는 거겠지."

"그래요."

우리는 서로를 쳐다보며 씨익 웃은 후, 다시 정좌하고 인사를 나눴다.

오이시 씨가 장기판 밑에 놓여 있던 장기말함을 향해 손을 뻗었고, 나는 두 손으로 장기판 위의 말들을 정리하려 했다.

그렇게 감상전이 끝나려던, 바로 그 순간이었다.

"저기!"

대국실의 구석에 있던 어린 기자가 그렇게 외쳤다.

"마지막으로………… 마지막으로 딱 하나만 가르쳐 주시면 안 될까요?!"

## △ 세 가지 말

핸드폰 중계로 그 대국을 관전하던 야샤진 아이는 서반부터 깜짝 놀라고 말았다.

"이…… 장기는…… 대체, 뭐지……?"

앉은비차 파였던 야이치가 몰이비차를 두고, 몰이비차 파인 오이시가 앉은비차를 두고 있다.

그것만으로도 충분히 비정상적인데——.

『쿠즈류의 비차는 5열을 넘어 3열로 이동. 장기말을 잘못 옮긴 것은 아닌 듯하다.』

『10만 국이 넘는 데이터베이스의 전례에서 이미 벗어났다.』

기보 코멘트에 적힌 문자에서도 동요가 느껴졌다.

예전에 야이치는 나타기리 진 8단과의 대국에서 처음으로 싱글벙글 중비차를 써서, 앉은비차 측의 초급전을 분쇄했다.

하지만 그것은 야이치가 최종 국면에서 3연속 한정 명군이라는 엄청난 기예를 발휘해서 승리한, 그야말로 서반의 불리함을 폭력적인 종반력으로 뒤집은 장기였다.

하지만 이번 장기는 그때와는 명백하게 다르다.

"뭘 어쩌려는 거야?! 대체 어떤 장기를 두려는 건데······?!"

묘지에서 들었던 말이 떠올랐다.

이 장기로, 야이치는 야샤진 아이에게 무언가를 전하겠다고 말했다.

이 기묘한 전법이 바로 그것일까?

소라 긴코와의 선승제 승부에서, 아이도 기발한 작전을 채용할 것을 권하고 있는 걸까?

"하지만······ 이건, 좀······."

의표를 찌르더라도, 그런다고 이길 수 있는 상대가 아니다.

그것도 그럴 것이, 야이치가 몰이비차로 타도하려 하는 상대는 바로 오이시 미츠루인 것이다.

──승부를 버린 걸까? 하지만······.

『이번 대국은 칸사이 장기회관 어상단의 방에서 진행되고 있다.』

『칸사이 소속의 타이틀 보유자는 두 명. 한 명은 《휘젓기의 마에스트로》. 그리고 다른 한 사람은 지금 그의 눈앞에서 비차를 흔들고 있는 남자다.』

『두 사람의 공식전은 이번이 처음이다.』

중계가 갱신될수록, 그 밑의 코멘트 란에도 문자가 표시됐다.

『기사실에서는 쿠즈류의 구상을 의문시하고 있다.』

『'이 전법은 뭐라고 불러야 하죠?' '아뿔싸 삼간비차?'』

아이가 보기에 야이치는 벌써 형세가 불리해졌다. 기보 코멘트에도 그 형세 판단을 지지하는 발언이 적혀 있었다.

『하지만 오이시는 방심할 수 없다. 방심해도 되는 건, 이긴 후뿐이다.』

『쿠즈류는 대국 시작 한 시간 전에 입실. 장려회 회원을 대신해 직접 장기판을 닦았다. 이번 대국에 범상치 않은 열의를 쏟아 붓고 있다는 것을 알 수 있었다.』

『백조에서 전승한 두 사람. 오늘 대국에서 이긴 족이 홍조 우승자와 도전자 결정전을 가진다.』

『오이시는 옥장전에서 오키토 제위에게 도전을 받고 있다. 그 타이틀전은 지장기가 연속으로 벌어지며 엄청난 상황이 펼쳐지고 있는 만큼, 오이시는 이 제위전에서도 질 수 없다고 여기고 있을 것이다.』

표시된 코멘트는 짧지만, 대국실 안의 분위기와 임장감을 간접적으로 알 수 있었다.

『쿠즈류는 상의를 벗더니, 와이셔츠의 소매를 걷고 몸을 숙였다.』

『이미 종반에 젖어든 듯한 기백이다. 두고 있는 수만이 아니다. 오늘, 쿠즈류는 명백하게 평소와 뭔가 다르다.』

『쿠즈류의 열세가 이어지고 있다.』

『기사실을 찾은 고단(高段)의 기사가 국면을 보더니 '음? 반대인가.' 그리고 '대단하구먼. 젊은걸.' 하고 중얼거리며 미소 지었다.』

　기보 코멘트 안의 야이치는 계속 괴로워했다.

　하지만 대국이 진행될수록…… 야샤진 아이의 형세 판단은 흔들리기 시작했다.

　야이치의 구상을 접하고, 그 노림수를 이해한 순간, 국면 그 자체에 대한 견해가 바뀐 것이다.

　──그런 걸 노리는 거야?! 이건, 설마…… 설마……?!

　기사 코멘트도 그 판단을 뒷받침하기 시작했다.

　『이제 와서 오이시가 생각에 잠겼다.』

　『기사실에서 연습 장기를 두던 카가미즈 3단이 '역전한 걸지도 모르겠군요.' 하고 말하다 잠시 생각에 잠기더니 '……아뇨. 어쩌면 처음부터 후수가 유리했을 가능성마저 있습니다.'』

　『오이시는 팔받침에 기대며 수읽기를 하고 있다.』

　『소비 시간이 역전됐다.』

　"윽……!!"

　아이의 심장이 더욱 뜨겁게, 더욱 빠르게 뛰고 있었다.

　가슴을 찢고 튀어나올 것처럼 심장이 뛰더니, 손가락 끝까지 뜨거운 피가 흘렀다. 스마트폰을 쥔 손가락 끝이 심장의 고동에 맞춰 흔들릴 정도였다.

　야이치가 두는 수 하나하나가, 그에 따른 코멘트가, 조그마한 스마트폰 화면에 표시된 짤막한 기호와 문자의 나열이…… 오이시의 튼튼하기 그지없는 동굴곰과 함께, 아이의 닫힌 마음을 비집어 열었다.

그야말로 마법처럼…….

『이제 와서 후수의 구상에 찬사를 보내는 목소리가 들려왔다. 쿠즈류의 대담하기 그지없는 이 새로운 전법이 몰이비차 파인 오이시의 감각을 넘어선 건가.』

"윽!!"

드디어 역전! 아이는 무심코 스마트폰을 움켜쥐었다.

하지만 대국은 1분 장기에 들어섰다. 언제 상황이 뒤바뀔지 알 수 없는 것이다. 자동 갱신되는 것을 기다릴 수 없어서, 아이는 몇 번이나 갱신 버튼을 손가락으로 눌렀다.

『오이시는 가벼운 손놀림으로 강렬한 일격을 날렸다. 열세인 장소에 각을 투입한 것이다. '저기에?!' 기사실에서 경악에 찬 목소리가 울려 퍼졌다.』

『쿠즈류는 차분하게 비차를 후퇴시켰다. 하지만 그의 손은 떨리고 있었다.』

『빠르게 대국이 진행됐다.』

『쿠즈류는 빠르게 착수했다. 외통수순을 완전히 읽은 건가.』

『'강해.' 기사실에 있는 누군가가 그렇게 중얼거렸다.』

『이미 검토는 중단됐다.』

『안전하게 이길 수도 있는 국면이지만, 쿠즈류는 두려워하지 않으며 용감하게 나섰다.』

야이치의 우세를 알리는 코멘트가 나오기 시작했으며, 그것을 읽은 아이의 심장이 격렬하게 뛰었다.

그리고━━━━.

『이 수를 보고, 오이시는 투료했다.』

"…………."

대국이 끝난 후에도, 아이는 화면에서 눈을 떼지 못했다.

대국이 시작된 후로 아홉 시간 넘게 지났다. 밖은 어느새 어두워졌다.

아이는 쭉 자리에 앉아서 물 한 방울 마시지 않았지만, 전혀 개의치 않았다.

그것보다 더 신경 쓰이는 점이 있었던 것이다.

"이건…… 이 장기는, 설마……?"

대국 도중부터, 아이의 머릿속에는 그 생각이 존재했다.

야이치가 오늘 장기를 통해 무엇을 확인하려 한 것인가.

이 기묘한 서반전술이, 무엇을 위해…… 누구를 위해 창조된 것인가——.

"하지만, 설마………… 그럴 리가…………."

하지만 아이는 곧 그 생각을 부정했다.

야이치는 프로다. 그리고 이 대국은 타이틀 도전까지 두 걸음 앞두고 치러지는 중요한 장기다. 이런 대국에서 남을 위한 장기를 둘 수 있을 리가 없다.

분명 야이치는 '제자에게 부끄럽지 않은 장기를 두겠다.'고, '장기로 아이에게 마음을 전하겠다.'고, 아이의 부모님이 안치된 묘 앞에서 맹세했다.

하지만 그것은 자신이 포기하지 않고 싸우는 모습을 보여주는 것으로 제자를 응원하겠다, 같은 의미일 거라고…….

——……말도 안 돼. 나도, 내 앞가림만으로 벅찬 상황이잖아.

바로 그때였다.

"……어?"

최종수의 기보 코멘트.

그 빈칸에 문자가 떠올랐다.

종료된 기보가 갱신된 것이다.


『※대국 후의 감상※』


"윽……!!"

코멘트란에 표시된 문자를 본 아이는 눈을 치켜떴다. 그리고 그 치켜뜬 눈이 점점 젖어 들어가기 시작했다.

중계를 담당한 기자는 마지막으로 이런 질문을 했다.

『이 승리를 누구에게 알리고 싶나요?』

그 질문에, 오늘의 승자는——.

기진맥진한 표정으로 웃고, 이렇게 대답했다고 적혀 있었다.


『제가 타이틀전에 임할 때, 어떤 인물이 중요한 장기를 둔 후에 이렇게 말했어요.』

『'오늘은 너를 위해 장기를 뒀어.' 라고요.』

『그래서 오늘은 제가, 그 사람을 위해 뒀어요. 그 사람만을 위해서 말이죠.』

"윽…………!!!"

조그마한 스마트폰의 패널 위에 눈물이 방울져 떨어졌다.

"말도 안 돼……! 정말 말도 안 될 정도로…… 바보야……! 프, 프로가…… 프로 기사의 최정상에 선 용왕이, 이런 중요한 대국에서……!"

마치 아마추어 같은…… 아니, 아마추어조차 두지 않을 정도로 자유로운 서반 전술을 최상위 프로 기사를 상대로 채용했을 때는, 아이조차도 눈을 의심했다. 그리고 야이치가 이길 거라고는 눈곱만큼도 생각하지 않았다.

하지만 마지막에 표시된 코멘트를 보고…… 야샤진 아이는 그제야 믿을 수 있게 됐다.

자신의 생각이 옳다는 것을…….

야샤진 아이를 '믿는다'고 말한 야이치의 말에 담긴, 진짜 의미를…….

그 각오가 얼마나 깊고, 강한지를…….

듣기 좋으라고 한 말이 아니었다.

야이치는 진짜로 야샤진 아이의 가능성을 믿는 것이다.

승리와 코멘트만이 아니다. 야이치가 남겨 준 이 기보가 바로 자신을 향한 응원이라는 사실을 이해한 순간, 아이의 눈에서는 하염없이 눈물이 흘러나왔다.

장기를 지고 운 적은, 있다.

하지만 타인의 장기를 보고 운 것은, 이번이 처음이었다.

"…………전해졌어…………. 바보…………."

그렇게 중얼거리면서 눈물을 닦은 후, 아이는 이 대국의 기보를 처음부터 다시 복기하기 시작했다.

몇 번이나 반복하며, 날이 바뀔 때까지, 쭉…….

제5교

나니와의

Snow White

백설공주

Ginko Sora 소라 긴코

©shirabii

## ♟ 마지막 진주

"어엇?! 여…… 여기서 장기를 두는 거야?!"

대국장 검사에 동행하고자 그곳에 발을 들여선 순간, 나는 그렇게 외쳤다.

여왕전 제3국은 야샤진 아이의 홈그라운드인 코베에서 한다.

그것은 사전에 알고 있었다. 환영할 일이기도 했다.

대국장의 이름은 처음 듣지만, 스케줄이 촉박한 상황에서 요청을 받아들여 주는 곳이 있다면 그 어떤 곳이라도 대환영이다.

그렇게 생각했지만…….

문제는 그 대국장이 호텔도, 온천여관도 아닌──『결혼 예식장』이라는 점이다.

"……전대미문이에요."

"예식장…… 그것도 최상층 전망실에서 장기를 둔다니……."

"그러고 보니 예전에 미술관의 초거대 벽화 앞에서 한 적도 있던가……."

"토쿠시마 때 말이구나. 이번은 그때에 필적하네……."

관계자 일동은 경악했다.

360도 전체의 경치를 한눈에 볼 수 있는 유리 전망실에서는 마을도, 바다도, 산도, 코베 전체가 보인다.

조망이 정말 멋지기는 했다. 결혼식을 올리기 딱 좋은 장소이리라. 어디까지나 결혼식에는 말이다.

하지만, 유감스럽게도……

이제부터 이곳에서 하는 건………… 장기……이지……

"사부님, 사부님~! 엄청나요! 결혼식장에서 장기를 두다니, 진짜 로맨틱해요!!"

"아이는 기운이 넘치네……."

"그야 결혼식장이잖아요?! 여자애라면 당연히 텐션이 상승할 거예요~!"

히나츠루 아이는 강아지처럼 식장 안을 뛰어다니며 메모를 하고 있었다. 예식장 사람에게 "예산은 어느 정도인가요?!", "예약은 언제쯤 하면 될까요?!" 같은 질문을 했고…… 분명 관전기 집필에 필요한 질문이리라. 아니라면 메모를 할 필요가 없다.

한편, 이 대국의 주역들은…….

""………….""

사저와 야샤진 아이는 아무런 감정도 어리지 않은 얼굴로 상황을 지켜보고 있었다.

아니, 필사적으로 감정을 누르며, 이 기발한 대국장에 적응하려 하고 있었다.

『생 앙젤리크 KOBE』

다른 지방이라면 러브호텔로 여기겠지만, 멋쟁이 도시인 코베라면 그런 이름의 호텔도 있을 거라고 여기며 방심했다.

그런데 결혼식장이라니…….

"여러분. 진정해 주시죠."

오가 씨에게 도움을 받으며 현장에 도착한 회장은 차분한 어조로 설명했다.

"관광 시즌인 봄에 코베의 호텔을 확보하는 건 불가능합니다. 하지만 소라 여왕의 홈인 오사카에서 대국을 했으니, 도전자인 야샤진 양의 홈에서도 대국을 해야 공평하겠죠. 그래서 오가 씨가 확보해 준 곳이 바로 이곳, 『생 앙젤리크 KOBE』입니다."

"예. 이 오가가 확보한 곳입니다."

자세한 설명을 맡은 오가 씨가 이야기를 시작했다.

"이 『생 앙젤리크 KOBE』는 숙박시설이 있고, 대인원에 요리 및 디저트를 제공할 설비도 있습니다. 보드 해설용 마이크와 프로젝터, 그리고 중계기재를 세팅할 공간도 충분하죠. 즉──."

《숨겨진 실세》는 주먹을 힘차게 말아 쥐며 역설했다.

"즉, 대인원이 참가하는 이벤트를 치르기 위해 설계된 예식장은 호텔이나 여관보다 장기 대국에 적합한 곳입니다!!"

""오오······!!"""

청산유수 같은 그 설명을 듣자, 장기 관계자들의 고정관념이 와르르 무너지는 소리가 들렸다.

"하, 하지만 이 시기에 결혼식장을 확보하는 것도 힘들지 않았나요?!"

"대체 어떤 마술을 부린 거죠?!"

함께 온 신문기자들이 그렇게 의문을 표하자, 오가 씨는 한마디로 그들을 납득시켰다.

"*불멸(佛滅)이기 때문입니다."

---

* 불길한 날이라 해서 결혼 등 경조사를 피하는 날이다.

""앗……!"""

결혼식에서 중요한 것은 날짜다.

하지만 장기는 날짜와 상관없다. 예식장 측도 모처럼의 휴일에 식장을 놀리기보다는 장기 대국이라도 하는 편이 낫다고 판단했을 것이다. 오가 씨는 지략가네……!

츠키미츠 회장은 수고한 심복을 위로했다.

"멋진 아이디어였어요, 오가 양. 정말 수고했습니다."

"과분한 칭찬에 몸 둘 바를 모르겠습니다, 회장님."

"아뇨. 이런 말로는 부족할 만큼, 오가 양은 이번에 수고해 줬습니다. 예식장이라는 아이디어를 현실화시키기 위해 코베에 존재하는 수많은 예식장과 끈질기게 교섭했을 뿐만 아니라, 실제로 견학까지 했으니까 말이에요."

"예?! 예식장 견학까지 한 건가요?!"

내가 깜짝 놀라며 그렇게 묻자, 오가 씨는 그 정도는 당연하다는 듯한 표정을 지으며 고개를 끄덕였다.

"예. 이 예식장이 타이틀전 대국장에 걸맞은지 제 두 눈으로 확인하기 위해, 몰래 견학했습니다. 회장님과 함께 말이죠."

"하지만 나이 차이가 너무 나는 만큼, 부자연스러워 보였을지도 모르겠군요."

"그렇지 않아요! 오히려 담당 플래너가 '정말 잘 어울리시니, 이대로 식을 올리는 게 어떻겠어요?' 하고 열정적으로 권했지 않습니까!"

""…………"""

말은 하지 않았지만, 다들 이렇게 생각했다.

『그냥 당신이 회장님과 예식장 견학을 하고 싶었을 뿐이지?』

⋯⋯하고 말이다.

코베 대국 실현을 핑계로 삼아서 자기 욕심에 따라 행동한 것 같았다.

처음부터 이상하다고 생각했다고⋯⋯. 《숨겨진 실세》가 스케줄 조정에 문제가 있다는 이유로 나와 야샤진 아이에게 고개를 숙인다는 건 있을 수 없는 일이니까 말이야.

"⋯⋯마음에 드셨습니까? 용왕."

내가 복잡한 표정을 짓자, 회장이 귓속말을 했다.

"⋯⋯담당자의 사리사욕이 뻔히 보이는 점이 마음에 걸리지만요."

"⋯⋯하지만 좋은 장소죠?"

"⋯⋯그건 부정하지 않겠지만 말이에요⋯⋯."

기발한 무대이기는 했다.

하지만 아이가 태어나서 자란 코베에서 대국을 할 수 있다는 것은 그녀에게 플러스로 작용할 것이다.

"게다가 제가 이곳이 마음에 든 건, 설비 면만이 아닙니다. 눈이 보이지 않는 저로서는 확인할 수 없기 때문에, 오가 씨에게 확인해 달라고 할 필요가 있었죠."

"예? 뭘⋯⋯?"

"이 전망대에서는 저 아이의 부모님이 잠들어 있는 장소가 보일 겁니다. 그러니 그녀의 부모님도 이 대국을 보실 수 있겠죠."

"윽!"

"실은 저도 성묘를 한 적이 한 번 있어요."

회장은 내 귓가에서 즐거운 듯한 어조로 말을 이었다.

"원래 저의 제자가 될 예정이었으니까요. 그걸 보고하러 간 거였죠."

──전부 꿰뚫어 보고 있는 건가······. 이 사람은 정말 못 당하겠다니깐.

그리고 회장이 혼자서 저곳에 가지 못했을 테니, 오가 씨도 모든 사정을 알고 있을 것이다.

"······고마워요, 오가 씨. 저기······ 여러모로요."

"······괜찮아요."

내가 인사를 하자, 오가 씨는 뜻밖의 말을 입에 담았다.

"개인적으로도, 야샤진 씨가 꼭 이겨 줬으면 하니까요."

"개인적으로요? 왜······?"

"굴욕이기 때문입니다. 소라 긴코라는 존재 자체가, 모든 여류기사에게 말이죠."

"윽······!"

"소라 씨에게 원한이 있는 건 아닙니다. 하지만 한때 여류기사였던 자로서, 한 방 먹여 주고 싶다는 마음은 항상 가지고 있었습니다."

오가 씨의 말에 담긴 의미는 충격적이지만, 나도 이해가 됐다.

이대로 장려회 회원인 사저가 여류기전에서 무쌍을 이어간다면, 세간에서는 이렇게 여기리라.

『여류기사는 필요 없다. 여자도 장려회에서 수행을 하면 된다』
하고 말이다.

여류장기계를 창세기 때부터 이끌어온 샤칸도 리나 여류명적
은 사저가 프로 기사가 된다면 여류기사 제도가 소멸해도 된다
고 말했다.

하지만 그것은 샤칸도 씨의 심정에 지나지 않는다.

여류기사로서 지금, 이 자리에서 싸우고, 상처 입으며, 발버둥
을 쳐온 사람들에게 있어서는 다른 생각이 있는 게 당연했다.

게다가 그 장소에서 물러날 수밖에 없었던 오가 씨 같은 사람은
나 따위가 상상도 못할 정도의 갈등을 했으리라.

하지만 오가 씨는 그런 속내를 겉으로 드러내지 않으며 내일 대
국의 준비를 진행했다.

장기말과 장기판, 카메라, 조명 세팅 등이 끝났고, 마지막으로
선택할 것은 '간식'이다.

오가 씨는 의기양양한 어조로 말했다.

"이곳 『생 앙젤리크 KOBE』의 가장 큰 매력은 웨딩케이크를
비롯한 섬세한 디저트류입니다. 두 대국자분께서는 좋아하는
디저트를 얼마든지 고르시면 됩니다."

""" "오오오……!!" """

파티시에가 왜건에 실어서 가져온 것은 보석으로 착각할 만큼
아름다운 디저트들이었다.

사저는 의외로 디저트류를 좋아하며, 야샤진 아이 또한 디저트
의 마을 코베 출신이니까 단 것을 좋아하리라. 살벌한 타이틀전

에서, 간식은 유일한 즐거움이다. 이것은 기쁜 소식일 것이다.

하지만…….

이 제3국의 대국장 검사에서 화제를 독점하고 있는 건, 두 천재 소녀도, 그리고 디저트도 아니었다.

그 사람은 바로── 기록 담당인 소년이다.

"쿠누기 3단! 여류 타이틀전의 기록 담당으로서의 포부를 알려 주시겠습니까?!"

"기모노를 입으실 겁니까?!"

"긴장이나 불안을 느끼시지는 않나요?!"

기록 담당을 맡은 쿠누기 소타 3단은 그 질문에 또박또박 대답했다.

"프로 타이틀전의 기록을 맡은 적도 있기 때문에, 불안은 느끼지 않아. 그건 명인과 시노쿠보 선생님의 기제전이었죠. 마침 여름방학 때였으니까, 대국장에서 묵었어요. 부모님도 연맹에서 밤늦게까지 기록을 하는 것보다 어엿한 여관에 묵으니 안심하셨어요."

대국자보다 많은 보도진에게 둘러싸였는데도, 소타는 전혀 위축되지 않으며 자신의 추억을 이야기했다.

"평소에는 기록할 일이 없는 칸토의 최정상 프로의 장기를 제눈으로 볼 수 있어서, 정말 좋은 경험이 됐어요."

소타는 사상 첫 초등학생 프로가 될지도 모른다며 기대를 모으고 있다.

그런 소타가 사상 첫 여성 프로가 될지도 모른다며 기대를 모으고 있는 사저의 기록을 맡았으니, 매스컴의 관심은 그 점에 집중되어 있었다.

　이 여왕전을 발판 삼아서 3단 리그로 주목을 모으려는 연맹의 의도가 완벽하게 성공했다.

　──……이미 여왕전은 결판이 났다는 듯한 분위기라는 점 말고는 말이지.

　환한 표정을 지으며 다음 주역, 쿠누기 소타가 말했다.

　"하지만 여류기전의 기록 담당은 처음 맡아요. 4단이 되면 그럴 기회도 없을 테니까, 한번 해 보고 싶었어요!"

　"쿠누기 3단 정도의 천재가, 타이틀전이라고는 해도 여류기사의 장기를 보고 얻을 게 있을까요?"

　"아마 있을 걸요? 여류기사의 선생님들은 프로와 장려회 회원은 흉내 낼 수 없는 독창적인 장기를 두니까요. 유행에 좌우되지 않는…… 맞아요! 아마추어 같은 자유로운 장기를요!"

　소타의 대답은 기자의 의도에서 계속 벗어나고 있었다.

　그러자 참다못한 기자들은 직설적인 질문을 던졌다.

　"소라 여왕과는 3단 리그에서 대국을 할 가능성이 있습니다. 이번에는 그에 대비한 정찰이라는 의미도 있나요?!"

　"3단 리그의 대진은 아직 발표되지 않았으니까요. 이번에는 어차피 기록할 거면 재미있는 장기의 기록을 하고 싶다고 생각했을 뿐이에요."

　"하지만 쿠누기 3단은 승단이 걸린 대국에서 소라 여왕에게 지지 않았나요? 만약 3단 리그에서 붙게 된다면, 또 같은 일이 벌어지지 않을까요?"

"아하하! 그런 걱정은 하지 않아요. 왜냐하면——."

쿠누기 소타는 웃으면서 대답했다.

"다음에 대국을 하게 된다면, 제가 평범하게 이길 테니까요."

그 말에서는 도발도, 허세도 느껴지지 않았다.

그저 당연히 일어날 현상을 설명하는 듯한, 그런 어조였다.

"윽……."

사저는 그 말이 들리지 않은 척했지만, 그것은 명백한 연기였다. 케이크를 고르는 손길이 흔들리고 있었다.

——평소 같으면 주저 없이 과일이 들어간 케이크를 골랐을 텐데…….

내일은 소타의 시선을 받으며 장기를 둬야 한다. 사저에게 그것은 상당한 부담일지도 모른다.

야샤진 아이는 그런 사저의 옆에서 담담히 초콜릿 케이크를 골랐다.


대국장 검사를 비롯해 사전 준비가 끝났을 즈음에는 아름다운 코베의 야경이 눈앞에 펼쳐져 있었다.

"전야제는 가까운 이들만이 참가하는 가든파티 형식입니다. 소소하지만, 요리와 음료는 회장님과 제가 직접 시식해 보고 맛있다는 판단한 것들입니다. 부디 마음 편히 즐겨 주십시오."

회장과 팔짱을 낀 오가 씨가 마치 결혼 피로연에서 인사하는 신부처럼 그렇게 말했다. 완전 만끽하고 있네…….

아이는 집이 가까운 곳에 있기 때문에, 돌아갔다가 내일 다시 이곳에 오기로 했다.

차로 마중을 온 아키라 씨와 함께 식장을 나서는 야샤진 아이의 등을 쳐다보고 있던 히나츠루 아이가 불쑥 입을 열었다.

"텐짱……."

"응? 아이, 왜 그래?"

"오늘, 한마디도 하지 않았어요."

"아……."

대국 준비에 정신이 팔려 있었던 나는 그 말을 듣고서야, 야샤진 아이가 예전의 대국장 검사 때와 명백하게 다르다는 사실을 눈치챘다.

궁지에 몰렸기 때문일까?

아니면…….

## ⌂ 신데렐라

『시간이 됐습니다. 소라 여왕의 선수로 대국을 시작해 주십시오.』

입회인이 그렇게 선언하자, 두 대국자는 아무 말 없이 고개를 숙였다.

스크린 너머에 있는 이들도 눈을 제대로 뜰 수 없을 만큼 격렬한 플래시가 두 사람을 감쌌다.

인터넷으로 완전 생중계되는 대국실의 영상을, 나는 예배당에

설치된 보드 해설회장에서 보고 있었다.

제단 위에 프로젝터로 장기 보드를 설치하고 해설을 하는 것이다. 전대미문인걸…….

"자아! 드디어 시작됐습니다!"

그런 전대미문의 보드 해설회에서도 전혀 당황하지 않은 듯한 리스너, 로쿠로바 타마요 여류 2단은 평소보다 더 예쁘게 꾸미고 등장했다.

듣자 하니 이 식장의 전속 메이크업 아티스트에게 도움을 받은 것 같으며, 대국자보다 훨씬 화려했다. 결혼식에서 신부보다 더 돋보이는 신부 친구 같은 느낌이다.

장기계에서는 《연구회 크러셔》라는 별명으로 불리는 로쿠로바 씨는 사생활에서 《결혼식 크러셔》라는 별명으로 불릴 것 같아서 무시무시했다.

"제2국의 보드 해설은 불완전 연소 느낌으로 끝났기에, 또 등장☆타마용~이에요! 쿠즈류 선생님과 함께 열심히 분위기를 띄울 테니, 관객 여러분도 열정적인 성원을 부탁해요!!"

관객들은 오오——!! 하고 외치며 주먹을 치켜들었다.

무명 아이돌의 라이브 현장 같은 분위기다. 신성한 예배당에서 이래도 되는 걸까…….

"보드 해설회의 분위기는 좀 달아오른 것 같은데, 대국 쪽은 어떻게 되어가고 있나요? 제자 분, 연패를 한 바람에 풀이 죽지는 않았어요?"

"자기 홈에서 대국을 하게 됐으니 기합이 들어갔을 거예요. 도전자는 지금까지 자기 실력을 충분히 발휘하지 못했지만, 물러설 곳이 없는 만큼 있는 힘을 다해 줬으면 좋겠군요."

"이번에는 대국 시작 때부터 논스톱으로 해설을 하겠어요! 주목을 모으고 있는 첫수는 과연 뭘까요?!"

선수인 사저는 등을 굽히며 무표정한 얼굴로 장기판을 내려다보더니…….

『…….』

무난하게 각(角)의 길을 열었다.

"이야~. 역시 긴코 양은 흔들림이 없네요. 2연승 후의 선수인데도 짠내 풀풀 나는 플레이를 이어가네요. 자아, 궁지에 몰린 후수는 뭘 하고 있으려나요?"

로쿠로바 씨는 그렇게 말한 후, 내 얼굴을 쳐다보며 이렇게 말했다.

"그건 그렇고 이번 대국은 장기판 옆에 있는 인물들도 참 기묘하네요~."

"예. 기록 담당이 초등학생인 경우는 예전에도 있었지만……관전기자도 초등학생인 건 전대미문일 거예요."

"게다가 도전자도 초등학생이고요~. 쿠즈류 선생님은 여기보다는 대국실에 가서 초등학생이 뱉는 이산화탄소를 마시고 싶으시죠~?"

"저기, 로쿠로바 씨……. 그런 오해 사기 좋은 발언은——."

"어머머? 장기 연감의 앙케트에서 '다시 태어나면 초등학교 교실의 관엽식물이 되고 싶다.' 라고 대답하지 않으셨던가요?"

"그런 적 없어요!! 그런 마니악한 환생을 바라지는 않는다고요!!"

"그럼 혹시 여아용 자전거의 안장이었나요? 핸들 부분에 비닐로 된 끈이 달려 있는 자전거 말이에요."

"평범하게 소아과 의사였다고요!!"

이번 생에서는 장기처럼 세상에 아무런 도움도 안 되는 일만 하고 있으니, 하다못해 내세에는 세상과 다른 사람들에게 도움이되는 직업을 가지고 싶다! 그런 숭고한 대답을 했는데, 세간에서 '역시 로리콤', '진짜배기' 같은 오해를 사고만 비운의 대답을나는 입에 담았다. 이 자리에 있는 팬들의 반응도 밋밋했다. 어째서일까?

"……자아, 용왕의 마니악한 성적 취향과 다르게, 대국은 매우전형적인 형태로 전개되고 있군요~. 소라 여왕은 비차 앞의 보를 전진시키면서, 앉은비차를 두겠다는 걸 명시했어요."

내 착각일지도 모르지만…….

사저가 비차(飛車) 앞의 보(步)를 전진시킨 순간, 예배당 안의 분위기가 약간 가라앉은 듯한 느낌이 들었다. '하아, 또냐.' 하고말하는 것처럼 말이다.

하지만…….

아이가 선택한 다음 수가 그런 분위기를 전부 날려버렸다!

"""가———.""" 

그 수를 본 순간, 로쿠로바 씨와 나, 그리고 이 자리에 있는 모든 이들의 말문이 막혔다.

아이는 전진시켰다. 드디어 그 장기말을 전진시킨 것이다.


각(角) 앞의 보(步)를 말이다.


""""각두보?!""""

『…………』

스크린에 비친 사저의 표정에는 변함이 없었다. 하지만 기록 담당인 소타는 눈을 반짝이고 있었다.

"나, 나왔어요——!! 도전자인 야샤진 여류 2단, 드디어 비장의 카드인 후수 각두보 전법을 펼쳤어요!! 이거, 재미있을 것 같군요!!"

열기를 더하고 있는 로쿠로바 씨의 코멘트와 달리, 내 등에서는 쉴 새 없이 식은땀이 흘러나오고 있었다.

아니나 다를까, 사저는 옥(玉)을 왼쪽으로 이동시키며 수비 진영 구축을 우선했다.

차분했다. 나는 한숨을 내쉬면서 말했다.

"……선수인 소라 여왕은 지구전을 선택했군요."

"지금까지 야샤진 양이 각두보를 둔 대국에선, 상대방이 그 도발에 넘어가며 급전(急戰)을 선택했죠? 이거, 괜찮은 걸까요?"

"아마 대책이 있는 거겠죠. 상대방이 지구전을 선택했을 때의 대책이……."

하지만 먼저 대책을 선보인 이는 사저였다.

야샤진 아이가 사저를 견제하려는 듯이 손해를 감수하며 각교환을 한 것에 반해, 경악스러운 구상을 선보인 것이다.

방금 말받침에 놓은 각(角)을 움켜쥐더니————— 7칠각!!

"어?! 자기 진지에 각을……?!"

로쿠로바 씨는 커다란 가슴에 버금갈 만큼 눈을 번쩍 뜨면서 외쳤다.

"모처럼 손에 넣은 각을 벌써 자기 진지에 투입했네요?! 이건 손해 아닌가요?"

"아뇨! 7칠각은 후수가 만들려는 진형을 견제하는 적극적인 수입니다. 방치해두면 불리해지기 때문에, 후수는 결국 3삼각에 자기 각을 둘 수밖에 없죠."

그리고 각(角)을 올려둔 바람에 또 각교환을 시도해야 하며, 그에 따라 후수는 또 수를 손해 보는 상황에 처하고 만다. 이건 꽤나 뼈아픈 상황이다.

"그, 그렇군요~……. 긴코 양도 각두보에 대한 대책을 철저하게 세워온 거네요."

역시 사저다. 이 상황에서 7칠각을 준비했을 줄이야…….

아이는 잠시 생각을 한 후에 3삼각을 둬서 각(角)을 났다. 그럴 수밖에 없다.

여기서부터다.

——아이에게 준비해 둔 책략이 없다면………… 이 대국은 그대로 끝난다.

7칠각이라는 비수를 펼쳐서 우세를 점한 사저는 그대로 진형을 구축했다.

아이는 선택을 해야만 하는 상황에 처했지만, 이렇게 될 것은 예상했던 것인지 주저 없이 장기판을 향해 손을 뻗었다. 그 순간, 내 심장이 크게 뛰었다.

야샤진 아이가 고른 장기말은 바로 은(銀)이었다.

저 장기말, 그리고 출현한 국면을 본 나는 무심코 소리쳤다.

"이, 이 형태는——!!"

아이가 지구전 대책으로 준비한 작전. 그것은……!


4 이 은 형 ——— 각 교 환 맞 비 차 !!


그 순간, 대국실의 마이크가 아이의 목소리를 포착했다.

『이거, 괜찮지?』

방금 옮긴 은(銀)에 손가락을 댄 채, 야샤진 아이는 사저를 향해 자신만만한 미소를 지으며 이렇게 말했다.

『그 사람이 준 거야.』

『큭…….』

각두보를 뒀을 때도 전혀 변함이 없던 사저의 표정이, 방금 그 말에 희미하게 흔들린 것처럼 보였다.

로쿠로바 씨는 내 얼굴을 쳐다보며 말했다.

"방금 야샤진 양이 무슨 말을 했네요."

"그랬나요?"

"그것보다 쿠즈류 선생님? 저는 이것과 비슷한 국면을 매우 최근에 본 듯한 느낌이 들거든요?"

"그, 그런가요?"

"……쿠즈류 선생님과 오이시 선생님의 대국 때도 본 것 같거든요?"

"그, 그게, 후수 각두보란 전법은 애초에 각교환 맞비차를 노리며 쓰는 거니까요. 그렇게 되면, 미리 전진시켰던 각 앞의 보를 활용할 수 있고…… 그러면 제가 썼던 『싱글벙글 삼간비차(가칭)』과 노림수가 같아지니까, 같은 국면이 되는 게 오히려 당연할 거라고 생각하는데요……"

"뭐, 그런 걸로 해둘게요."

애초에 4이은형 각교환 맞비차는 내가 힘을 발휘하기 쉬운 형태일 뿐이며, 누구에게나 우수한 전법은 아니다. 몰이비차 파 사이에서도 취향이 갈릴 것이다.

확실히 나는 아이가 이 전법을 써 주기를 기대했다.

완전히 자기 것으로 만들기만 한다면 그 어떤 상대에게도 통한다는 것을 증명하기 위해, 최강의 몰이비차 파를 상대로 실전 검증도 했다.

하지만 최종적으로 선택을 할 사람은 아이이며, 완벽하게 자기 것으로 만들 자신이 있어야만 비로소 그 선택지를 고를 것이다.

그것을 이 중요한 대국에서 채용했다는 것은——.

"……역시 저 녀석은 나를 닮았어."

나는 누구에게도 들리지 않도록 작은 목소리로 그렇게 중얼거렸다.

정말 기뻤다.

'강해질 방법은 스스로 찾아야만 한다' 면서 제자를 내팽개치는 장기계에서, 기풍을 공유할 수 있는 사제지간이 존재한다는 것은 기적에 가깝다. 아이는 나에게 있어 기적이다.

흥분한 관객들을 더욱 부추기듯, 로쿠로바 씨가 외쳤다.

"자아, 제3국이 되어서야 이 타이틀전도 재미있어졌습니다! 도전자가 보여준 신생 각두보 전법에, 경악스러운 자기 진지 각으로 응수한 소라 여왕! 하지만 그에 이어 펼쳐진 것은, 사제지간의 유대를 과시하는 듯한 새로운 전법! 그야말로 경악스러운 오프닝입니다! 과연 승리를 거머쥐는 건 어느 쪽일까요?!"

하지만 진정한 경악은 점심 식사 휴식 후에 준비되어 있었다.

점심 식사 휴식 시간은 타이틀전의 '촬영 타임' 이라는 의미도 겸하고 있다.

이때가 지나고 나면 두 대국자의 사진을 찍을 수 있는 건 대국이 끝난 후 뿐이다. 그래서 아침때와 마찬가지로 카메라를 든 기자들이 대국실로 몰려왔다.

하지만 가장 먼저 대국실에 모습을 드러낸 이는 대국자가 아니라 관전기자였다.

즉, 히나츠루 아이다.

「……실례하겠습니다!」

대국실에 자유롭게 드나들 수 있는 관전기자는 점심 식사 휴식 시간에 이곳에 올 필요가 없지만, 지난번에는 이 타이밍에 대국실에 들어가지 않아서 투료 순간을 놓쳤다.

그걸 반성할 겸, 대국 재개 20분 전에 입실해서 기록 책상에 공책을 펼쳤다.

다음으로는 기록 담당인 소타가 입실했다. 그리고 아이의 옆에 앉았다.

대국 재개 5분 전에 사저가 입실하자, 카메라 플래시가 일제히 터져 나왔다. 모든 카메라가 사저와 소타가 함께 들어오는 각도에서 촬영을 하고 있었다.

——아이가 아무리 재능을 과시하더라도, 세간의 관심은 결국 저 두 사람에게 향하는 건가……

관계자용 점심 식사 장소인 피로연 행사장에서 피로연용 코스 요리를 먹고 있던 나는 마음 한편이 공허했다.

사저가 지기를 바라는 건 아니다.

그저, 아이의 부모님이 지켜보고 있는 이 대국만큼은…… 그녀도 주목을 받았으면 했다. 재능을, 노력을, 정당하게 평가받았으면 했다.

——그러니 결과로 저 사람들의 콧대를 눌러줘!

신랑신부의 프로필 무비 등을 틀기 위한 스크린에 비친 대국장을 보면서, 나는 마음속으로 염원했다.

염원……했, 지……만…….

"…………어라?"

대국실을 쳐다보던 나는 이상한 점을 눈치채고 당황했다.

수를 둘 차례인 아이가 대국 재개 시간이 됐는데도 대국실에 돌아오지 않았다. 이런 일은 처음이다. 첫 대국 때도, 두 번째 대국 때도, 사저보다 먼저 입실했는데…….

설마, 뭔가 사고라도 일어난 걸까?!

"저기! 누가 아이를…… 도전자를 보러 가 주셨으면――."

제자라고는 해도 여자애의 대기실에 내가 들어갈 수는 없다.

내가 다른 테이블에 앉아 있는 관계자를 둘러보며 그렇게 말한, 바로 그 순간이었다.

"어."

"어어?!"

스크린을 보던 사람들이 경악했다.

뭐야? 하고 생각하며 스크린을 돌아본 나는………… 절규를 토했다.

"어어어어어어어어어어어어어어――――?!!!!"

아이가 대국실에 돌아온 것이다.

기모노가 아니라, 순백의 드레스 차림으로.

부모님이 돌아가신 후로 항상 검은색 옷만 몸에 걸치던 저 아이가…… 흰색 옷을……?

게다가 조그마한 발을 감싸고 있는 건 유리 구두였다.

"……진짜, 신데렐라?"

나와 같은 테이블에 앉아서 점심 식사를 하며 그 모습을 지켜보던 로쿠로바 씨가 포크에 꽂혀 있던 고급 쇠고기를 떨어뜨렸다.

©shirabii

보드 해설의 리스너로서 수많은 타이틀전에 동행했던 로쿠로바 씨는 대부분의 프로 기사보다 많은 타이틀전을 경험했다. 명인과 샤칸도 씨 다음갈 정도로 말이다.

그런 로쿠로바 씨조차 아연실색할 짓을, 아이가 한 것이다. 초등학교 5학년 여자애가 말이다.

──오늘은 얌전히 행동하나 했더니, 이런 짓을 꾸미고 있었던 거냐!

아키라 씨도 공범일 게 틀림없다.

저 드레스, 내가 저택에서 봤을 때보다 치맛자락이 짧아졌다. 정좌를 하기 쉽도록 손을 본 걸까.

신부라기보다 댄서를 연상케 하는 그 모습에 대국실 안에 있는 모든 이들이 압도당해서 아무 말도 못하는 가운데, 관전기자로서 이 자리에 있던 히나츠루 아이가 겨우겨우 입을 열었다.

『테, 텐짱, 그 옷은…….』

『갈아입었어. 기모노는 무겁고 더워서 장기를 두기 힘들거든.』

유리 구두를 벗고 다다미 위로 올라온 야샤진 아이는 별일 아니라는 투로 그렇게 말했다.

『전력을 다해 싸우기 가장 편한 복장을 골랐을 뿐이야. 여왕전 규정에는 반드시 기모노를 입어야 한다고 되어 있지만, 옷을 갈아입으면 안 된다고도 적혀 있지 않잖아. 게다가──.』

아이는 귀엽게 오른손목을 들어 보이며 말을 이었다.

『소매도 신경 쓰이거든.』

『…………..』

사저는 아무 말도 하지 않았다. 아까부터 장기판에만 시선을 쏟고 있었다.

　그 모습을 옆에서 지켜보던 소타는 빙긋 웃더니, 흥분을 감출 수 없다는 듯한 어조로 아이에게 말했다.

『시간이 됐습니다.』

『그래?』

　드레스 자락을 휘날리며 자리에 앉은 《코베의 신데렐라》가 칠흑빛 머리카락을 오른 손등으로 쓸어 넘기자, 그녀의 머리카락이 마치 날개 같은 형상으로 흩날렸다.

『자아── 우선 제2국에서 잃었던 선수를 돌려받겠어.』

　마치 사저에게 댄스를 요청하듯 장기판 위로 손을 내밀며, 이렇게 말했다.

『덤벼 봐. 춤춰 줄게.』

　장기말을 두는 소리가 무도회의 시작을 알리는 종소리처럼 울려 퍼졌다.

　그 뒤를 따르듯 무수한 셔터음과 플래시가, 제3국이 되어서 드디어 등장한 진짜 《코베의 신데렐라》를 감쌌다.

## ♟ 회색 별

──선수를 돌려받겠어.

　그 선언의 의미는, 대국이 진행될수록 점점 명확해졌다.

"응?! 어? 어어어어어~⋯⋯?"

보드를 이용해 다음 수를 예상하고 있던 로쿠로바 씨와 나는 이 장기의 승패를 넘어선 결말에 이르는 수순을 발견하고, 허둥대기 시작했다.

"⋯⋯⋯⋯쿠즈류 선생님? 이건, 설마⋯⋯⋯⋯."

"⋯⋯예. 그 설마가 일어날 듯한 분위기군요."

그것이 일어나려 할 때, 장기계에서는 확실시될 때까지 그 이름을 입에 담지 않는다.

입에 담아서, 진짜로 일어난다면⋯⋯ 특히 타이틀전에서 그것이 일어난다면, 모든 예정이 헝클어지기 때문이다.

어떤 사람은 그것을 '장기의 암'이라고 부른다.

하지만 현대 장기는, 장기라는 게임을 죽음에 이르게 할 수 있는 암조차도 승부에 이용한다. 우리는 그 정도로 혹독한 세계에서 싸우고 있는 것이다.

"후수가 노리는 건 틀림없이 그것입니다. 문제는 선수가 그것을 거부할 수 있는가, 입니다만⋯⋯."

"선수가 수를 바꿀 경우, 어떤 후보가 있을까요?"

"글쎄요. ⋯⋯어려운 질문입니다만, 굳이 꼽자면──."

"7삼보."

객석 쪽에서 느닷없이 목소리가 들려왔다.

가장 앞줄에 앉아 있는 손님 중 한 명이 귀에 익은 목소리로 언급한 그 수는 최선의 수를 제외하면 거의 유일한 후보일 것이다.

이걸 순식간에 찾아내다니──.

"⋯⋯역시 대단하군요."

나는 그 목소리의 주인을 향해, 진심 어린 찬사를 보냈다.

검은색 가죽 라이더재킷을 입은 그 손님은 가늘고 긴 다리를 꼬면서 거만한 자세로 고개를 저었다.

"내가 아니야~. 소프트가 추천하는 수인 것 같아."

"같아?"

"같이 여기 오는 건 질색했으면서 일방적으로 소프트의 평가치만 보내고 있는, 근성이 삐뚤어진 관전기자가 있거든."

손님── 츠키요미자카 료 여류옥장은 한 손에 쥔 스마트폰을 들어 보이며 그렇게 말했다.

다른 손님들이 소곤거렸다.

"……어이, 저 사람은……."

"여, 여류옥장……?!"

"방금 언급한 관전기자는, 혹시 산성앵화 아니야……?"

뜻밖의 초호화 게스트가 등장하자, 예배당 안의 흥분도가 상승했다.

"나도 초등학생과 중학생이 두는 장기를 보러 일부러 코베까지 올 생각은 없었거든?"

《공세의 대천사》는 변명을 늘어놓듯 말했다.

"하지만 저 망할 꼬맹이의 각두보에 긴코가 어떻게 대처하는지 보고 싶지 뭐야……."

야샤진 아이의 각두보에 급전으로 맞섰다가 패배한 츠키요미자카 씨는 사저가 지구전에서 어떤 싸움을 보여줄지 신경 쓰였으리라.

장기를 향한 흥미가 울분과 수치심을 능가하는 것을 보면, 츠키요미자카 씨도 역시 장기를 좋아하는 것 같다.

　그리고 도전자 결정전에서 야샤진 아이에게 진 쿠구이 씨는 히나츠루 아이의 관전기에 협력해 주고 있기는 하지만, 아직 패배의 상처가 생생하게 남아 있기 때문에 이곳에 오지 못한 것 같았다.

　그 심정도 이해한다. 지나칠 정도로 말이다…….

『소라 선생님, 5분 남았습니다. 50초————.』

『윽……!!』

　그러는 사이, 사저의 제한시간이 바닥나고 말았다.

　사저는 결단을 내려야만 하는 상황에 몰리고 말았다.

　유리한 선수였고, 지구전으로 유도했는데도, 일방적으로 시간을 허비하는 상황에 처하고 말았다.

『소라 선생님, 제한시간을 다 쓰셨으니, 1분 장기를 부탁드립니다.』

『…………큭!!』

　시간에 쫓기게 된 사저는 아슬아슬한 순간까지 고민한 끝에, 이 국면에서 최선의 수를 뒀다.

　그리고 아이 또한 최선의 수로 응했다.

　최선과 최선의 응수의 결과, 같은 수순이 되풀이됐다.

　그것은 마치 장기말들의 윤무곡 같았으며——.

"이, 이건……!!"

"…………그 설마가 벌어졌군요."

로쿠로바 씨가 고함을 질렀고, 나는 그제야 그 설마의 이름을 입에 담았다.


──────천일수.


　비긴 것처럼 보이지만, 그렇지 않다.

　"현대 장기에선, 후수가 천일수를 노리는 것도 어엿한 전술입니다. 왜냐하면 재대국 때, 유리한 선수가 될 수 있으니까요."

　아이는 돌려받은 것이다. 아까 선언한 대로, 제2국에서 잃었던 선수를 말이다.

　그리고 선수인 사저로서는 명백한 전략적 패배다. 아니, 패배 그 자체라고 해도 과언이 아니다.

　"소, 소라 긴코가…… 무적의 백설공주가, 선수 상황에서 천일수로 도망치다니……!"

　로쿠로바 씨는 경악했다.

　사저는 여류 공식전에서 지금까지 단 한 번도 천일수가 된 적이 없다.

　"재투성이 공주가 백설공주에게 *회색 별을 달아준 건가……."

　츠키요미자카 씨는 재미없다는 듯이 그렇게 중얼거렸다.

　그녀 또한 타이틀전 후수 상황에서 사저 상대로 천일수를 노린 적이 있다. 하지만 사저는 불리해지는 것을 각오하며 그 상황을 타개했다. 선수일 때도, 후수일 때도 말이다.

──────

\* 회색 별 : 일본에서는 스모에서 유래한 승패 표기를 '별'로 말하는데, 흰색이 승리, 검정이 패배다.

츠키요미자카 씨가 상대일 때만이 아니다. 소라 긴코는 원래 그런 기사다. 여류기사 상대로 그 정도 불리한 상황을 뒤집을 수 없다면, 장려회에서 이길 수 없다고 생각하는 것이다.

그런 사저가 천일수를 선택할 수밖에 없었다.

그 사실이 가리키는 바는──.

"사저는 인정한 거예요. 이 국면을 억지로 뒤집으려 했다간 진다는 것을 말이죠. 야샤진 아이는 지금까지의 도전자 중에서 가장 강한 상대라고 인정한 겁니다."

그리고 드디어, 네 번째 동일국면이 장기판 위에 출현했다.

『천일수가 성립했습니다.』

스크린에 비친 소타가 그렇게 선언했다.

『30분 후인 오후 7시 20분부터, 선후수를 바꿔 재대국을 진행하도록 하겠습니다.』

<u>오오오오오오오오오오오오오오오오오오오오오오오오오오오오오오오오오오오오오오오</u>!!

함성이 예배당 전체를 뒤흔들었다.

대국 관계자에게 있어서는 민폐나 다름없는 천일수지만, 손님은 한 대국을 더 즐길 수 있는 것이다. 이것보다 더 좋은 서비스는 없으리라.

『…………!!』

사저는 아무 말 없이 인사를 한 후, 장기말을 손으로 으스러져라 움켜쥐면서 장기말함에 넣었다. 격렬한 분노가 느껴졌다. 아까 국면을 타개하지 못한 자기 자신을 향한 분노.

아이는 거만하게 가슴을 젖히면서 그 상황을 지켜보았다.

장기말을 정리하는 것은 상위자의 역할이지만, 지금은 아이가 사저에게 장기말을 정리하라고 시킨 것처럼 보였다.

패배를 모르던 《나니와의 백설공주》.

하지만 오늘, 여류기전 57승 무패라는 이 순백의 전적에 딱 하나, 딱 하나의 잿빛 얼룩이 생겼다.

"대단해! 저 애, 진짜 대단하잖아!!"

"무패의 소라 긴코에게 작전승을 거뒀어!!"

"게다가 각두보를 뒀다고! 저게 말이 돼?!"

"다음에는 어떤 장기를 보여줄까?!"

사저의 승리로는 흥분조차 하지 않게 된 관객들의 우레와 같은 박수가 아이에게 쏟아졌다.

누구도 해내지 못했던 위업을, 여류기사가 된 지 1년도 채 안 된 초등학교 5학년이 해낸 것이다.

장기 역사상 최강의 여자들이 우글거리는 이 전란의 시대에, 겨우 열 살밖에 안 된 여자애가 일약 선두로 나섰다는 사실에, 일본 전체가 흥분의 도가니로 변했다.

## 선녀의 날개옷

30분간의 휴식이 끝난 후, 재대국이 시작됐다.

쿠즈류 야이치는 예배당에서의 보드 해설을 계속 담당하게 됐다. 리스너만 바뀌었으며, 지금은 칸토에서 이 장기를 보기 위해

온 우바구치 미도리 여류 3단이 특별 게스트로 무대에 섰다.

대기실에서의 검토는 츠키미츠 세이이치 9단을 중심으로 진행되고 있다.

선수가 된 야샤진 아이가 선보인 작전은——.

"선수 중비차?"

"선수일 때도 몰이비차로 싸우겠다는 건가……."

대기실 모니터를 주시하고 있던 사람들은 야샤진 아이의 올라운더 기질에 혀를 내둘렀다.

한편, 소라 긴코는 서로 몰이비차를 선택했다.

서로 몰이비차는 감각적으로 앉은비차와 공통되는 부분이 있기 때문에, 이 선택은 그렇게 기발하지는 않았다.

하지만, 그 후에 아이가 선보인 구상은 기발한 정도를 넘어섰다.

15수—— 2팔비차.

"어?"

"어엇?!"

대기실에서 경악에 찬 목소리가 울려 퍼지더니, 각두보를 썼을 때 이상의 충격이 생겨났다.

"""몰이비차에서…… 앉은비차로 변경했어……?"""

그야말로 천의무봉(天衣無縫)이라 할 수 있는 구상이었다.

아이는 중앙으로 흔든 비차(飛車)를 다시 원래 위치로 옮겼다.

"한 수 손해 각교환이 아니라, 두 수 손해 앉은비차?! 뭐어어어어어어어어어어엇?!"

리스너로 다시 등판할 때에 대비해 정보 수집을 하고 있던 로쿠로바는 초등학생 시절부터 갈고 닦아온 자신의 장기관이 박살나는 것을 느꼈다. 몰이비차 파인 로쿠로바도 아이가 펼친 구상은 이해할 수가 없었다.

"이, 이건………… 장기라고도 할 수 없지 않아……?"

"흠."

하지만 지금까지의 수순을 비서인 오가에게서 전해 들은 츠키미츠는 기발한 현대미술 작품을 음미하는 듯한 어조로 평가했다.

"…………그 정도로 격차가 벌어지지는 않았군요. 이야, 놀라운 걸요."

"예엣?! 하, 하지만 두 수 손해인데요?! 모처럼 거머쥔 선수의 이점을 내팽개치다니…… 이래선 후수가 유리할──."

"그래요. 그게 함정이죠."

로쿠로바가 자신의 형세판단을 받아들이지 못하는 것 같자, 츠키미츠는 최정상 프로로서의 승부술을 선보였다.

"명백하게 '유리한' 국면이라면 이야기는 단순하겠죠. 하지만 '유리할' 듯한 국면에서는 시간을 들여서 생각을 해 보게 될 겁니다. 게다가 '유리할 것이다' 하는 선입관이 존재하기에, 유리해지는 수순을 발견할 때까지 포기할 수도 없죠."

"앗! 그래서 시간을 허비……"

"예. 게다가 실제로는 미세하게 차이가 날 뿐이지만, 크게 차이가 나는 국면을 뇌가 도출할지도 모르죠. 『제멋대로 수읽기』입니다."

시간을 허비하고, 대국관도 현혹된다.

속기 장기에서는 가장 피해야만 하는 사태다.

"몇 수 이득을 보고 있다 할지라도, 소라 여왕은 장기가 아닌 몰이비차를 강요당하고 있습니다. 게다가 제한시간도 없죠. 야샤진 양이 이 형세를 사전에 연구했다면, 우위에 선 건…… 오히려……!"

"아하."

로쿠로바는 바닥을 데굴데굴 구르며 웃었다.

"아하하하하하하하하하하하하하하하하하하하하하하하하하하하하하하하하하하하!!"

아이를 바보 취급하는 것이 아니다.

그 반대다. 저 망할 꼬맹이가 저 뻔뻔한 자신감을 되찾은 것이 기분 좋았다.

눈물이 다 날 정도로 웃은 후, 로쿠로바는 납득한 것처럼 고개를 끄덕였다.

"그래. 저 녀석은 소라 긴코를 능가하는 천재였구나."

예전에 로쿠로바는 아이와 이런 약속을 했다.

『언젠가 네가 나이를 먹어서 약해졌을 때, 나는 지금보다 강해져서 너와 싸울 거야. 그게 30년 후일지, 40년 후일지…… 더 나중일지도 모르지만, 그래도 장기계에서 계속 버텨 주겠어.』

하지만 그때, 로쿠로바는 아이의 재능이 긴코보다 못할 거라고 생각했다. 언젠가 자신과 어깨를 나란히 하게 될 거라고 생각했다.

하지만 아이의 실력이 퇴화하지 않는다면──.

"그럼 내가 더 노력해서, 더 강해질 수밖에 없는 거잖아……. 아아, 짜증!! 정말 귀찮네!"

그런 로쿠로바의 푸념을, 츠키미츠는 미소를 지으면서, 그리고 강해질 기회를 놓치고 만 오가는 쓸쓸히 듣고 있었다.


"이런…… 이런 장기는, 말도 안 돼!"

하치죠지마의 자기 방에서 인터넷 중계를 보고 있는 노보료 카렌이 격렬하게 고개를 저었다.

아니, 카렌만이 아니다. 지금 이 대국을 관전하고 있는 장려회 회원 대부분이 아이의 장기를 보면서 강렬한 거부반응을 일으키고 있다.

"소라 선생님은 적절한 응수로 맞서고 있어. 나라도 분명 같은 수를 뒀을 거야……. 하지만 형세는 점점 선수 쪽으로 기울고 있잖아…………. 이런 건, 말도 안 돼……. 말도 안 된단 말이야……."

카렌은 여류기사를 얕잡아보고 있었다.

──어차피 그 사람들은 아마추어인걸.

여류 타이틀 보유자인 츠키요미자카 료조차도 여류기사 자격을 얻고 나서 장려회에 도전했다가 결국 좌절했다.

——당연해. 장기의 토대부터가 다른걸.

츠키요미자카와 달리, 카렌은 처음부터 장려회를 선택했다.

그것은 소라 긴코라는 선례가 있었기 때문이다. 처음부터 장려회에 뛰어들고도 충분히 올라갈 수 있다는 것이 증명됐기에, 자신도 그 뒤를 따를 수 있다.

카렌은 여성으로서 사상 두 번째 장려회 1급이다.

하지만 자신에게 재능이 있다고는 생각하지 않는다. 장려회라는 혹독한 환경 속에서 고난을 겪은 덕분에, 자신의 장기는 프로로 뼈대를 얻었다. 그것은 어디까지나 노력의 산물이었다.

아마추어와는 정반대인—— 지지 않는 장기다.

필사적으로 정석을 암기하고, 강등과 탈퇴의 공포에 떨면서, 카렌은 자신의 장기를 뜯어고쳤다. 그것은 분명 올바르리라. 자신은 강해졌을 것이다. 틀린 건 야샤진 아이의 장기…… 아마추어조차도 두지 않을 듯한, 저 말도 안 되는 장기일 것이다.

"그런데………… 왜 이렇게, 가슴이 뛰는 거지?"

자기가 잃어버린 소중한 무언가를 아이의 장기 안에서 찾아냈다는 것을, 카렌은 아직 눈치채지 못했다. 자신이 그것을 보고 싶어 한다는 것도 말이다.

그것은 장기판 위의 자유, 그리고 장기의 즐거움이다.


관계자들로 가득 찬 현지 대기실은 기묘한 흥분으로 가득 차 있었다.

이 시간에도 기사와 여류기사가 모여들고 있었다. 호쿠리쿠에서는 예순이 넘은 베테랑인 캇코바야시 스즈 여류 5단까지 공부를 하러 왔다. 중학생과 초등학생의 장기를 보기 위해서 말이다.

로쿠로바와 리스너를 교대하고 대기실로 돌아온 우바구치가 대기실에 모인 여류기사들을 둘러보면서 말했다.

"마치 『야샤진 아이 피해자 모임』 같군요."

"『소라 긴코 피해자 모임』이기도 해."

카우니타 레이 여류 3단이 그렇게 말하자, 저 두 사람에게 다진 적이 있는 츠키요미자카가 "쳇." 하고 혀를 찼다. 이어서 웃음이 터져 나왔다.

그리고 이 자리에는 키요타키 케이카도 있었다.

케이카가 여류 타이틀전의 대기실을 방문한 것은 이번이 처음이었다.

"…………."

두 대국자와 동문인데도 불구하고, 케이카는 재대국이 시작되기 직전에 몰래 현지에 왔다. 그리고 검토에도 참가하지 않으며 승부의 행방을 지켜보고 있었다.

──……참 옹졸하네.

스스로도 그렇게 생각했다. 히나츠루 아이나 야이치와 마주치지 않도록, 승부가 종반에 들어선 후에 이곳에 온 것도 말이다.

그래도 케이카는 자신이 성장했다고 느꼈다.

──질투할 수 있게 된 것만으로도, 대단한 거잖아…….

과거에 케이카는 자신을 간단히 추월한 야이치의 두 제자를 질투했다.

하지만 모든 후배를 질투하는 건 아니었다.

긴코나 쿠구이 같은 엘리트와는 비교조차 하지 않았다. 그래서 긴코가 아무리 타이틀을 획득하더라도, 질투하지는 않았다.

하지만 아이가 타이틀에 도전하는 것이 결정된 순간, 케이카는 매우 질투했다.

그것은 자신도 마이나비의 본선에 진출했고, 샤칸도 리나라는 1인자를 쓰러뜨렸기 때문이다.

──이 타이틀전을 나와 긴코가 치를 가능성도 있었어. 그래서…….

그와 동시에, 히나츠루 아이를 걱정했다.

아이가 슬퍼하거나, 조바심을 느낄 거라고 생각한 건 아니다. 오히려 그 반대다.

──그 애는 지금 상황에 만족하고 있어…….

히나츠루 아이라는 소녀는 궁극적으로 야이치의 곁에 있기 위해 장기를 두고 있다. 그러니 야이치와 상관이 없는 승부에서는 자신의 힘을 발휘하지 못한다는 것을, 케이카는 눈치챘다.

──그 애는 순수하고 너무 상냥해. 게다가…… 지나치게 뛰어난 재능을 지녔어.

인간으로서 본다면 그것은 멋진 일이다.

하지만 기사로서의 성장을 바랄 수는 없다.

질투와 시기심 같은 부정적인 감정이 필요하다. 신데렐라가 아름답게 꾸미고 무도회에 참가하러 가는 언니들을 보며 질투했듯, 히나츠루 아이도 타이틀전에 출전한 야샤진 아이와 소라 긴코를 가까이에서 본다면 그녀의 마음속에서도 거무튀튀한 불꽃이 타오를 거라고 케이카는 생각했다.

거꾸로 말하자면, 그렇게까지 해야 마음에 불이 붙는 것이다.

그리고 그것은 야이치와 긴코도 마찬가지다.

——이렇게 하지 않으면, 저 아이들은 절대로 눈치채지 못해. 장기를 두는 고통을……

"어이! 봐!!"

대기실의 누군가가 그렇게 외친 순간, 케이카의 주의는 다시 대국에 쏠렸다.

"드디어 후수의 옥이 노출됐어!"

국면은 아이의 우세에서 승세로 기울어가고 있었다.

긴코는 아이의 작전이 성공하는 건 무리라고 여기며 스스로 나섰지만, 거의 성과를 올리지 못했다. 게다가 카운터를 맞으면서 미노 싸기의 급소인 상단부에 강력한 일격이 명중했다.

호위를 잃고 노출된 옥(玉)을, 국면을 주도하고 있는 야샤진 아이의 송곳니가 덮쳤다.

거의 6년 동안 여류기전에서 무패를 자랑했던 《나니와의 백설 공주》가, 쓰러지려 하고 있는 것이다.

——지는 거야? 긴코가? 저 애에게……?

믿기지 않지만, 케이카 역시 이 국면이라면 자기라도 상대방의 옥(玉)을 잡을 수 있을 것 같은 느낌이 들었다.

하지만 야샤진 아이는 적진에 침입한 장기말을 자신의 진지로 되돌리더니, 긴코의 공격을 막는 길을 선택했다. 옥(玉)을 잡는 게 아니라, 상대의 마음을 꺾는 쪽을 선택한 것이다. 악랄했다. 화면에 비친 야샤진 아이의 손가락이 떨리고 있었다.

"재촉하는 건가?!" "이 정도 국면이면 투료할 가능성도……." "안 됩니대이. 이대로는 안 됩니대이."

대기실에 있는 기사와 기자들이 흥분했고, 입회인은 준비를 시작했다.

긴코는 장군 러시를 시작했지만, 야샤진 아이는 그 모든 공격을 냉정하게 받아냈다.

"오늘 장기는 꽤나 조잡하네."

카우니타가 긴코의 무리한 공격을 그렇게 평가하자, 다른 기사들도 그 말에 동조했다.

"아아! 《나니와의 백설공주》가 드디어 지는 거구나!"

"여왕의 체통이 있지, 너무 끈질기게 버티는 거 아니야?"

"너무 꼴사나워. 기초부터 다시 배우는 게 나은 거 아니야?"

대기실에서 웃음꽃이 피었다. 케이카는 믿기지 않았다.

종반부의 비장감은 전혀 느껴지지 않았다. 장려회 회원이면서 여류장기계를 위해 귀중한 시간과 노력을 바쳐온 긴코가 진다는 것을, 마치 진귀한 구경거리처럼 재미있게 여기고 있었다.

——이 사람들…… 대체 뭐야? 정상이 아니야…….

질투, 야심, 호기심, 열등감과 우월감…… 장기에 영혼을 판 자들이 마치 어린애처럼 잔혹한 감정을 드러내는 모습을 본 케이카는 그제야 눈치챘다.

이 자리에 모인 사람들은 전부 인간이 아니다. 장기에 미친 괴물인 것이다.

"읍······!!"

케이카는 손으로 입을 막으며 대기실을 뛰쳐나갔다. 여자 화장실로 뛰어가려 했지만, 한발 늦은 탓에 복도 구석에서 몸을 웅크리고 격렬하게 헛구역질을 했다.

"기······긴코······."

너무 괴로운 나머지 눈물마저 흘리며 구역질을 한 케이카는 대국실에서 고독한 싸움을 이어가고 있는 긴코를 향해 말했다.

"너는·········· 항상, 이런 분위기 속에서····· 장기를 둔 거니··········?"

질투와 열등감조차, 자신은 볼품없을 정도로 작았다······.

대기실의 공기를 마시는 것만으로도 구역질이 날 정도의 중압을 느낀 케이카는 바닥에 몸을 웅크린 채, 일어서지 못했다.


대국실은 기묘할 정도로 과열되어 있었다.

장기판 옆에서 이 싸움을 지켜보고 있는 히나츠루 아이는 자신의 의식이 멀리 날아가는 것을 깨달았다.

"이렇게····· 이렇게·········· 이, 렇게·········· 하아·····아, 아··········."

관전기자로서 두 대국자를 주시하면서도, 기사의 본능 탓에 무심코 이 국면의 수읽기를 했다.

──의식이····· 흐려지고 있어······. 내가, 내가 아닌 것만 같아······.

긴장과 이완, 집중과 발산, 그것이 자신의 의지를 거역하며 밀려들어 왔다.

아이는 대국자가 만들어낸 분위기에 농락당했다. 나뭇잎처럼 말이다.

——이게…… 이게 타이틀전이 벌어지는, 대국실이구나……!

천일수가 벌어진 점심 식사 직후부터, 아이는 계속 대국실 안에 있었다.

자리에 앉아 있을 뿐이지만, 자신이 대국을 할 때보다 훨씬 강렬한 피로가 몰려왔다.

"…………뜨거워……."

공책에 메모한 글자는 판독이 불가능할 정도로 엉망이었으며, 손에서 난 땀에 종이가 젖었다.

대국자가 뿜는 방대한 열량이, 이 기묘한 열기의 정체였다.

기모노에서 얇은 드레스로 갈아입은 야샤진 아이의 온몸에서 땀이 흘러나오더니, 앞뒤로 몸을 흔들면서 열심히 수를 읽기 시작했다.

——……대단해. 이렇게 집중하고 있는 텐짱을 보는 건, 처음이야…….

야샤진 아이는 귀 끝까지 새빨개진 채 몸을 앞으로 기울였다. 그 모습은 마치 불꽃에 휩싸인 채 적을 향해 돌격하는 것 같았다.

그 자세 그대로, 응수에 임하고 있는 긴코의 옥을 향해 계마를 날렸다.

——끝났어……!

한편, 손을 멈춘 채 생각에 잠겨 있던 긴코는 땀 한 방울 흘리지 않으며 등을 올곧게 편 채, 장기판을 내려다보았다.

파르스름한 얼굴에도, 움직임이 없는 자세에서도, 전혀 투지가 느껴지지 않았다.

아이의 눈에는 승부를 포기한 것처럼 보였다.

하지만⋯⋯.

"어⋯⋯?"

깜짝 놀란 아이는 무심코 그렇게 외쳤다.

옆에 있는 기록 담당, 소타는 제한시간을 표시하는 터치패널에 충전용 모바일 배터리를 연결하고 있었다.

이 방 안에 있는 이들 중에서 가장 장기 실력이 뛰어난 이는 분명 소타다.

──그럼⋯⋯ 이 장기는 더 길어지는 거야? 하지만, 이건⋯⋯.

히나츠루 아이의 눈에는 이 승부가 곧 끝날 것처럼 보였다. 아니, 이미 끝난 것처럼 여겨졌다.

그것은 야샤진 아이도 마찬가지였다.

──이길 수 있어! 내가⋯⋯ 소라 긴코에게!! 장려회 3단에게!!!

야샤진 아이는 조급해지려 하는 마음을 억누를 수가 없었다.

심장은 가슴을 찢고 튀어나올 것처럼 격렬하게 뛰고 있었다. 그 심장이 온몸으로 보내는 혈액은, 마치 불꽃처럼 뜨거웠다.

자율신경계가 타버린 건지, 땀이 쉴 새 없이 날 뿐만 아니라 호흡도 거칠었다. 기모노를 벗고 대국용으로 준비한 드레스로 갈아입었는데도, 이렇게 더웠다.

"⋯⋯⋯⋯."

긴코는 아무 말 없이 자리에서 일어나더니, 대국실을 나섰다.

상대의 모습이 완전히 사라졌는데도, 아이는 전투태세를 무너뜨리지 않으며 계속 수읽기를 했다. 마치 불덩어리처럼 말이다.

하지만――.

"아⋯⋯⋯⋯."

더위 때문에 몽롱하던 아이의 의식이 갑자기 맑아졌다. 실내 온도가 단숨에 내려갔기 때문이다.

그리고 눈치챘다.

붉게 타오르는 불꽃보다도, 푸르게 빛나는 불꽃이 더 뜨겁다는 것을⋯⋯.

대국실에서 가장 뜨거운 열기를 뿜고 있었던 것은 아이가 아니었다.

그 사실은 긴코가 아이보다 더 깊고 격렬하게 수읽기를 하고 있었다는 것을 가리켰다.

――소라 선생님은 포기하지 않았어! ⋯⋯설마?!

1분 후⋯⋯.

불타버릴 것처럼 뜨거워졌던 몸을 바깥 공기로 냉각시킨 《나니와의 백설공주》는 항성(恒星)의 열량을 연상케 할 정도로 사고 회로를 막대하게 가동시켜 얻은 성과를 장기판 위에 출현시키기 위해 대국실로 돌아왔다.

그리고 손짓을 하듯 옥(玉)을 쥔 긴코는 중얼거렸다.

"덤벼 봐."

"윽?!"

신데렐라가 무심코 숨을 삼키자, 백설공주는 미소마저 머금으며 이렇게 말했다.

"춤춰 줄게."

## ♟ 심장이 없는 거인

그 한 수를 본 순간, 나는 행복의 절정에서 절망의 밑바닥으로 떨어졌다.

——9이옥……!!

"설마?! 이, 이 세상에…… 이런 수가?!"

경악했다.

소라 긴코가 둔 수는 내가 장군을 위해 옥(玉) 앞에 둔 계마(桂馬)의 품속으로 뛰어드는 것이나 다름없었다.

'목을 졸라서, 숨통을 끊어 봐.' 라고 말하는 듯한……

——상식적으로 말도 안 돼!! 하지만…… 하지마아아안!!

나는 무심코 고개를 든 후, 이 무시무시한 수를 둔 여자의 얼굴을 쳐다보았다.

그리고 다시 충격에 휩싸였다.

"윽……!!"

나는 마주 쳐다보는 소라 긴코의 눈은 푸른색을 띠고 있었다.

평소에는 회색이던 눈동자가, 코베의 바다처럼 푸른색을 머금

고 있었다. 바닥이 보이지 않을
만큼 깊디깊은 푸른색을 말이다.

　이, 이게——!!

　이것이……《나니와의 백설공
주》의, 진심!!

　"……본성을 드러냈구나! 이
괴물……!!"

　거머쥔 줄 알았던 빛이, 단 한
수에 의해 사라지고 말았다.

　내가 지금까지 장기판 안팎에
서 조금씩 쌓아온 우위를, 눈앞
의 괴물이 딱 한 수로 뒤엎은 것
이다.

　"아니야!! 아직…… 아직 내가
유리해!!"

　나는 나 자신을 향해 그렇게 말
했다. 냉정함을 되찾아야 해!

　1분 장기에 들어선 소라 긴코
와 달리, 나에게는 아직 시간이
남아 있다. 설령 국면이 다소 불
리해지더라도———— 실전적
으로는 내가 압도적으로 유리하
다!!

"이……게에에에에에에엣!!"

나는 짐승처럼 포효했다.

그리고 말받침에서 보를 움켜쥔 후, 소라 긴코의 옥(玉) 앞에 투입했다!

"빨리! 쓰! 러! 지! 란! 말이야아아아아아아아아아아앗!!"

나는 상대방에게 생각을 할 시간을 주지 않기 위해, 노타임으로 계속 뒀다. 내가 이미 승리로 이어지는 수를 전부 읽었다고 착각하게 만들기 위해서 말이다.

하지만 소라 긴코의 손가락은 기계처럼 정확하게 움직이며, 내 총공격을 전부 무효화시켰다.

──이, 이 여자…… 마음이라는 게 없는 거 아니야?!

그야말로 심장이 없는 거인이다.

아무리 공격해도, 대미지를 주는 느낌이 오지 않았다. 때리면 때릴수록 거꾸로 내 주먹에 상처만 나듯, 귀중한 가진 말을 잃고 만다.

──상대를 쓰러뜨리는 이미지가 떠오르지 않았다……. 내 공격이 너무 조잡한 걸까?!

그런 불안이 느껴졌지만, 손을 멈추는 순간이 곧 마음이 꺾이는 순간이라는 걸 아는 나로선 노타임으로 계속 수를 둘 수밖에 없다! 장군! 장군!! 장군!!!

"아아아아아아아아아아아아아아아아아아아아아아아아아아아아아아아아아아아아아아아아아아아아아아아아아아아아아아아아아아아아아아아아아아아아아아아아아!!!!!"

그리고…….

말받침에 놓인 모든 탄환을 다 쏴서, 허허벌판이 되어버린 그 장기판 위에서…….

"살아…………있어?"

소라 긴코의 옥(玉)은 잡히지 않았다.

──옥(玉)을 잡지 못했어……! 혀, 형세는?! 아직 내 옥은 안전한 거야?!

내가 장기판을 덮을 듯 몸을 내밀면서 자기 진지의 안전도를 계산하고 있을 때, 목소리가 들렸다.

"바라보고 있는 장소가 달라. 제대로 읽어."

"뭐……?"

"아까 내가 말했지? 춤춰 주겠다고 말이야."

"………………………어?"

나는 적의 말을 듣고 천천히 고개를 들었다.

그리고 내 시선은 적진을 향했다.

"⋯⋯⋯⋯앗?! 서, 설마⋯⋯⋯⋯ 설마, 설마?! 설마아앗?!"

그리고 내가 본 것은————— 천일수.


——선수인 내가 천일수를 선택하게 만들려는 거야?! 아까 내가 했던 것처럼⋯⋯?!

믿기지 않았다. 설령 소라 긴코가 거기까지 읽고 이 국면으로 유도했다면, 그것은 인간이 할 수 있는 짓이 아니다. 하지만⋯⋯.

——천일수를 선택하면, 처음부터 다시 싸울 수 있어⋯⋯.

하지만 그때는 불리한 후수에서 둬야 한다. 현재 국면에서 사실 내가 유리하다면? 소라 긴코가 나에게 천일수를 선택하게 하려고 장외전술을 쓰고 있는 거라면? 수를 읽을 시간은 없다.

천일수로 도망치면, 일단 패배는 면할 수 있다.

하지만⋯⋯.

"⋯⋯고마워."

긴장과 공포 때문에 덜덜 떨리는 이를 필사적으로 깨물면서, 나는 장기말을 옮겼다.

"하지만————— 무승부는 필요 없어."

나는 천일수를 거부했다.

그리고 필사적으로 미소를 지으며 말했다.

"덤벼. 죽여 줄게."

"헛소리 작작해."

반격이 시작됐다.

소라 긴코는 장기말이 갈리는 소리가 들릴 정도로 무리한 공격을 펼쳤다. 무시무시한 계산에 입각한 폭력 그 자체였다!!

"크으윽……!!"

나는 필사적으로 그 중압을 견디면서, 금방이라도 붕괴될 듯한 국면을 유지했다.

바로 그때…….

"간다."

소라 긴코는 차분한 목소리로 그렇게 선언하더니, 자신의 옥을 전진시켰다.

왕이 직접 선두에 서면서 돌진을 하는 것이다. 마치 잔 다르크처럼 말이다. 유탄에 맞기라도 하면 그 시점에서 즉사하겠지만, 1분 장기를 두면서도 그녀의 손가락은 떨리지도 않았다.

예상할 수 있을 리가 없다. 받아낼 수 있을 리가 없다. 이런 공격을…….

"히익……!!"

나는 처음으로 공포에 사로잡혔다. 소라 긴코라는 존재에게, 심장이 없는 거인에게…….

그 공포가, 겨우겨우 유지되던 마음의 균형을 무너뜨렸다.

"윽! ……아아…………."

이렇게 떨리는 마음으로는 역전은 고사하고 국면의 균형을 유지할 수도 없다.

형세는 후수 유리에서 후수 우세로 바뀌었다. 그리고 후수 승세를 향해 치닫고 있었다.

나는 필사적으로 저항했다.

하지만 그것은 최선의 수를 찾는 작업이 아니다.

오히려 악수(惡手)를 찾는 작업이었다.

──기습을 펼쳐서 상대를 헷갈리게 만드는 거야! 각두보 같은 기습을 펼쳐야 해!!

열세 속에 최선의 수가 있을 리가 없다. 그러니 열세인 것이다.

괴로울 때는 아무리 발버둥을 쳐봤자 괴로울 뿐이다.

슬픔과 고통 속에 희망이 존재하지 않듯, 이 세상은 결코 상냥하지 않다. 지금 이 순간도 누군가가 죽고, 누군가에게 구제할 길 없는 불행이 닥치며, 승리자와 패배자가 태어난다.

나와 소라 긴코의 앞에도 지금, 한 줄기 선이 그어지려 하고 있었다.

"하지만………… 그렇다고, 포기할 수는 없단 말이야아아아아아아아아앗!!"

그저 기다리기만 해선 행복이 굴러들어오지 않는다. 더욱 깊은 상처를 입을 것을 각오하며 맞서야만, 행복해질 수 있다.

강해질 수밖에…… 없다!!

하지만…….

"큭……!!"

하지만, 냉철한 승부사인 부분이 나에게 패배를 고하고 있다.

──…………외통수, 인가.

소라 긴코는 자신의 옥(玉)으로도 공격을 펼치는 최강의 수로 나를 눌러 죽이려 하고 있다. 천일수를 거부한 시점에서, 이미 승리로 가는 수를 전부 읽었다는 무엇보다 명확한 증거였다.

이 순간, 나는 타이틀을 놓쳤다.

아버님과 어머님이 살아 있었다는 증거 삼아 손에 넣고 싶었던 꿈은, 내 손을 타고 흘러내렸다.

싸움은 끝난 것이다. 패배라는 형태로 말이다.

나의 신데렐라 스토리는, 배드엔딩을 맞이했다.

"하지만…… 왜……?"

졌는데…….

다 끝나고 말았는데…….

왜 이렇게…… 이렇게, 마음이 뜨거운 거지?

왜 아직도 가슴이 두근거리는 거지?

이 순간, 내 마음속에 떠오른 것은── 아버님과 어머님의 미소가 아니었다.

"아하………… 그래."

나는 무심코 중얼거렸다.

장기판 옆의 히나츠루 아이와 쿠누기 소타가 내 얼굴을 힐끔 쳐다보았다. 그리고 자세를 바로 잡았다.

투료의 순간에 대비해서 말이다.

방금 내가 중얼거린 말을, 내가 옥(玉)이 잡히는 수를 읽었기 때문이라고 여기는 것이리라.

하지만 내가 깨달은 것은 전혀 다른 것이다.

장기와는 관계가 없다.

대국 중에 할 생각이 아닐지도 모르지만, 깨닫고 말았으니 어쩔 수 없다.

　그렇다……. 나는 드디어 깨달은 것이다.

　나에게 쭉 용기를 준 사람이 누구인지를…….

　나에게 미래를 준 사람이 누구인지를…….

　그러니 이제 무섭지 않다.

　가슴을 펴고, 나는 말할 수 있다.

　이 세상 모든 사람에게 들리도록, 똑똑히 말하자.

　지금까지 인정하지 못했던 그 말을…….

　다음 싸움으로 이어지는 마법의 말을…….

　이 목숨이 다하는 순간까지 계속 도전하겠다는, 그 결의의 선서를…….


　"졌습니다."


　그렇게 말한 순간, 내 가슴속에서 어느새 자라나고 있던 조그마한 마음이, 이름을 얻었다.

　이제 나도 안다.

　분명 사람들은 이 마음을————라고, 부르는 것이다.


## ⌂ 동전이 된 별


『두 대국자가 보드 해설장에 도착했습니다! 여러분, 성대한 박수로 맞이해 주십시오!!』

리스너인 로쿠로바 씨가 예배당 입구를 향해 그렇게 말한 순간, 장엄한 문이 좌우로 크게 열리면서 사저와 야샤진 아이가 관중들 앞에 모습을 드러냈다.

식장 관계자가 입장곡까지 틀어준 덕분에 분위기가 꽤나 달아올랐다.

게다가 현재 시각은 밤 12시다.

기모노 차림인 사저와 새하얀 드레스를 입은 아이가 나란히 버진 로드를 걷고 있는 모습은 마치 동화 속 히로인을 연상케 할 정도로 환상적이었다.

그야말로 동화 같았다. 이 두 사람이 조금 전까지 서로 죽이려고 처절한 사투를 벌였다는 점만 제외한다면 말이다.

"백설공주와 신데렐라의 행진인가……."

그렇게 중얼거린 나는 두 사람에게서 아직도 뿜어져 나오고 있는 살기를 느꼈다.

승자인 사저는 이 승리에 전혀 만족하지 않은 것 같았다. 남들은 눈치채지 못하겠지만, 나는 사저의 표정에 깃들어 있는 분노를 느낄 수 있었다.

이번에 타이틀을 지키면서 초대 영세여왕의 자격마저 손에 넣었는데도…….

한편, 타이틀을 따내지 못한 아이 또한 복잡한 표정을 짓고 있었다.

의기소침……한 것 같지는 않았다.

아직 싸움의 여운에서 벗어나지 못한 건지, 볼이 홍조를 띠고 있었다. 눈도 촉촉이 젖어 있었다.

——처음으로 벽에 부딪쳤으니까 말이야……. 어쩔 수 없지.

나는 제자를 격려하고자 시선을 마주하려 했지만——.

"윽……!!"

휙.

나와 한순간 시선이 마주친 아이는 볼을 더욱 붉히면서 고개를 돌렸다. 명백하게 옆으로 고개를 돌린 것이다. 마음에 상처가 났어…….

『소라 여왕, 야샤진 양, 두 분 다 수고 많으셨습니다. 자아, 단상으로 올라오세요.』

로쿠로바 씨는 "긴코 양은 쿠즈류 선생님의 옆에 서. 꼬맹이, 너는 이쪽이야." 하고 위치를 지정해 준 후…….

『그럼 여기서부터는 쿠즈류 선생님에게 맡기겠습니다.』

『어?! 왜요?!』

『저에게 축하받는 것보다 쿠즈류 선생님에게 축하받는 편이 더 기쁠 테니까요. 안 그래요? 여왕?』

"……."

사저는 로쿠로바 씨의 말에 답하지 않았다.

야유와 배려가 반반씩 섞인 발언 같지만…… 로쿠로바 씨는 뭘 모르는 것 같네.

사저가 듣고 싶은 건 내 축하가 아닐 것이다.

『……좋아요. 그럼——.』

나는 대형 보드의 왼쪽 상단으로 손을 뻗어 장기말을 뒀다.

──9일용.

그 수가 펼쳐진 순간…… 예배당 안에 경악이 퍼져 나갔다.

"어이……."

"저, 저건……!"

"설마……?!"

세계가 반전된 듯한 충격이 발생했다.

그렇다. 이것은──.

『아이.』

나는 사저가 아니라, 대형 보드의 반대편에 선 제자에게 물었다.

『왜 천일수를 하지 않은 거지? 눈치 못 챈 건 아닐 텐데?』

그것은 사저가 옥(玉)이 직접 공격에 나선 직후의 순간이다.

후수의 옥(玉)이 9이의 지점을 벗어난 틈을 노리며, 선수가 용왕(竜王)을 9일로 회전시키면, 후수의 진형에서 은(銀)이 빙글빙글 도는 천일수가 출현한다.

실전에서 아이는 용왕(竜王)을 7일로 이동시켜 옥(玉)을 후방에서 뒤쫓게 하는 수를 선택했다. 그 변화를 읽는 것도 매우 어렵고, 시간도 없기 때문에 보드 해설에서 천일수를 언급하지는 않았지만──.

사저는 아이에게, 자신과 같은 갈등을 안겼다.

패배나 다름없는 천일수를 선택하게 한 후, 완전히 짓밟을 심산이었으리라.

하지만 아이는 다른 선택을 했고…… 나와 사저는 그 이유를 알고 싶었다.

대형보드를 쳐다보던 아이는 이윽고 천천히 고개를 끄덕였다.

"……응. 천일수가 가능하다는 건 알고 있었어."

『그런데 왜 그러지 않았지? 선수를 잡았으면서 천일수가 되는 걸, 자존심이 용납하지 않은 거야?』

"그렇지 않아. 나는 천일수를 선택하지 않은 것이 아니야. 선택할 수 없었어."

아이는 그 이유를 밝혔다.

"왜냐하면 나는─────『도전자』인걸."

""……!""

나와 사저가 숨을 삼킨 가운데, 아이는 담담하게 이유를 입에 담았다.

"타이틀 보유자는 질 수 없는 싸움을 해야만 해. 하지만 도전자는 이겨야만 하지. 앞으로 나아가려 하는 마음을 품고서야 비로소, 나는 제대로 된 장기를 둘 수 있었어."

아이는 이번 제3국에서 장기계의 금기를 연달아 깼다.

장기판 안팎에서 계속 공격을 펼친 결과, 제3국에서야 비로소 진정한 도전자로서 대국에 임할 수 있었다.

타이틀 획득은 아직 요원하지만…… 그 문턱에 선 것이다.

그것을 가능하게 해 준 것은 앞으로 나아가며 공격을 펼치려는 마음이었다. 그 마음을 버리고 천일수를 선택했다면, 아이는 도전자가 될 자격을 잃고 말았으리라.

──스스로 그것을 깨달은 건가.

아이가 스스로 알기를 내가 바란 것은, 각두보의 개량방법 같은 사소한 것이 아니라…….

"제법이네. 뭐, 달갑지는 않지만 말이야."

로쿠로바 씨는 마이크를 끄면서 그렇게 중얼거렸다.

보드 해설장에 온 다른 여류기사들도 아이를 쳐다보며 눈부시다는 듯한 반응을 보이고 있었다.

마법도, 다른 무엇도 아니다.

유리 구두를 벗어 내던진 신데렐라는 자신의 힘으로, 자기에게 도전자가 될 자격이 있다는 것을 증명했다. 기사에게 있어 절대적으로 필요한 '신용'을 거머쥔 것이다.

맨발로 대지에 굳건히 선 도전자, 야샤진 아이는 말했다.

"천일수는 눈치챘어요. 하지만 저는 그 국면이라면 그냥 싸워도 이길 수 있을 거라 판단했죠. 그건 제 수읽기가 소라 여왕에게 미치지 못했다는 증거예요. 그리고 무엇보다…… 선수이면서도 천일수를 선택할 용기를…… 다시 불리한 후수가 되어 싸울 용기를, 저는 가지지 못했죠. 완패예요."

아이는 그렇게 말하며 사저를 향해 고개를 숙였다.

"그리고…… 응원해 주신 코베 주민 여러분."

다음으로, 아이는 예배당의 좌석에 앉아 있는 팬을 향해 고개를 숙였다.

"이렇게 늦은 시간까지 응원해 주셔서 감사합니다. 져서 죄송해요. 여러분의 기대에 부응하지 못해 유감이며, 그게 너무…… 너무, 너무, 분해요……."

희미하게 떨리는 목소리가 아이의 심정을 구구절절하게 표현하고 있었다. 그 갸륵한 모습을 보고 무심코 눈물을 흘리는 팬도 있었다.

"하지만 저는 이번 선승제 승부를 통해, 정말 중요한 점을 배웠어요."

고개를 든 아이의 표정은 아까와 딴판으로 변해 있었다.

"타이틀 보유자로서의 자존심을 가질 것과, 단 한 번의 승리를 위해 그 자존심을 버릴 수 있는 강함……. 저한테는 아직 그런 강함이 부족해요."

열 살 소녀의 눈동자에는 지고도 앞을 응시하며 나아가려 하는 자 특유의 빛이 어려 있었다.

도전자의 얼굴이다.

"저의 장기 가족…… 키요타키 일문의, 사부님과 사조님처럼 촌스럽고 끈질긴 장기를 이어받을 수 있도록, 그리고 하루라도 빨리 사고(師姑)이신 소라 여왕을 따라잡을 수 있도록, 기초부터 차근차근 배울까 해요."

"윽……!! 아이…….."

나는 눈물이 날 뻔했다.

지금까지 일문과 거리를 두던 아이가, 처음으로 나를 가족이라 불러준 것이다.

나만이 아니다.

키요타키 사부님과 사저까지 '가족'이라 불렀다.

분명 이 광경을 보고 있을 아이의 부모님에게, 나는 마음속으로 보고했다.

——……저는 이 애에게 드디어 가족을 만들어 준 것 같아요.

이기게 해 주지는, 못했다.

하지만 더욱 커다란 것을, 이 애는 받아준 것이다.

아이는 마이크를 쓰지 않으며, 자신의 목소리로 팬들을 향해 외쳤다.

"몇 번이든 도전하겠어요! 더욱 강해지겠어요! 그러니까 앞으로도, 여러분은 응원이란 형태로 제 등을 밀어주세요!"

남의 도움을 끈질기게 거부하던 소녀가 지금, 용기를 쥐어짜서 남을 향해 손을 내밀었다.

매달리기 위해서가 아니다.

거머쥐기 위해서다.

"앞으로도 나만 따라와!! 절대 후회시키지 않을게!!"

따뜻하고 힘찬 박수가 예배당에 울려 퍼졌다.

영원히 사라지지 않을 영광을 거머쥔 자는 《나니와의 백설공주》다.

신데렐라에게 걸린 『도전자』라는 마법은 풀리고 말았다.

하지만——.


그 모습은, 마법이 풀린 후에도 찬란히 빛나고 있는 것처럼 보였다.

선승제 승부가 시작되기 전보다 더 강하게, 더욱 아름답게…….

## ● 가장 소중한 것

"다녀왔습니다."

부자연스러울 정도로 정적이 감돌고 있는 집으로 돌아온 나는 아키라와 함께 조부가 기다리는 방으로 향했다.

마중을 온 이들이 나를 보고 깜짝 놀란 표정을 짓더니…… 약간 안절부절못하는 것 같았다.

생각해 보니, 나는 이번 타이틀전이 시작될 때까지 공식전에서 거의 진 적이 없었다.

——패배한 기사는 집에 돌아가는 걸 거북해한다던데, 그 이유를 알겠네……

왠지 좀 어색하지만, 익숙해질 수밖에 없으리라.

앞으로 얼마든지 이 느낌을 맛보게 될 테니까 말이다.

"아, 으음…… 아이, 돌아왔구나."

나를 맞이한 조부는 명백하게 당황한 것 같았다.

대국 결과를 알고 있으며, 이렇게 빨리 돌아올 거라고는 생각하지 못한 것 같았다. 그래서 어떤 식으로 대하면 좋을지 모르겠다는 듯한 느낌이었다.

"성묘는 다녀왔느냐?"

"아뇨. 부모님 묘에는 나중에 갈 거예요."

"뭐……?"

조부는 의아하다는 눈길로 나를 보았다.

이제까지 나는 공식전을 치른 후에 반드시 부모님에게 성묘를 갔다. 조부는 그 의미를 누구보다도 이해하고 있는 것이다.

그래서 타이틀전이 끝났는데도 내가 성묘를 하지 않았다는 말을 듣고, 나를 걱정하는 것이리라.

나는 집으로 돌아오면서 여러모로 생각을 했다.

——무엇을 전할까? 어떤 식으로 전할까?

한 번은 생각이 정리됐지만…… 파도에 쓸리는 모래성처럼, 다른 생각이 연달아 떠오르면서 무엇을 전하면 좋을지 감이 오지 않았다.

"할아버님…… 저…….'"

결국…….

나는 마음속에 떠오른 말을 있는 그대로 전하기로 했다.

"……아버님과 어머님이 돌아가신 후, 저는 너무 슬펐어요. 당시 일이 잘 생각나지 않을 정도로 슬펐고…… 후회만 했어요."

"…………."

"왜 아버님에게 더 장기를 배우지 않았을까? 왜 어머님이 좋아하는 것에도 눈길을 주지 않았을까? 왜 내가 여류기사가 되기 전에, 두 분 다 돌아가시고 만 걸까…… 같은 생각만 했어요."

"윽……."

할아버님은 한순간, 고통을 참는 듯한 표정을 지었다.

하지만 아무 말 없이 내가 입을 열 때까지 기다려 주셨다.

재촉하지도 않으며, 그저 차분히, 따뜻한 눈길로 나를 응시하셨다. 이제까지 그렇게 해 오셨듯이 말이다.

나는 그 시선에서 용기를 얻으며 말을 이어나갔다.

이제까지는 무서워서 밝히지 못했던 속내를, 털어놓았다.

"저는 같은 후회를 또 하고 싶지 않아요. 그러니까…… 그러니까……!"

나는 할아버님의 눈을 똑바로 쳐다보며 외쳤다.

"돌아가신 아버님과 어머님보다, 할아버님과 함께 있는 시간을 더 소중히 여기고 싶어요! 아버님을 생각하며 장기를 두는 것보다, 눈앞에 있는 상대와 장기를 두고 싶어요!"

소라 긴코와 장기를 두면서 느낀 열기가, 말이 되어 입 밖으로 흘러나왔다.

나는 속내를 전부 털어놓으며 외쳤다.

"저는 장기를 좋아해요. 장기를 앞으로도 계속 두면서, 더욱 강해지고 싶어요. 하지만 그건 과거를 돌아보기 위해서가 아니에요! 앞으로 나아가기 위해, 저는 장기를 두고 싶어요!!"

나한테 있어 장기란, 잃어버린 것을 되찾기 위한 수단이었다.

나한테 있어 장기란, 승리의 대가로 무언가를 잊는 것이었다.

하지만, 달랐다.

진심으로 싸우자, 본심을 이야기해 주는 상대가 생겼다. 친구와는 다른…… 전우라고 불러야 할까? 그런 상대가 생겼다.

아버님, 어머님과 비교할 수는 없지만…… 나한테 있어 그들은 소중한 존재였다.

장기를 둔다고 해서 잃는 것은 없었다. 졌지만, 아무것도 잃지 않았다.

아니, 오히려 많은 것을 얻었다.

어느새, 나는 혼자가 아니었다.

아니…… 처음부터 나는 외톨이가 아니었다. 자신이 그렇게 생각했을 뿐이다.

그러니까──.

"그러니 이제부터는 할아버님에게 가장 먼저 보고하겠어요. 타이틀을 따지 못해 죄송해요."

나는 할아버님을 향해 고개를 숙였다.

사죄, 그리고 감사의 마음을 담아서…….

"그리고, 항상 저를 우선으로 생각해 주셔서 감사해요. 제 억지를 뭐든 다 들어주셔서 감사해요. 반드시 타이틀을 따서, 할아버님에게 선물하겠어요. 그러니까 오래오래 사시면서, 앞으로도 저를 지켜봐 주세요."

"아이…… 오오, 아이……!"

온화한 할아버님의 눈이 점점 젖어 들어가기 시작했다.

코베의 바다처럼 잔잔하던 그 눈이 지금은 눈물을 머금은 채 크게 흔들리고 있었다.

그 눈물이 흘러내리지 않도록 고개를 들은 할아버님이 천국에 있는 아버님과 어머님에게 보고했다.

"보고 있느냐? 너희가 남긴 이 조그마한 애가…… 이렇게 어엿한 여류기사가 됐단다. 누구보다 아름답고, 누구보다 기특한, 여류기사 선생님이……."

결국 할아버님은 눈물을 흘리고 말았다.

잘 생각해 보니, 나는 할아버님이 우는 모습을 처음 보았다.

자식을 잃었을 때도 흘리지 않던 눈물을, 내 앞에서 결코 보이지 않던 눈물을, 할아버님은 남들 눈을 개의치 않으며 흘렸다.

그 눈물을 보고, 나는 눈치챘다.

이 세계에는 절망보다 희망이 더 많다는 것을⋯⋯.

슬플 때 흘리는 눈물은, 언젠가 마른다.

하지만 기쁠 때 흘리는 눈물은, 아무리 흘려도 마르지 않는다.

"이제⋯⋯ 이제, 언제 죽어도 여한이 없다⋯⋯!"

"그러니까, 오래 살아달라고 말씀드렸잖아요⋯⋯. 할아버님은 바보⋯⋯."

나는 그런 할아버님의 품에 뛰어들어서, 할아버님보다 더 많이 울었다.

패배의 울분, 그리고 가슴속을 가득 채운 마음을 토로한 안도감 같은 감정이 눈물이 되어 쉴 새 없이 흘러내렸다.

뜨거웠다.

너무나도 뜨거웠다.

눈물이 멎지 않는 눈과, 가슴속 깊은 곳이⋯⋯.


그 모습을, 조금 떨어진 곳에서 아키라가 조용히 지켜보고 있었다.

선글라스로 가리고 있지만, 어떤 표정을 짓고 있는지 훤히 알 수 있었다.

왜냐하면…… 볼을 타고 흘러내리는 눈물은, 선글라스로 가릴 수 없는걸!

## △ 별에서 온 어린 왕자님

"……그렇게, 154수로 아이는 투료를 했습니다."

야샤진 아이의 부모님이 잠든 묘 앞에서 기보를 읽던 나는 말을 멈췄다.

아이가 대국을 마친 후, 나는 언제나 이 의식을 치렀다.

지금까지는 기보를 읽은 후, 나는 눈앞의 비석을 향해 약한 소리를 했고, 때로는 답을 얻기 위해 질문을 던지기도 했다.

하지만 오늘은 달랐다.

"대단한 장기였어요. 강한 장기였어요. 무엇보다, 아이만이 둘 수 있는 장기였죠."

나는 목소리에 힘을 담으며 말했다.

지기는 했지만, 문제는 그것이 아니다. 자신이 지금까지 해온 일은 잘못되지 않았다.

"그런 장기를 둘 수 있었던 건, 분명————."

바로 그때, 나는 등 뒤에서 들려온 발소리 때문에 입을 다물었다.

두꺼운 안개 너머에서 나타난 조그마한 사람은 내가 예상한 바로 그 인물이었다.

야샤진 아이다.

검은 옷을 입은 소녀는 팔짱을 끼며 나를 노려보더니, 이렇게 말했다.

"이곳은 관계자 외 출입금지거든?"

"……아키라 씨에게 허락을 받았어."

"알아. 그래서 오늘은 집에서 벌을 받고 있어."

"그, 그렇구나……."

나는 마음속으로 아키라 씨의 명복을 빌었다. 삼가 명복을 비옵니다…….

그와 동시에, 자신이 해온 일이 눈앞의 소녀에게 있어서는 마음의 화단을 흙 묻은 발로 짓밟는 행위라는 걸 깨달으며 반성했다.

나는 똑바로 선 후, 제자를 향해 깊이 고개를 숙였다.

"……미안해. 여기가 아이에게 있어 소중한 장소라는 건 알고 있어. 하지만……."

"하지만, 뭐?"

"이야기하고 싶었어. 아이가 둔 장기를, 내 지도가 잘못된 건 아닌지를…… 누군가에게 묻고 싶었어. 그래서——."

"나 몰래 이곳에 왔던 거구나. 사과할 바에야 그냥 당당하게 행동하는 편이 낫지 않아?"

"……화나지는 않은 거야?"

"왜 화내?"

맥이 다 빠질 정도로 아이는 상냥했다.

뭐야? 이제부터 나에게 혹독한 벌을 주려는 건가……?

"너, 내가 화날 짓을 한 거야? 내 부모님을 모독했다던가."

"그, 그런 짓을 왜 해?!"

"그럼 문제가 될 건 없네. 스승으로서, 나를 부모님에게 보고하러 온 거지?"

내가 겁먹은 어조로 한 말을 들은 아이가 "으으~……." 하고 신음을 흘리며 얼굴을 붉히더니…….

"……고마워."

"뭐?"

"고, 고맙다고 했거든?! 사람 말 좀 한 번에 알아들으란 말이야, 이 쓰레기야!!"

"으, 응……."

고맙다는 소리를 하더니, 이번에는 또 욕을…… 대체 어떤 표정을 지으면 좋을지 모르겠어…….

"아까 할아버님과도 이야기를 했어. 지금까지는 대국이 끝나자마자 이 묘지에 왔지만, 앞으로는 할아버님에게 가장 먼저 보고를 하기로 했어."

"그렇구나……."

잘 된 거라고 생각한다.

여전히 심술꾸러기이기는 하지만, 소중한 사람에게 솔직하게 감사의 마음을 전할 수 있다는 것은 이번 선승제 승부를 통해 그녀가 성장했다는 증거이리라.

하지만 나는 다음 말을 듣고 위화감을 느꼈다.

"돌아가신 부모님만 쫓아다녀 봤자 의미가 없는걸. 그런 걸로 후회하고 싶지 않아. 아버님과 어머님은 이제 이 세상 그 어디에도 안 계시니까…… 여기 있는 건 묘지일 뿐이야."

"안 계시다고? 아이의 부모님이 말이야?"

"그래. 이미 돌아가셨는걸."

아이는 아직 아물지 않은 상처를 헤집는 듯한 표정을 지으며 말했다.

"나는 그걸 인정하지 않았지만…… 그래선 안 된다는 걸 알았어. 더 강해지기 위해선——."

"그렇지 않아."

"뭐……?"

"너희 아버님과 어머님은 이 근처에 계셔. 사라지신 게 아니야."

"……뭐? 무슨 소리를 하는 거야?"

"역시 모르는구나."

"말 그만 돌리고 빨리 말해! 아니면 역시 그냥 입에서 나오는 대로 지껄인 거야?! 그럼 절대 용서 안 할 거야!"

아이는 사제지간의 인연을 끊기라도 할 것처럼 화를 냈다.

그래……. 너무 가까우니까 눈치채지 못한다는 것이 이럴 때를 두고 하는 말이구나.

"아니, 있어. 바로 곁에 있어. 너무 가까워서 눈치채지 못할 정도로 말이지."

"그게 어디인데?!"

"아이가 두는 장기 안에."

내가 그렇게 말한 순간——.

"윽……!"

아이는 눈을 크게 떴다.

나는 숨 쉬는 것을 잊을 정도로 놀란 제자를 향해 상냥한 어조로 말했다.

"각교환 사간비차라는 전법이 있지?"

"뭐? 으, 응……. 그게 왜?"

"그건 원래 아마추어가 쓰던 전법인데, 프로 세계에서는 쭉 B급 전법으로 여겼어. 그것을 오이시 씨와 다른 젊은 몰이비차 파가 정당하게 평가해서, 프로에서도 유행하는 전법으로 만든 거야."

그것과 마찬가지로——.

"내가 『싱글벙글 삼간비차』로 변형시킨 4이은 형의 각교환 맞비차도, 어떤 최정상 아마추어가 연구한 전법이었어."

"윽……!! 그건…… 설마………… 설마……?"

"응. 아마추어 명인, 야샤진 타카히로—— 너희 아버지셔."

야샤진 아이를 제자로 받은 후, 나는 우선 아이의 부모님이 모신 묘에 성묘를 했다.

그리고, 아이의 아버지가 남긴 기보를 전부 살펴봤다.

"진 대국이라 주목을 받지 못했지만, 아이의 아버님은 이 각교환 맞비차를 몇 번 뒀어. 카가미즈 씨에게 물어보니까, 연습 때 둔 적도 있으시대. 본격 앉은비차 파셨던 네 아버님이 몰이비차를 두신 게 신경 쓰여서 연구를 해 봤더니…… 우세했던 걸 알았어."

나는 손에 쥔 기보용지를 펼쳐서 보여주면서 설명했다.

천일수가 된 그 대국에서, 아이는 이 4이은 형의 각교환 맞비차를 완벽하게 뒀다. 누가 가르쳐 준 적도 없는 이 전법을, 자신만의 형태로 말이다.

"아이가 직접 증명했잖아? 네 아버님의 기풍은 네가 이어받았어. 어머님의 상냥함과 함께 말이야."

인간도, 컴퓨터도, 누군가가 장기를 둔다면 어떤 형태의 특징이 나타난다.

그것을 『기풍』이라고 부른다.

기풍의 형성에는 다양한 것들이 연관되어 있다.

성격과 일치한다고 말하는 사람도 있는가 하면, 그렇지 않다고 말하는 사람도 있다.

하지만──.

"나는, 기풍에는 『동경』과 『마음』이 나타난다고 생각해."

"마음……?"

"그래. 그 사람이 쭉 마음에 품어왔던 상대의 성격, 그리고 동경하는 사람의 장기를 닮게 된다고 생각해."

장기와 스포츠에는 큰 차이가 존재한다.

예를 들자면, 야구에서는 초등학생이 프로 선수와 같은 공을 던지는 것이 불가능하리라.

하지만 장기라면, 초등학생이 명인과 같은 수를 재현할 수 있다.

기보를 보며 복기를 한다는 방법으로 말이다.

"하지만 아무리 기보를 따라 수를 둬도 동경하는 상대와 완전히 똑같아질 수는 없어. 《가시나무 공주》가 사저가 되지 못했던 것처럼."

"……."

"역시 자신의 성격이 영향을 끼치는 거야. 그리고 성격의 형성은 타고나거나, 부모님이나 가정에 영향을 받아."

장기를 익히는 것과 성격의 형성이 동시에 일어나는 기사에게 있어, 기풍이라는 말은 『영혼』과 같은 의미라 할 수 있으리라.

"아이는 아버님에게서 장기를 배우고, 부모님이 돌아가신 후에도 쭉 혼자서 아버님의 기보를 보며 장기 공부를 해왔지?"

"으, 응. ……하지만……."

"혼자서 공부를 하느라 기풍에 자기 성격이 강하게 드러났고, 네 아버님의 기풍도 꽤 순수한 형태로 남아 있어. 수많은 상대와 대국을 하면서 강해진 다른 기사와는 달라."

그러니까──.

"그러니까 보인 거야. 아이가 두는 장기 안에────── 장기와 딸을 사랑하는 아버님, 그리고 그런 두 사람을 감싸주듯 지켜보고 있는 어머님의 모습이 말이야."

"윽……!!"

아이의 눈이 점점 젖어 들어가기 시작했다.

마치, 이 소녀의 안에 있는 부모님이, 눈물이 되어 내 말에 답해주고 있는 것만 같았다.

나는 그 눈을 바라보며 말했다.

이제까지, 묘비를 향해 말했듯이…….

"처음 장기를 뒀을 때, 그걸 깨닫고…… 나는 너한테 장기를 가르치는 걸 관뒀어. 네가 추구하는 건, 네 스스로 갈고닦아야만 손에 넣을 수 있다고 생각했어."

『천의무봉(天衣無縫)』이라는 말이 있다.

선녀의 날개옷은 그 자체로 완벽하며, 그래서 바느질한 자리가 없다. 그런 의미의 말이다.

눈앞의 소녀는 그 말에 걸맞은 존재였다.

내가 가위질을 하거나 바느질을 할 필요가 없는, 순수하고 완벽한 재능을 지닌 것이다.

나는 그 재능에…… 너무나도 끌렸다.

"그러니까, 이제 망설이거나 찾을 필요가 없어. 아이는 지금 이대로면 돼. 네 부모님도, 쭉 가장 가까운 곳에서 너를 지켜봐 주실 거야."

"아, 아버님과…… 어머님이…… 내, 안에……?"

아이는 조그마한 두 손으로 가슴을 움켜쥐면서 말했다.

거기에 깃든 온기를 확인하려는 듯이, 나에게 물었다.

"정말이야……?"

"그래. 그러니까, 아이와 장기를 둔 모든 이들이 너를 가만히 내버려두지 못하는 거라고 생각해."

로쿠로바 씨와 노보료 씨도, 아이의 장기 안에서 나와 같은 것을 느꼈으리라. 건방진 가면 안에 숨겨져 있는 순수하고 갸륵한 본질을 접한 것이다.

나는 안개에 뒤덮인 묘지를 가리키며 말을 이었다.

"그러니까 아이가, 두 분을 이곳보다 더 넓은 세계로 데려다 드려. 장기를 통해, 아버님과 어머님을 더 많은 사람들에게 알리는 거야."

말로는 전할 수 없을지도 모르지만, 장기를 통해서라면 전할 수 있다.

기억이 흐릿해지더라도, 손가락 끝이 기억하고 있을 것이다.

"더욱 장기를 두자. 함께 걸어 나가자. 다 같이 말이야."

"…………예. 사부<sup>선생님</sup>님……."

아이는 눈물을 흘리면서 솔직하게 고개를 끄덕였다.

나는 그런 제자가 진심으로 사랑스러웠다.

"아이."

나는 이 자리에서 무릎을 굽히며 아이의 얼굴을 향해 손을 뻗은 후, 그녀의 눈물을 검지로 닦아줬다.

아이는 몸이 약간 굳었지만, 저항하지 않으며 내 손길을 받아들였다.

"역시 나는 스승으로서는 반편이 이하인 것 같아."

"어?"

"내 비차로 눈물을 닦아줄 생각이었는데, 또 이렇게 울려버리고 말았잖아."

"…………바보."

어느새 안개가 걷히더니——.

구름 사이로 쏟아진 빛줄기가, 코베의 바다를 찬란히 비추고 있었다.

## 🔔 아기 새와 고양이

"네 관전기, 꽤 괜찮았어."

"어?"

그것은, 오래간만에 여초연이 개최된 어느 휴일의 일이었다.

칸사이 장기회관의 도장에서 예의 4인조의 제안으로 함께 연구회를 가진 나는 점심을 먹기 위해 1층에 있는 레스토랑 『트웰브』의 카운터석에 앉았다.

그리고 내 옆에 앉은 히나츠루 아이와 함께 식사를 했다.

나는 그 애와 할 이야기가 있어서, 이렇게 단둘이 식사를 하러 왔다.

아이가 버터라이스를 담긴 수저를 멍하니 든 채 얼이 나간 듯한 표정을 짓자, 나는 소혀 스튜(가장 비싼 메뉴다)를 고상하게 스푼으로 뜨면서 말을 이었다.

"관전기 말이야. 잡지에 실린 관전기."

"읽어 준…… 거야?"

"당연하잖아? 나하고 관계가 있는 기사인 데다, 동문이 쓴 거니까 말이야."

대국에 대한 묘사는 농담 삼아서도 잘 썼다고 말할 수준이 아니지만…… 읽으면서 몸이 달아오르는 느낌이 들었다.

특히 마지막 부분을 읽으면서 말이다. 이런 느낌이었다.

"이게, 내 이야기라면 좋을 텐데……."

제3국의 재대국. 그 최종 국면에서 격렬하게 싸우고 있는 텐짱의 얼굴을 옆에서 지켜보며, 저는 쭉 그런 생각을 했어요.

아름다운 옷을 입고 장기를 두기 때문도, 세간의 주목을 받고 있기 때문도 아니에요.

저는 텐짱보다 먼저, 쿠즈류 문하생으로서 연수회에 들어갔어요.

여류기사 또한 텐짱보다 먼저 됐어요.

하지만 텐짱은 항상 저보다 앞서 나갔어요. 장기를 시작한 건 텐짱이 더 빠르고, 실력도 텐짱이 뛰어나요. 실적 또한 금방 추월당했어요.

저는 항상, 텐짱의 등만 쳐다봤어요.

하지만 지금은 대국실에 앉아서, 대국 중인 텐짱의 얼굴을 처음으로 봤어요.

장기판 앞에 앉아 있는 건, 제가 아는 텐짱과 전혀 다른 사람이었어요.

자신만만하고 연구수와 재능 넘치는 수를 두는 천재소녀도, 사상 최연소 타이틀 도전자가 된 신데렐라도 아닌, 있는 그대로의 야샤진 아이 양이었어요.

제가 본 것은―― 이를 악물고, 땀을 흘리며, 몇 번이나 절망하면서도 승부수를 계속 생각하는, 한 여류기사의 얼굴이었어요.

촌스럽고 끈질기게 싸우는 텐짱은 제가 아는 텐짱보다 몇 배는 아름답고, 멋지며…… 제가 이 세상에서 가장 동경하는 기사와 정말 많이 닮았어요.

그래서 이 관전기를 쓰면서, 저는 쭉 이렇게 생각했어요.

"이게, 내 이야기라면 좋을 텐데……!"

1년 전, 연수회에서 처음으로 텐짱과 장기를 둔 저는 7수 외통수를 놓쳐서 지고 말았어요.

그때 저는 '자기 자신에게 졌다'고 생각하며 울었죠.

하지만 그렇지 않았어요. 저는 역시 텐짱에게 졌던 거예요.

텐짱이 강한 건, 저보다 장기를 사랑하기 때문이에요.

텐짱이 강한 건, 저보다 도전을 두려워하지 않기 때문이에요.

텐짱이 강한 건, 저보다 노력하기 때문이에요.

저는 지금까지 텐짱과 자기 자신을 비교하는 것을 피했어요. 진지하게 마주하며, 한계까지 노력했는데도, 결국 그녀에게 닿지 못한다면 괴로울 테니까…….

하지만, 이제 눈을 돌리지 않을 거예요.

1년이나 걸렸지만, 우선 그 패배를 받아들이는 것부터 시작할까 해요.

장기판과 소라 선생님을 똑바로 쳐다보는 텐짱과 마찬가지로, 저도 장기와 진지하게 마주할 거예요.

그리고 다음에는—— 정면에서 텐짱의 얼굴을 보며, 저 자신의 이야기를 쓰겠어요.


그것은 관전기임과 동시에, 결의성명이며, 또한 선전포고이기도 했다.

"정말, 근성 한 번 끝내주네. 관전기 말미에 도전장을 쓰다니 말이야."

다음에는 자전기를 쓰겠다── 즉 나를 대신해 자기가 여왕에게 도전하겠다는 말인 것이다.

"…………미안해……."

스푼을 움켜쥔 아이는 버터라이스를 쳐다보며 목소리를 쥐어 짜냈다.

"텐짱을 응원하겠다고 말했지만………… 나, 텐짱이 타이틀을 못 따서………… 안심했어……."

"당연하잖아. 오히려 네가 축복해 줬다면 화가 났을 거야."

"어?! 왜……?"

"연수회에서 처음으로 장기를 뒀을 때도 말했지만, 나는 너를 라이벌이라고 생각하거든."

"라이벌……."

"뭐야. 너는 그렇게 생각 안 하는 거야?"

"아니야! 나도 빨리 텐짱을 따라잡고 싶어! 뛰어넘고 싶어!!"

아이는 눈물을 흘리며 미소 지었다.

분명 금방 나를 따라잡을 것이다. 하지만 추월당할 생각은 없다. 따라잡힐 거라는 공포 때문에 두려움에 사로잡히지도 않으리라.

그저 함께 강해지면 될 뿐이니까 말이다.

"게다가 이렇게 너를 부른 건, 고맙다는 말을 하기 위해서야."

"응?"

"우리 선생님과 오이시 옥장…… 아, 이제 옥장이 아니지?"

얼마 전에 겨우 끝난 옥장전의 결과를 떠올린 나는 그렇게 말했다.

"그 두 사람의 대국을 핸드폰 중계로 보고 있었어. 대국이 끝난 후에도 계속…… 감상전이 끝나고, 그 코멘트가 갱신될 때까지 말이야."

"윽……!"

"그 기보 코멘트는 네가 쓴 거지? 나는 그 코멘트에 구원받은 덕분에 제3국에서 그나마 납득할 수 있는 장기를 둘 수 있었어."

그때 얻었던 가장 소중한 것은 4이은형 각교환 맞비차라는 아이디어가 아니었다.

바로 나 자신을 믿을 용기다.

"그러니까, 고마워."

"텐짱……."

"겨우 세 줄의 코멘트에 구원받다니, 나도 참 쉬운 여자네."

내가 장난기 섞인 한숨을 내쉬자, 아이도 그제야 미소를 지었다.

자아…….

"그러고 보니 나도 너한테 사과할 일이 있어."

나는 겸사겸사 말하는 듯한 느낌으로, 은근슬쩍, 그 말을 입에 담았다.

"《가시나무 공주》와 만났을 때, 내가 마지막으로 했던 말을 기억해?"

"응? 기억해."

"나, 마음이 변했어."

"⋯⋯⋯⋯뭐?"

또 얼이 나간 듯한 표정을 짓고 있던 아이는 곧 내 말을 이해한 건지, 손에 들고 있던 수저를 놓치더니⋯⋯.

"뭐어어어어어어어어어어어어엇?! 테, 텐짱⋯⋯ 그, 그 말은——."

"마스터. 계산 부탁해."

나는 그렇게 말하며 자리에서 일어났다. 아이의 얼굴을 일부러 보지 않으면서 말이다.

"이 카드로 2인분 다 계산해 줘."

"우리 가게는 현금만 받아."

"그럼 달아둬. 아니면 우리 집까지 받으러 올래?"

"훗. 유리 구두의 주인을 찾으러 다녀야 하는 건가."

마스터가 센스 있는 농담을 하자, "맛있었어."라고 말한 나는 『트웰브』의 입구를 통해 장기회관을 나섰다.

그리고 새빨개진 얼굴을 아무에게도 보여주지 않으려는 듯이, 나니와스지를 따라 달렸다.

어디로 가는지는 알 수 없다. 하지만 그저 달리고 싶었다.

——사부님이 말했어. 아버님과 어머님이 내 안에 있다고⋯⋯.

하지만 사실은 한 명 더 있다.

아버님과 어머님에게 사과해야만 하겠지만⋯⋯ 지금은 그 사람이 내 안에서 점점 커지고 있다.

이제는 《가시나무 공주》가 한 말을 이해할 수 있다.

내 안에서 싹튼 이 감정이, 나를 강하게 만들어 줬다.

"……너무 가까워도 모른다는 말이 진짜구나."

그 사람도 전혀 눈치채지 못했다.

내가 연구한 기보는 아버님의 것만이 아니다. 아버님이 츠키미츠 회장에게 받은 장려회 회원의 기보도 꼭 같이 복기했다. 아버님이 돌아가시고, 그 장려회 회원이 프로가 된 후로, 나는 그 사람의 기보를 꼭 입수해서 복기했다. 그러니, 내 안에는 분명 그 사람도 있을 것이다…….

하지만 그 사람은 내가 옆에 서 있는데도, 눈치조차 채지 못했다.

내 가슴이 이렇게 뛰고 있는 것도, 몸이 이렇게 달아오른 것도 말이다.

솔직히 말해 얼굴은 내 취향이 아니고, 여자 관계도 칠칠치 못한 데다가, 장기 바보에, 옷 센스는 그야말로 최악이며, 무엇보다 둔감하다.

하지만, 지금도 그 사람을 떠올리기만 해도――.

"뜨거워."

그 사람의 이름은, 쿠즈류 야이치.

내가 이 세상에서 가장 동경하는 기사이자………… 처음으로 좋아하게 된 사람이다.

"하아, 정말! 진짜 최악이야! 왜 이렇게 된 거지?!"

여류 타이틀은 여섯 개나 있지만, 이것은 단 하나뿐이다. 라이벌은 하나같이 강력하며, 후발주자인 내가 파고들 틈은 보이지도 않는다. 여왕전보다 더 혹독한 싸움이다.

하지만! 포기할 생각은 눈곱만큼도 없다.

심술궂은 사고와 질투심 많은 사저에게도 절대 지지 않을 것이다. 재로 범벅이 되고 진흙투성이가 될지라도, 끈질기게 기회를 기다려서 승리하는 이가 바로 나다. 용왕의 마음을 손에 쥘 사람은 바로 나인 것이다.

"왜냐하면…… 나는 신데렐라거든!"

© shirabii

## 🔔 에필로그

아무것도 없는 방에서, 나는 거울 앞에 서 있었다.

"……한심해."

거울에 비친 모습을 보고, 자기 자신의 이야기를 돌이켜 보았다.

병약하던 평범한 소녀가 '공주'라 불리게 되고, 드디어 영원한 여왕이 됐다.

세간에서는 이것을 해피엔딩이라 부를지도 모른다.

하지만 나에게 있어서는 아무런 의미도 없다. 승리도, 패배도, 천일수도, 지금까지의 이야기에는 아무런 의미가 없다.

인어공주는 목소리를 버렸다.

"그렇다면 나는, 더 많은 것을 버리겠어."

오래된 옷을 버리고 새로운 교복을 걸치면서, 나는 결의를 입에 담았다.

슬퍼하기 위한 눈물도…….

푸념을 늘어놓기 위한 목소리도…….

도망치기 위한 발조차도 필요 없다.

"나한테는 장기만 있으면 돼. 생각을 하기 위한 머리와, 장기

말을 옮길 손가락만 있으면 충분해."

　그 대신, 내가 원하는 것.
　그것은―― 힘.
　나는 여왕 따위가 아니다. 나야말로 도전자다. 그런데 그것을 잊고, 자신의 하찮은 지위와 자존심을 지키기 위해 도망쳤다.
　그런 약해 빠진 마음 때문에 화가 났다.

"강해지고 싶어."

　압도적인 강함을 가지고 싶다.
　어떤 도발에도 동요하지 않는, 얼음 같은 마음을 가지고 싶다.
　그 어떤 상대도 수읽기로 이길 수 있는, 날카로운 감각을 가지고 싶다.
　그 어떤 절망 속에서도 장기를 둘 수 있는 강함을 가지고 싶다. 절대 꺾이지 않는 마음을 가지고 싶다.
　공주님이 되고 싶다고 생각한 적 없다.
　내가 되고 싶은 것은 이 세상에 단 하나뿐이다.
"프로 기사가 되고 싶어."

내 이름은 소라 긴코.

초대 영세여왕.
여류옥좌.
고등학교 1학년.


그리고————— 신진기사 장려회 3단.

# 후기를 대신해──『예왕전 관전기 후일담』


"신칸센에서 마스다 군이 '타카미 씨 맞으시죠?' 라는 말을 들었다더군요."

오카자키 장기 축제의 토크쇼.

그 무대에 선 타카미 타이치 6단은 서글서글한 미소를 지으며 그렇게 말했다.

이곳, 오카자키는 타카미의 스승인 이시다 카즈오 9단의 출신지다.

현재 치바현 카시와에서 일본 최대의 장기도장을 운영 중인 이시다는 매년 오카자키에서 제자 및 인기 기사와 함께 성대한 이벤트를 연다.

제3기 예왕전(叡王戰) 제1국의 관전기를 맡게 된 나는 그로부터 20일 후, 오카자키 장기 축제를 처음으로 찾았다. 참석한 기사에게 관심이 갔기 때문이다.

한 사람은 관전기의 주역 중 한 명인 타카미다.

그리고 다른 한 명은 타카미가 방금 언급한 기사다. 두 사람은 외모가 흡사하다는 점 때문에 장기 팬들 사이에서 화제가 되기도 하는데──.

"마스다 군은 '저는 오해를 받은 적 없으니 괜찮아요.' 라고 말했지만, 이번에 처음으로 오해를 받았나 보더군요. 지금까지는 저만 당했는데 말이죠."

"당신이 유명해졌기 때문이겠지."

이시다가 그렇게 말하자, 나는 화들짝 놀랐다.

마스다 야스히로 6단은 지도 대국을 하느라 토크쇼에 참가하지 않았지만, 하부 요시하루 용왕이 '후지이 군이 없었다면, 그가 지금 그 위치에 있을 테죠.' 라 말할 정도의 천재다. 2년 연속으로 신인왕을 획득했으며, 중학생 기사가 될 가능성도 있었다. 그래서 지금까지는 타카미가 마스다라는 착각을 당했다.

당시 타카미는 예왕전에서 카나이 코타 6단을 상대로 2연승을 거뒀다. 이제 2승만 더 거두면 처음으로 타이틀을 획득하는 상황이 된 것이다…….

그런 타카미의 옆에는 내가 흥미를 가지고 있던 또 한 사람의 기사가 조용히 앉아 있었다.

사사키 유우키 6단.

이시다의 제자(즉 타카미의 사형제)이자, 가장 큰 기대를 받고 있던 청년이다. 작년 오카자키 장기 축제에서 후지이 소타와 대국을 해서 승리했으며, 또한 공식전에서 그의 연승을 막은 것으로 유명하다. 이날도 이시다는 당시의 일을 기쁘게 이야기했다.

토크쇼에서 마지막으로 마이크를 쥔 이는 바로 이 사사키였다.

관객의 『슬럼프를 어떻게 극복하나』라는 질문에 기사들이 대답을 하는 가운데, 사사키는 "제가 졌을 때 자주 하는 생각인데……." 하면서 운을 떼면서 말했다.

"노력을 하고도 지는 게 두려웠어요. 학생 시절에는 학교에 다닌다는 변명거리가 있었지만…… 졸업을 하고 장기만 두게 됐을 때부터, 지는 것이 무서워졌죠."

천재가 이야기하는 노력에 대한 공포. 사사키는 말을 고르면서 이야기를 이어갔다.

"요즘 들어 느끼는 건데…… 저한테 이긴 상대는 종합적으로 저보다 노력하고 있어요. 더는 무리라는 생각이 들 정도로 노력해도, 역시 상대방이 더 노력하고 있죠……."

그리고 사사키는 이런 말로 끝맺음을 했다.

"저는 노력이라는 말 자체를 몰랐었는데 말이죠."

『용왕이 하는 일!』의 취재를 본격적으로 시작했을 때, 만나는 프로 기사와 관전기자에게 꼭 묻는 것이 바로 '재능'에 관해서였다. 과연 재능이란 무엇인가? 어떤 애가 프로가 될 수 있는가? 그 질문을 받은 상대가 꼭 하는 말이 있었다.

『사사키 유우키 군은 반드시 프로가 될 거라고 생각했다.』

확실히 사사키의 기력에서는 압도적인 재능이 느껴진다. 사상 최연소인 초등학교 4학년에 초등학생 명인이 됐고, 프로 입성 또한 중학생 기사와 종이 한 장 차이인 16세 1개월 때 했다.

사사키도, 마스다도, 타카미보다 어린 나이에 프로가 됐다.

그런 사사키가 말한 '노력'이란 단어에 대해 생각해 봤다. 재능과 정반대되는 그 말의 의미를 말이다.

설령 노력이라는 말의 의미가 '괴롭고 힘든 세계에 계속 속해 있는 것'이라면, 타이틀을 획득할 거라는 기대를 받으면서도 따지 못하는 상황인 사사키는 현재 노력하고 있다 할 수 있으리라.

게다가 자기보다 나중에 프로가 된 사형제가 자기보다 먼저 타이틀에 도전했고, 곧 타이틀을 거머쥐려 하고 있다.

지금에 와서야 사사키는 처음으로 '노력' 이라는 말을 이해한 걸지도 모른다…….

토크쇼가 끝나고, 다음에는 이시다와 타카미의 사제지간 사인회가 열렸다. 이시다가 새롭게 낸 책에 두 사람의 사인이 들어가 있는데…… 책을 산 나는 그 내용을 보고 놀랐다. 이미 사사키의 사인이 있었던 것이다.

"당신, 운이 참 좋군요! 그게 당첨 책이에요."

이시다는 그렇게 외치면서 책에 사인을 하더니, 그것을 옆에 있는 타카미에게 넘겼다.

나는 고개를 숙인 채 사인에 집중하고 있는 타카미에게 잠시 머뭇거리며 말을 건넸다.

"안녕하세요."

타카미는 고개를 들더니, 나를 보고 약간 어안이 벙벙한 듯한 표정을 지었다.

"앗……! 오늘은 무슨 일로 오셨죠?"

"이 책을 사러 온 거예요. 이곳에 오면 빨리 입수할 수 있다고 들어서요."

내가 멋쩍어하며 그렇게 말하자, 타카미는 사인이 된 책과 함께 내가 바라던 말을 해 줬다.

"그 관전기, 참 좋았어요!"

내가 들고 있는 이시다의 저서 『장기 기사라는 삶』에는 세 사람의 사인이 되어 있다.

하지만 『6단』이라고 적힌 타카미의 직함만은 현재 다른 것으로 바뀌었다.

8대 타이틀 시대의 장기계를, 천재들이 살고 있다.

노력이라는 말의 의미를 곱씹으면서……

……………뜬금없는 내용에 놀라셨을 거라 생각합니다. 뭐, 이 작품의 후기는 항상 뜬금없는 내용이었습니다만…….

앞에서도 적었다시피, 제3기 예왕전 제1국의 관전기를 제가 맡았습니다. 이것은 그 후일담입니다. 관전기는 제3기 예왕전의 홈페이지에 무료 공개되어 있으니, 꼭 읽어주셨으면 합니다.

실제 타이틀전의 대국장 검사부터 뒤풀이 파티까지 함께하며 대국자를 가까운 장소에서 관찰할 수 있었던 것은, 이 9권을 집필하는데 있어서 귀중한 경험이 됐습니다. 그래서 후기에 관전기의 후일담을 실어봤습니다. 신세를 진 많은 분들에게 진심으로 감사 인사드립니다.

일개 장기 팬이었던 제가 타이틀전의 관전기를 쓸 수 있었던 것도 『용왕이 하는 일!』이라는 작품이 많은 분들의 지지를 받았을 뿐만 아니라, 매우 멋진 애니메이션이 됐기 때문입니다.

저는 프로 기사 선생님들처럼 재능이 있지는 않습니다. 그래서 데뷔를 한 후에도 노력에 노력을 거듭해왔습니다. 저에게 있어 문장을 쓴다는 것은 기본적으로 괴로운 일이며, 경험을 쌓을수록 그 고통이 줄어드는 게 아니라 더욱 늘어났습니다.

하지만 지금은 이 고통 덕분에 자신이 성장할 수 있는 게 아닐까 하고 생각합니다. 자기가 쓴 글에 만족하지 못한다는 것은, 그 글을 쓸 때보다 필력이 상승했기 때문일 테니까요.

조금씩이라도 앞으로 나아가고 있다 믿으며, 앞으로도 계속 글을 써 나가겠습니다.

감상전

© shirabii

그날, 내가 기사실에 들어가 보니…… 블레이저 교복 차림인 츠키요미자카 씨와 세일러 교복 차림인 쿠구이 씨가 치마를 펄럭이며 사진을 찍고 있었다. 찰칵☆

"…………."

그러고 보니 전에도 비슷한 일이 있었지. 그때는 메이드와 바니걸이었던가~ 하고 옛날 일을 떠올리고 있을 때, 두 사람이 당연한 듯이 나에게 말을 걸었다.

"어이, 쓰레기. 왜 멀뚱멀뚱 서 있는 거야? 빨리 문 닫아. 안 그러면 확 죽여 버릴 거야."

"이건 우리가 고등학생 때 입던 교복이대이~."

왜 고등학생 시절의 교복을 칸사이 장기회관에서 입고 있는 걸까……. 그런 의문은 의문 축에도 들지 못하는 것 같았다. 나는 아무 말 없이 안으로 들어간 후, 바로 문을 닫았다.

그것보다 나는 더 신경 쓰이는 점이 있었다.

"츠키요미자카 씨는……."

"응? 왜 그래? 교복을 입은 나를 보고 반한 거야? 응? 응~?"

"아, 고등학교에 다녔다는 게 신기해서요."

"좋아. 죽여 주지."

츠키요미자카 씨는 익숙한 손놀림으로 접이식 의자를 치켜들었다. 이러니까 내가 신기해하는 거잖아!

"오, 오해 마세요! 바보 취급을 하는 게 아니라, 기사는 의무교

육만 받은 후에 학업에서 투료하는 사람들이 많잖아요?! 그래서 츠키요미자카 씨도 나처럼 일편단심 장기였나 싶어서……!"

"너 같은 멍청이와 지성이 넘치는 나를 똑같이 취급하지 마. 얼굴만 봐도 딱 감이 오잖아?"

"그렇대이. 료는 고등학생 때, 학생회 임원까지 했다 아이가."

"예?! 진짜 의외네요……."

"학급 반장을 정하는 날에 학교를 빼먹었더니, 남아 있던 학생회 임원을 떠맡게 된 기다."

수수께끼는 전부 풀렸다.

"뭐, 나도 진학을 할지 말지 고민하긴 했어."

츠키요미자카 씨는 들고 있던 의자를 내려놓더니, 그것을 펼쳐서 앉았다. 의자에 거꾸로 앉아서, 등받이에 두 팔을 얹어놓은 것이다. 미니스커트 차림으로 다리를 쫙 벌리지 말았으면 좋겠다. ……꿀꺽.

"이미 여류기사는 됐고, 고졸 자격증을 가진다고 해서 내가 장기 말고 다른 일을 할 리가 없다는 건 자각하고 있었거든."

"내는 장기를 허락하는 조건이 대학 진학이었기 때문에, 망설일 필요도 없었대이. 유치원부터 에스컬레이터식으로 대학까지 가기 때문에 수험 걱정 안 해도 되어서 편했다 아이가."

"사립에 들어가는 상류층 아가씨는 참 부럽네. 나는 지금도 입시 때 악몽을 꾸거든?"

츠키요미자카 씨는 질린 듯한 표정으로 그렇게 말했다. 나는 입시를 경험해 본 적이 없어서 잘 모르지만——.

"요즘은 장기로 추천 입학할 수 있는 곳도 많죠? 그러면 입시 공부를 안 해도 되겠네요. 사저도 그렇게 해서 고등학교에 들어갔고요."

"맞아! 진짜 의외라니깐!"

츠키요미자카 씨는 테이블을 향해 몸을 내밀며 말을 이었다.

"설마 그 녀석이 고등학교에 진학할 줄은 몰랐어. 마치와 그 이야기를 하다 보니, 어느새 고등학생 때 교복 이야기를 하게 됐지 뭐야."

"내는 쭉 세일러 교복이라서, 블레이저 교복이 어떤 건지 좀 보고 싶었대이. 그래서——."

"여기서 교복을 입어보기로 한 건가요……."

그런 건 집에서 해!

……하고 말하고 싶었지만——.

"흐음…… 그런가요. 호오……. 아하……."

이건…… 좋은 것이다……!

츠키요미자카 씨의 블레이저 교복 차림은 불량 학생 같다고나 할까, 좀 노는 여자애 느낌이었다. 스트레이트한 에로함이 느껴졌다. 귀여운 불량소녀 같은 느낌인 것이다. 10대 소녀는 에로한 것을 좋아한다. 그래서 나도 좋아한다. 그럼 안 돼?

한편, 쿠구이 씨는 진짜배기 상류층 아가씨.

상류층 아가씨에게는 역시 청초하면서도 역사가 느껴지는 세일러 교복이 어울……리지만, 그 고귀한 신분에 반발하듯 저질스럽게 자라난 저 가슴! 즉 거유!!

이것도 포인트가 대단했다.

블레이저 교복으로는 억누를 수 없는 저 미사일 같은 가슴의 볼륨감 때문에 배꼽이 언뜻 보이는 저 디자인은, 세일러 교복만이 지닐 수 있는 자유로운 교풍이 자아낸 봄바람의 희롱 같았고…….

결론. 양쪽 다 에로틱해서 좋다.

"저기…… 여자는 어느 쪽을 더 선호하나요?"

"나는 중학생 때 세일러 교복이라서 양쪽 다 입어 봤는데, 블레이저 쪽에 더 추억이 있어."

"호오. 역시 그쪽 기억이 더 새롭기 때문인가요?"

"아니야. 중학생 때는 학교에 거의 안 갔거든."

"……."

그런 이유인 기가.

"내는 쭉 세일러 교복만 있어서 블레이저를 동경하지만, 역시 세일러 교복을 더 좋아한대이."

"그리고 학교에 다니며 입었던 체육복은 지금도 집에서 실내복 삼아 입어."

"내도 연맹의 배드민턴부에 참가할 때는 고등학교 때 체육복을 입는대이. 역시 자주 입은 옷에는 애착이 생기는 건지, 졸업한 후에도 입게 된다 아이가."

"그리고 그것도 있잖아. 유치원 아동들이 있는…… 어이, 쓰레기. 그걸 뭐라고 하지?"

"스목(smock) 말이에요?"

"우와…… 아는구나. 역겨워…….."

"자기가 물어봐 놓고 그런 소리 하기예요?! 유도심문이냐!"

"서슴없이 대답을 하니까 기분 나쁜 거대이."

"쿠구이 씨?! 젠장, 내 지식의 깊이가 너무 원망스러워!"

샤를 양이 놀러 와서 크레파스로 그림을 그리다 옷이 더러워지기도 하니까, 그런 걸 집에 비치해두면 좋을까 싶어 인터넷으로 검색해 보다 알게 됐을 뿐이라고!

"뭐, 용왕 씨가 로리콤이라는 사실을 재확인했으니…… 이제 그만 본론에 들어가삐까?"

"본론?"

"긴코 말이야. 그 녀석이 다니는 고등학교의 교복이 블레이저인지 세일러인지를 가지고 마치와 의견이 갈렸거든. 너는 알고 있지 않아?"

"아…… 나도 몰라요. 어느 고등학교에 들어갔는지도 가르쳐 주지 않더라고요."

"그럼 질문을 바꿔 보까."

두 사람은 그렇게 말하더니, 어느 동화에서 본 적이 있는 질문을 던졌다.

"네가 보고 싶은 건, 신선한 느낌이 나는 블레이저 교복을 입은 긴코인가요?"

"아니면 예전과 마찬가지로 세일러 교복을 입은 긴코입니꺼?"

"예엣?! 내가 어느 쪽을 보고 싶든, 딱히 상관없지 않나요?!"

""있어.""

기사실에 있는 츠키요미자카 여류옥좌와 쿠구이 산성앵화가 힘찬 목소리로 단언했다! 그리고──.

"자아!"

"어느 쪽이고?!"

쑤욱! 블레이저&세일러 차림의 두 미녀가 나를 향해 몸을 쑥 내밀었다.

"브, 블레이저………… 세일러……?"

궁극의…… 양자택일이다!!

어렵다……. 하지만, 장기에서도 이런 상황에 직면할 때가 종종 있다.

사전 연구에서는 A라는 수가 좋다고 여겨졌지만, 실전에 들어가 보니 B가 좋아 보이는 것이다. 그리고 대부분의 경우, 정답은 자신이 선택하지 않은 쪽이다.

하지만 이것은 장기가 아니다.

자신이 지금, 진정으로 보고 싶은 것을──── 솔직하게 입에 담으면 된다!!


"으음………… **블루머**?"


그로부터 한 달 동안, 나는 칸사이 장기회관을 이용하는 모든 여성으로부터 『블루머 용왕』, 『미스터 스목』 같은 모멸적인 호칭으로 불리게 되는 암흑기를 보내게 된다……. 블루머가 그랬듯이.

## 역자 후기

안녕하십니까. 근로청년 번역가 이승원입니다.

『용왕이 하는 일!』 9권을 구매해 주셔서 진심으로 감사드립니다.

2019년도 어느새 1/3 가량이 흘렀습니다.

정신없이 바쁘게 지내다 보니, 벌써 봄이 되고 말았네요.

독자 여러분께서는 올해를 어떻게 보내고 계신지요.

저는 나름 파란만장한 나날을 보내고 있습니다. ^^ 독자 여러분께서는 즐겁고 힘찬 나날을 보내고 계시길 진심으로 빕니다!

……저, 저도 언젠가는 그런 나날을 맞이할 수 있을 거라 믿으며 하루하루를 살고 있습니다, AHAHA.

그럼 본편에 관한 이야기를 좀 해 볼까 합니다.

스포일러가 포함되어 있을 수도 있으니 본편을 읽지 않으신 분들은 유의해 주시길!

이번 권은 야이치의 둘째 제자인 야샤진 아이의 타이틀전을 그리고 있습니다.

타이틀전의 상대는 야이치의 사저인 긴코!

동문 대결로 펼쳐진 이 싸움에 대한 야샤진 아이의 열의는 정말 어마어마했습니다. 돌아가신 부모님과의 약속을 지키기 위해 아이는 최선을 다하지만, 그녀를 막아선 벽은 사상 최강의 여자 장기꾼이었습니다.

아이는 자신의 모든 것을 쏟아부으며 싸우지만, 결국 패배의 수렁에 빠져들고 맙니다.

그런 그녀를 구원해 주는 건, 바로 그녀의 스승이었던 야이치였습니다. 히나츠루 아이와 다르게 야샤진 아이에게는 아무것도 가르쳐 주지 않던 야이치. 하지만 그런 그의 행동에는 합당한 이유가 있었으며, 소중한 둘째 제자가 진정으로 도움을 바라고 있을 때는 자신만의 방법으로 그녀를 구해줍니다.

그런 사제지간의 뜨거운 사랑을 느낄 수 있는 이번 9권도 재미 있게 읽어주셨기를 빕니다!


그럼 이만 줄이겠습니다.

항상 재미있는 작품을 맡겨주신 노블엔진 편집부 여러분께 감사드립니다. 앞으로도 잘 부탁드립니다.

마라샹궈 포장해서 집에 갔다가 한 숟가락 먹고 포기한 악우여. 그거, 내가 우동 및 베이컨 넣고 볶아서 맛있게 잘 먹었다. 잘 먹었어~.

마지막으로 제게 버팀목이 되어주시는 어머니와,『용왕이 하는 일!』을 읽어주신 모든 분들께 진심으로 감사드립니다.

여초연 멤버들의 성장과 새로운 일면이 그려질 『용왕이 하는 일!』 10권 후기에서 다시 뵙겠습니다!

2019년 4월 말
역자 이승원 올림

# 용왕이 하는 일! 9

**2019년 06월 25일 제1판 인쇄**
**2019년 07월 01일 제1판 발행**

**지음** 시라토리 시로 | **일러스트** 시라비 | **옮김** 이승원

**펴낸이** 임광순
**제작 디자인팀장** 오태철
**편집부** 황건수 · 신채윤 · 이병건 · 이홍재 · 김호민
**디자인팀** 한혜빈 · 김태원
**국제팀** 노석진 · 엄태진

**펴낸곳** 영상출판미디어(주)
**등록번호** 제 2002-000003호
**주소** 21311 인천광역시 부평구 평천로 132 (청천동)
**전화** 032-505-2973(代) | **FAX** 032-505-2982

**ISBN** 979-11-6466-179-4
**ISBN** 979-11-319-5731-8 (세트)

RYUOH NO OSHIGOTO! Vol.9
Copyright ⓒ2018 Shirow Shiratori
Illustrations Copyright ⓒ2018 shirabii
Supervised by Saiyuki
All rights reserved.
Original Japanese edition published in 2018 by SB Creative Corp.

This Korean edition is published by arrangement SB Creative Corp., Tokyo
in care of Tuttle-Mori Agency., Tokyo through Yu Ri Jang Literary Agency, Seoul.

노블엔진(NOVEL ENGINE)은 영상출판미디어(주)의 라이트노벨 및 관련서적 브랜드입니다.

**NOVEL ENGINE**

# 시라토리 시로
# 관련작 리스트

◆

## [소설]

### 용왕이 하는 일! 1~9

· 글 : 시라토리 시로 / 그림 : 시라비 / 감수 : 사이유키

## [코믹스]

### 용왕이 하는 일! 1~7

· 만화 : 코게타 오코게 / 구성 : 카즈키 (원작 :시라토리 시로/캐릭터 원안 : 시라비)

**청춘의 상상, 시동을 걸어라!**

# 진 하이스쿨 DXD

## 1
### ~신학기의 웰시 드래곤~

　나, 효도 잇세이는 야릇한 방면에서 유명한 고3. 그리고 상급 악마다. 리아스의 권속이 되고 1년 반이 지난 지금은 리아스와 모두에게 프러포즈한 상황에서, 하렘왕 엔딩까지 앞으로 한 발짝 남은 상태였다!

　그럴 때, 나는 정체불명의 악마들이 한 여자애를 덮치려는 걸 봤어! 악마들은 나를 모르는 눈치인데, 그 여자애는 나를 보고 뭔가 중얼거리고……

　"이 피의 색깔은, 라즈베리보다 진한 붉은색. 당신의 갑옷과 똑같아."

　자, 리아스에게 구원받은 시절의 나 같은 여자애를, 그냥 내버려 둘 순 없지! 하급 악마에서 성장한 내 힘을 보여주겠어!

이시부미 이치에이 지음 | 미야마 제로 일러스트 | 2019년 7월 출간
청춘의 상상, 시동을 걸어라!

# 하이스쿨 DXD
# 하렘킹 메모리얼

◆

엉큼하고 열혈한 고등학생, 효도 잇세이. 하렘왕이 되고자 걸어온 에로에로하고 장절한 길을 철저하게 수록! 리아스와 아시아를 비롯한 히로인들이 잇세와 만나 활약하고, 잇세를 좋아하게 된 궤적을 소개하는 것은 물론, 작가 이시부미 이치에이와 일러스트레이터 미야마 제로, 키쿠라게의 메이킹 코멘트와 제작 풍경 등을 되돌아보는 슈퍼 볼륨 대담, 문고에 수록되지 않은 설정&일러스트 등, 처음으로 공개되는 정보도 다수 있습니다!

추가로 잇세와 히로인들의 아이가 활약하는 「하이스쿨 D×D EX」도 완전 수록!

히로인들과의 추억을 다시 되돌아보자!

**이시부미 이치에이** 지음 │ **미야마 제로, 키쿠라게** 일러스트 │ **2019년 7월 출간**

청춘의 상상, 시동을 걸어라!

2019년 Tales# 노벨라이즈 프로젝트 1탄!
〈마법소녀X히어로 ~섬광천사 리토나 리리셰~〉 노벨라이즈!

# 섬광천사 리토라 리리셰 in Novel

평범한 소년 '천기신'은 정체불명의 괴인과 마주쳤다가, 마법소녀 '리토나 리리셰'의 도움을 받는다.

그녀를 자신의 식객으로 받아들인 천기신은 나름 행복한 일상을 보내지만…….

어쩐지, 자신이 현실이 아닌 '마법소녀 이야기'의 일부에 있는 위화감에 휩싸인다.

그리고 본격적인 '현실'이 그 그림자를 드리우는데…….

**Another이자 After 이야기**
**원작에서 만나지 못했던**
**마법소녀와 히어로의 스토리 시동!**

---

**LawBeast** 지음 | **kero** 일러스트 | **2019년 7월 출간**

청춘의 상상, 시동을 걸어라!